趙　旭——————著

大飢餓

杜家堡悲歌

假如我是一隻鳥，
我也應該用嘶啞的喉嚨歌唱：
這被暴風雨所打擊著的土地，
這永遠洶湧著我們的悲憤的河流，
這無止息地吹刮著的激怒的風，
和那來自林間的無比溫柔的黎明……
——然後我死了，
連羽毛也腐爛在土地裏面。
為什麼我的眼裏常含著淚水？
因為我對這土地愛的深沉……

——艾青〈我愛這土地〉

目次

第一章

一

一九五八年麥子拔節時的那場雨，下得嘩嘩啦啦。早上起來天上還無雨，到了吃罷早飯，人們到了地裏，一塊烏雲飄來，瘋狂地抹去了滿天陽光，杜家堡頓時失去了光澤，天上就淅淅瀝瀝下了起來。這時節的雨本來就比油貴，而把水當金子的杜家堡人，此時個個臉上都開了花，都盯著杜八爺的臉。

八爺站在麥地邊上，一隻手卡著腰，另一隻手把那細條瓦刀臉抹了一把，望著嘎巴作響往上竄的麥子，蹲下去，雙手掬了一捧水舔舔，說道：「哈，哈，哈——，這水騷，騷得我身上直癢癢。老天爺放了假，今日裏不上工了，你們就由著性子去整，去瘋，可別弄塌了炕。」

說著，他就朝雨中興奮的女人們放開嗓子淫邪地笑。

人們一聽這話，一跳三蹦都往自己家裏跑。

他們拿著鐵鍬、洋鎬，拿著掃帚、簸箕，在房前屋後，在路邊崖畔挖出一條條小溝，把院裏院外，把山峁上溝窪裏的水統統引進自己家的水窖裏去。

杜家堡人瘋了，他們從來沒有這麼狂喜過。自打娘老子生下來，杜家堡沒落過幾場好雨。杜家堡曾流傳一個笑話，過年了，大年初一早晨，兩口子從被窩兒裏鑽出來，先呸呸互相往對方臉上吐一口唾沫，抹一抹，就算是這一年洗了臉。

可從前年開始，一年一場透雨讓家家的糧倉滿了，讓個個的水窖溢出了水。於是，家家戶戶晚上鶯歌燕舞，女人們放開肚皮生娃。那豬、牛、羊、馬、驢也好似被人們煽起了情緒，整日裏在草坡上顛狂，一胎一窩的生崽，整個村子沸騰了，人歡馬叫，喜氣洋洋。

往水窖裏灌滿了雨水，八爺盤著腿心滿意足地看著鳳仙給自己沖了三泡台的碗子茶，一口一口慢慢地品。

他望著鳳仙嘿嘿地笑，這笑有點怪，眼睛裏淌著涎水，鳳仙一看就知道八爺饞了。

鳳仙望了一眼外面嘩嘩的雨，說道：「大天白日的，不怕人笑話。」

「笑話個啥，這雨煽情，家家戶戶都在幹這事呢。」八爺說著把那半推半就的鳳仙一把拉到了身下。

俗話說，三十如狼，四十如虎，五十賽過金錢豹。八爺正是四十七八的年紀，加之他個高體壯，把個鳳仙整得如蛇一般在熱炕上扭，臉上那紅撲撲的粉團此時如一朵花，越發開得爛漫、嬌豔。

八爺好似騎上了一匹狂野的快馬，耳邊響著呼呼的風，他打著呼哨，朝一眼望不到邊的原野跑去。他忽左忽右，忽上忽下，往上一個鷂子翻身騰空越，往下一個水中撈月舞蛟龍，此時的他才感到年輕時節那種勇武又回到了他的身上。

一陣又一陣的瘋狂，那馬好似飛了起來，馱著八爺上上下下敲著鼓點，朝一馬的平川狂奔急馳。

「啊嘿嘿！」八爺大叫一聲，他完全達到了激越的高潮，在噴泉衝頂般的歡娛之後，從鳳仙的肚皮上訇然倒了下來。

八爺躺在炕上，年輕時的那一段段不堪回首的往事又展現在了他的眼前。

記得那是民國十八年，陝西老家的饑民們搶了八爺家的糧倉，打死了他的父親。八爺是騎著家裏那匹雪白的騍馬，從丈人家帶上未婚妻鳳仙逃出來的。

他在那被太陽燒焦了的地皮上不知走了多少天，才到了一處平展展的地方。這裏四周層巒疊嶂，莽莽蒼蒼，中間是一望無際的戈壁荒原，褐色的土堆發著黃光，斑斑的沙地上長著一叢一叢的駱駝草。假若沒有視線盡頭那些依稀可見的山影，他簡直想像不出沙原究竟要往何處伸展，到底要延續到何方。

這裏叫旱平川。聽當地人說：風吹石頭跑，地上不長草，旱平川的姑娘不洗澡。

八爺擁著鳳仙，騎著白馬，到處是一疙瘩一疙瘩望不到邊的黃土地，焦渴的山峁原頭一片褐紅慘白，那褐紅慘白讓人想到剛剛燃盡的一爐炭火，似乎你觸摸一下就能夠燙出一手燎泡，似乎一陣風掠過就能夠吹出火星星來。

馱著八爺和鳳仙的那匹白騍馬，張著嘴呼呼喘著粗氣，往一處低窪處跑去，到了一處濕綠地，八爺把鳳仙從馬上抱了下來，白馬在地上打了一個滾，用鼻子在地上呼呼嗅了幾下，然後猛地一下翻起身，用兩個前蹄往地上猛踏猛跳，不一會兒這裏成了泥，汪出了一灘水來。這水，泥漿漿地散發出一股香味，像濃濃的黃酒，引誘得八爺拉著鳳仙走了過去。

就在這時，耳邊一聲風響，山上跑下了一隻饑渴了幾天幾夜的灰狼。灰狼乍著枯乾骯髒的黃毛，在旱平川焦急地奔跑著，尋覓著，終於，它看見了白馬踏出的那汪著水的一眼泉，它狂奔過去，把八爺和鳳仙擠到一邊，猛撲過去，埋頭痛飲，拼命地咕咚、咕咚往肚裏灌了起來。

白馬看到這種情景，鼻孔裏噴出氣來，一聲驚天的嘶鳴讓空氣驟然凝固了，它往後退了一步，揚起前蹄就要往下踏。

八爺將白馬呵斥了一聲，說道：「讓它喝吧——。」

狼趴在水邊上猛咕了一會，水淺了下去，它將頭揚起，兩爪瘋狂地在水坑裏刨了起來，邊刨邊將身子伏在泥地上呼呼喘著粗氣，過了一會，水坑裏水又復滿。它貪婪地整整喝了半個時辰，喝得肚鼓腰圓，才站起來抖了一下身子骨，搖了搖尾巴臥到離泉水不遠的地方。

八爺給鳳仙掬了一捧水，然後給白馬又掬了兩捧。他掏出一塊饃，饃蘸著水，八爺、鳳仙和白騾馬此時才慢慢地吃、慢慢地喝，吃飽喝足，又看著那隻狼喝夠，才在一處乾燥的斜坡上躺了下來。

水的甘甜使八爺心曠神怡，忘記了路途上的疲勞，也使他再也不想從這個地方離去。

那晚星星賊亮，閃閃的，他們就住在了那後來叫做狼刨泉的附近一處溝坎下面。八爺在山坡上割了軟軟的乾草鋪到溝彎裏。十七十八的火鑽子，二十七八的鑽子火。那年，八爺十七，鳳仙十六。當鳳仙款款脫下她的花襖襖之後，八爺倒抽一口氣，驚得半天合不攏嘴，他看到了一個被月光包擁著的光潔如玉的天仙。曲線分明的身材，細溜溜的兩條大腿扭在一起，秀髮長長地披了下來，一對奶子像兩個就要飛起的鵓鴿被她緊緊地摟在懷裏。他想，女人原來是這麼美啊！他突然感到渾身燥熱，口乾巴巴地望著鳳仙，幾下把褲子脫了下來。鳳仙心裏又喜又怕，把兩個白色的鵓鴿摟得更緊，她突然看到了八爺雄奇的陽具如一個棒槌般立了起來，渾身的腱子肉如火一般把她頓時燒得癱軟了。只聽她「哎喲」一聲，兩個人，四條腿，就纏在了一起。八爺瘋狂地在鳳仙的臉上、身上、脖頸上親了起來。那是他們的第一次嘗試。一個是童男，一個是處女，乾柴遇烈火，熊熊的火在溝彎裏燒得衝上了天。當八爺突然進入一個水汪汪的濕地之後，他倆好似領略到了人生中最美麗的風光。五彩的祥雲在他們身邊湧動，到處是潺潺的流水，鹿兒在草地上奔跑，仙鶴在揚頸長歌。他倆一會兒進入了雲端，一會兒潛入了海底。雲端中他倆攜手並進，海底中他倆一塊踏浪。那是八爺和鳳仙刻骨銘心的第一次，也使他倆永遠地留在了這裏。他們春天在滿山滿窪撒下穀子，秋天收下沉甸甸的穀穗，因為這裏有了狼刨泉，一方水土養一方人，他們有了兒女，白騍馬也下了馬駒，那狼引得滿山滿窪跑開了油光光、灰黃黃的狼娃子。人們用這裏的黃土打了堡牆，蓋了房子，這裏也就成了遠近聞名的杜家堡。

由於狼刨泉的水滋潤人，吸引得四鄉八鄰的人們往這裏跑，八爺老家的杜家人也來了七八個，杜家堡的人越來越多，人們於是又挖了很多水窖，用黃膠泥夯實，積了天上的雨水和雪水。為了抗旱，他們又壓了一塊一塊的砂地，砂地不怕太陽，手一刨砂子底下始終有一絲潮潮的潤濕，這就讓莊稼有了保障，於是也就讓杜家堡真正成了整個旱平川讓人羨慕的好地方。

雨，還在沒完沒了地往下潑。淫雨綿綿，這聲音煽情呢，劈哩啪啦的響聲，引逗得八爺又如小夥子般和鳳仙在熱炕上騰翻起了蛟龍。

炕燒得燙，鳳仙這時心裏更燙，自從八爺當了高級社的社長之後，多少個日子裏八爺再沒這麼擁抱著她了。

「八爺，把心收回來，再別找別的女人行嗎？」

八爺笑了笑說道：「看你說的，不找女人我當這個社長幹啥？」

鳳仙說：「她們有的我都有，她們沒有的我不是也給你了嘛，別一天吃著碗裏的看著鍋裏的。」

八爺皺了皺眉頭，他不願聽鳳仙一天到晚為這事的嘮嘮叨叨。

鳳仙說：「都是有孫子的人了，你這樣兒女們不笑話。」

「一輩人不管兩輩人的事。」八爺坐了起來。

鳳仙於是不吭聲了。她想，八爺一輩子就好著這麼個湯湯水水，就隨他去吧。

鳳仙下了炕，揪了一大鍋面片子，裏面打了兩個荷包蛋，鄉間人家是把荷包蛋當作城裏人的海參燕窩的，鳳仙知道這家裏八爺就是頂門杠子，這杠子立起來這個家才光彩嘹亮。

八爺到院子裏喊道：「尕四虎，把紅軍爺和你福山叔叫過來一搭吃。」

尕四虎是八爺的四兒子，娶的女人是瞎子劉福海的二姑娘劉玉梅，有一個女兒叫水蓮。這水蓮別看才五歲，可她的臉上有兩道彎彎的眉毛，還有水靈靈一對會說話的大眼睛，一笑臉上有一對小酒窩，還有一張誰見了誰都喜歡的八哥嘴。

尕四虎人老實，話不多，他在與八爺相鄰的院裏住著。聽到八爺喊，尕四虎披了一件麻布衫走了出去。

淅淅瀝瀝的雨還是沒頭沒腦地下著，洗刷了旱平川往日的乾燥與塵埃，把一地的麥子引逗得昂起了頭偷偷在笑，但那笑聲裏面夾雜著杜家堡人家家戶戶喘息的聲音。

紅軍爺拄著拐杖來了。這是縣委書記王祥和縣長陳新給八爺多次打過招呼的一位老紅軍，是杜家堡當今最有頭面的人物。當年西路紅軍河西慘敗，紅軍爺拖著個瘸腿逃到杜家堡的時候，八爺看出這是個不一般的人物，就讓他去教村上的娃娃們念書識字。解放後，上面來人要接紅軍爺走，紅軍爺說我年紀大了，腿子也不靈便，再不給國家添麻煩了。於是縣上就讓紅軍爺當了杜家堡學校的校長。

紅軍爺和福山上了炕，鳳仙拿上來一碟子鹹韭菜，不多一會兒面片子就端了上來。幾個人埋著頭往肚裏吸，一鍋面片子剛好一人三大碗。鳳仙知道福山沒吃飽，又拿來半個大鍋盔，幾個人吃飽了飯，打著飽嗝，用手抹了一下嘴，話就多了起來。

八爺問福山：「聽說省上要修什麼引洮工程，這是咋回事？」

福山說：「這麼大的事，你一個社長還不知道？就是讓洮河水從我們這山上過呢，水渠要修到我們家門上來了。」

八爺一聽這話，把腿一拍說道：「太好了！杜家堡若有水，老天爺就卡不住我們的脖子了。這地方土質厚，種啥成啥，以後糧食多了，放開肚子吃也吃不完。」

紅軍爺說：「這渠多會修？」

「快了，快了，聽說動工的時間快了。」福山端起茶碗子，咂了一口茶。

八爺說：「這旱平川的山都是大白土，這山上走水會不會泡了湯。」

「把你死的愁，國家修這麼大的工程，人家早考慮好了，還用得著你我瞎操心。」福山說完，笑了笑接著說道：「這是一條山上的運河，聽說不光我們這裏要變旱地為水地，水渠還要一直修到慶陽的董志原。別的地方已經開工了，我看這裏也就快了。」

「快了就好，快了就好。這年頭好事一個接一個，毛主席福大命大，我們百姓跟著他老人家也沾了光。」八爺像頑童般興奮地手舞足蹈。

那天，天沒洗臉，灰不溜秋的天上湧動著黑疙瘩雲不見太陽。八爺袖著手進了二子用黑刺圈起的小院，一進門就扯著嗓子喊道：「二子，今晚到石家窪給我接親去。」

二子沒抬臉，問道：「接什麼親？」

八爺說：「給水娃子接媳婦去。」

水娃子是八爺的五兒子，比二子小十歲，屬蛇的。

二子想，水娃子狗日的比我還小呢，就要有媳婦了，我一條光棍打到了二十八，我憑什麼給他接親去。

「我不去。」二子橫著眉對八爺說道。

杜家堡的人都是有輩份的，二子是劉福祿的兒子，福山是他的親叔叔，可二子家是地主，福山是鬥過二子爹的貧農。

聽他說不去，八爺把臉吊了下來，身子往前一移，一甩袖子說道：「二子，你娃尿大的一點，就硬下了給人做事呢。你娃耳朵大命大，論屬相般配才把你選上了，你還臭狗肉不上宴席。」

二子低著頭把斧頭砍在一根枯木樁上，說道：「豬的耳朵大，命還大呢，找豬去。」

「你看這娃，你看這娃。」八爺搓著手瞪著眼說道。

然而，二子最後還是接親去了。二子是衝著春花去的。春花和二子在小學同過學，就因為二子家成分大，春花爹死活不讓春花和二子好。

二子從杜家堡出發，是太陽剛跳進山頂狼娃窩的時候。那時刻西邊天空紅丟丟的，像是用女紅染過一般，光禿禿山上的一片草地也被塗抹成了血紅的一片。

二子和尕四虎牽著一匹健壯的黑兒馬，黑兒馬渾身黑緞子似的發著亮光，透著青春的氣息。它身上配著鞍子，青絲線挽成纓頭，馬頭上還戴著一簇紅色的繡球。

他倆在漆黑的夜路上走得艱難，寂靜的山道裏只聽到黑兒馬「跨嗒，跨嗒，跨嗒」的蹄聲，和路邊草叢裏驚起撲碌碌野雞飛的聲音。風像一個夜遊神似的在黑暗中盲目地飄蕩。天上的星星，揉著朦朧朧的睡眼，透過黑暗窺測莽莽蒼蒼的大地。

這路二子不知走過了多少遍，今晚上覺得一步步離春花近了，心裏的花蝴蝶不時地噗嚕嚕飛起。二子心想，能見到春花該是多好啊！他和春花一起上學的那些年，他從這條路上往上爬，春花從山背後另外一條路上往上走，每日裏他倆幾乎同一個時刻上了山樑，然後，春花蹦啊跳啊高高興興地跟著二子一同走。二子比春花要整整大十歲，就像春花的一個大哥哥，牛高馬大，而春花則是依附在他身邊的一朵鮮嫩的花兒，每日裏讓他心花怒放。春花每次和二子一同走進學校時，都要銜著二子甜甜地笑一下，這笑就若一朵花兒留在了二子的夢裏。

尕四虎走著走著就唱起了花兒。

黃河沿上的鴝鸕雁，
大石頭上蹲給了兩天。
雙雙對對者也好看，

單膀子活給者落憐。

尕四虎說話時結巴得厲害，可他唱起花兒一波三折根本聽不出來。尕四虎就那麼忘情地一曲一曲唱著花兒，花兒悠悠透出的蒼涼把整個旱平川包裹得嚴嚴實實。

二子忽然感到自己是那麼的可憐，他就像尕四虎唱得單膀子活得是那麼落憐。他想，水娃子他一個十八歲的憨娃娃，憑什麼就娶媳婦，就因為他的成分好？就因為他爹是社長？難道這世道地主富農家的尕娃連個媳婦也娶不上？

二子想到這裏沒精打采地跟在黑兒馬的後面，他真想掄起棒子把這馬兒打下山去。黑兒馬並沒有發覺他的陰謀，甩著腿下兩個鵝蛋般大的卵子，把頭一揚一揚地往山上走去。尕四虎還是那麼投入地唱著花兒。

清茶熬成牛血了，
我當成隔年的醋了；
爛木頭搭橋者橋折了，
我當成人走的路了。

二子聽著聽著心中的火苗兒就呼呼地往上冒，心想，你兄弟娶媳婦把你高興成了這個樣子。他說：「癩蛤蟆沒膀子，只世下了一副破嗓子。」

尕四虎好像根本沒有聽到他說的話，他仍然把花兒唱得酸澀柔婉，讓黑漆漆的山路多了一絲兒柔柔的光亮。

二子有點惱，心想你爹把地給了我家，才使得我家成了地主，你狗日的倒好，無憂無慮，心裏想的，嘴上唱的儘是些花裏胡哨的東西。

到了石家窪，村頭上站著兩個笑盈盈的小姑娘把他倆引到了一個雙扇紅漆大門前。

啊！這不是春花家嗎？這個大門他太熟悉了，熟悉地經常能走進他的夢裏。二子突然覺得天塌了，地陷了，兩眼黑糊糊的一片。

二子問那兩個小姑娘，「是春花出嫁嗎？」

小姑娘笑著跳著匆匆離去。

淚珠兒從二子的臉上流了下來，他立在春花家的門前半天醒不過神來。

春花家的門被村裏的姑娘們頂著。大門頂了二門頂，不見紅包不開門。

二子把脖子一杠說道：「要錢沒有，要命有一條。」喜慶的日子因為有了二子，也就寡淡了許多。

進到堂屋裏，春花的哥嫂把尕四虎和二子讓著上了炕。

春花媽見了二子臉有點紅，先端上來千層花饃饃，饃饃在碟子裏碼得足有一尺來高，香味兒一會兒彌漫了整個小屋。鐵壺開後，春花媽又給二子和尕四虎倒了茶。這茶是對最尊貴的人倒的，石家窪人的水比油還金貴。茶是用三泡台的碗子泡的，頭水先淺淺地沒了茶葉，填上二道水，冰糖的甜味就顯了出來。

濃濃的香味和甜蜜蜜的盛情，使二子的心情更加沉重。他後悔這次真不該來，難道要讓他自己親手將心愛的姑娘拱手送給八爺那個老畜生嗎？

春花媽說：「喝，我們石家窪的水沒你們杜家堡的甜，可今年一場透雨，讓家家戶戶的水窖也滿了。」

二子沒心思聽這屁話，他只想到新房裏去看一眼春花。然而，新房門上臥著一隻狗，狗舌頭伸得紅紅的似要滴出血來。

二子說：「不喝了，走。」

尕四虎說：「二……二子，你今……今天咋了？今日裏不……不吃不……不喝就顯得有……有點生分了。把你……你那驢……驢臉拉展，吃飽……飽喝足，放……放個響……響屁咱倆再……再走路。」

二子就不再說什麼，一把抓過兩杯酒灌了進去。然後，一手拿著饃饃，一手抓著半個豬肘子就啃了起來。

春花的哥哥唱著酒麴給二子來敬酒，二子二話沒說，揚著脖子灌了進去，於是人們都來敬酒，二子也都往肚裏灌，這酒就喝得沒滋沒味了。

喝了酒，二子的心裏就忽然的舒暢多了。

二子吃飽喝足後，打了個嗝，說道：「不喝了，走吧。」

「那……那好，就……就走吧。」尕四虎下炕穿鞋，鞋裏全是紮人的毛刺。這是本地人對娶親人的惡作劇。

二子一拿鞋，鞋裏也裝滿了毛刺。

二子想，鞋裏沾滿了毛刺，這路再能走嗎？

送親的是春花的一個堂哥和一個表弟。

春花這時就哭了起來。爹和媽把她給了八爺的水娃子後，她已經不止一次地哭了。然而，她心裏還有一點希望，她想，二子肯定會來找她的。可是，今日裏真的要走了，爹和媽真的要把她嫁給那個從來沒見過面的一個陌生人？她突然有了一種任人宰割的感覺。忽然，她眼睛一亮，她聽到了二子的聲音，她把遮臉的紅布揭開，就看見二子立在馬前，木木地望著她。

當了新娘的春花越發光豔照人。瓜子臉，大眼睛，眼珠子像兩丸黑珍珠，眼睫毛很長，像簾子，笑起來更好看，露一口糯米牙，又小，又白。

春花想，二子你怎麼這麼傻呢？為什麼不抱著我跑，你不是說帶我到天涯海角去做夫妻的嗎？

二子從尕四虎手裏接過春花，他倆的手挨在一起猛地顫抖了一下。

春花的哭聲在二子懷裏停了下來，她順勢將頭偎在了二子的胸口上。

二子頓了一下，尕四虎把春花猛地一扶上了黑兒馬。

黑兒馬甩著脖子，鈴鐺嗆啷啷地響，把喜慶撒在路上就往村外奔去。

二子還在那裏呆呆地立著，被尕四虎一拉才醒過神來。

二子跑過去扯住轡繩，春花的堂哥和表弟也跑了過來，一左一右護著春花就往杜家堡走去。

下山的路比上山的路更為艱難，加上春花騎在馬上，二子就覺得自己用一隻手把春花往另一個世界推了。

二子想抓住春花的手。他記得春花的手白白的，嫩嫩的，每次摸著那隻手，他就感覺有一股麻麻的東西穿過自己的五臟六腑，使他如登仙界，似入雲端，把他帶進一個無比美好的境地。

寂靜的夜裏誰都不出聲，兩個接親人和兩個送親人各走兩邊護著馬上的春花一直往前走，使二子想摸一下春花手的願望始終不能得逞。

二

劉福山原來是旱平川石家窪的人。日本人投降後，馬步芳又在石家窪抓兵。福山的大哥劉福祿害怕被抓了兵，用一把菜刀齊齊地剁下了自己右手的四個手指頭，二哥劉福海乾脆用石灰弄瞎了自己的眼睛。福山那年剛三十，人長得魁梧，精明麻利，他跑了，他一直往山跟前跑去。

到了杜家堡，八爺看福山能說會道人又長得結實，就在村上劃出一塊地來讓他種，並騰出兩間房子讓他住在了那裏。於是，福山就從石家窪把大哥、二哥接了過來，八爺乾脆又給了他們幾塊上好的砂地讓他們耕種。這弟兄三人從石家窪到了杜家堡，喝上了他們夢中也沒夢到過的狼刨泉的水，那甜蜜，那芳香，那清涼，滋潤到了他們心裏，真想來世變牛變馬也要報答八爺的恩情。

然而，劉福祿一心只想著發家致富，把先人們留下的銀元，全買了八爺那一塊塊的砂地。他又沒白天沒黑夜地挖地開荒，腰脊椎嚴重彎曲，背部隆起了拱形的大包，成了羅鍋腰。手指頭也變得又粗又短，且伸不直了，酷似地裏翻出的老豆蟲。到了土改那年劉福祿的地就多得一眼望不到邊了，他成了杜家堡惟一的大地主，而八爺卻滿打滿算才勉強占了個富裕中農。

為了表示自己在政治上和經濟上與劉福祿沒有關係，在鬥爭會上福山批一會大哥，喊一會口號，然後，就揪住劉福祿的鬍子往下拔，從此他與大哥一刀兩斷，而他和二哥劉福海卻都成了貧農成份。福山那年鬥大哥，分田地，還參加了貧協，入了共產黨，成了當時杜家堡紅極一時的土改積極分子。

劉家人於是說八爺鬼大，把一個地主的家業分攤給了大家，自己卻落了個清閒自在。人們就說劉福祿這地主當的冤枉，解放前那些年他一年四季吃得是些粗米洋芋，進縣城去的時候胳膊下面夾的是嶄新的布鞋，到了城門口才換上新鞋，把破鞋塞到城外的石頭窟窿裏，出了城門把原破鞋從石頭窟窿裏掏出來穿上，再夾著新鞋往家裏走。

可八爺不這麼認為，八爺說：「劉福祿太貪，太摳，旱平川到處是地，他要把所有的地變成他的，他不當地主誰當。」

福山與大哥劉福祿的怨恨，是從女人胡彩蘭開始的。胡彩蘭原來是劉福祿的女人，也就是福山的嫂子。劉福祿與胡彩蘭原來相親相愛，兩人結婚的第二年就有了二子。到了杜家堡後他們又有了一個男娃。這男娃叫盼水，長得鮮靈可愛。娃兒的到來給這個家庭帶來了歡樂，讓兩個人更加親親熱熱。然而，有一天劉福祿領著二子到地裏去開荒，胡彩蘭把孩子放到廊簷下的柳筐裏去做飯，中間，聽見孩子幾聲短促的啼哭，過後又沒有了聲音，胡彩蘭以為兒子醒了又睡了，沒有留意。等到做好了飯，她走向柳筐，看見幾十隻黑色大蜂從柳筐中飛出來，不遠的上空有一大群蜂子，如烏雲般遮住了院子，她俯身一看，一下子被眼前的景象驚呆了：兒子稚嫩的頭臉和兩肩上的肉已經不見了，裸露在被窩外面的部分，只留下細幼的骨骼，剛才還活潑可愛的小生命，頃刻間成了白森森的骷髏。在小孩兒的臉部，有兩隻身子如拇指般粗細、食指般長短的巨蜂，頭上一對紅色的眼睛，閃著血色的妖異光芒，正在咬齧嬰兒頭骨上殘留的嫩肉。看見這悲慘恐怖的景象，胡彩蘭大叫一聲昏死了過去。劉福祿和二子回來後看到此情此景，怒火把雙眼燒得通紅，顧不得扶起妻子，跟蹤飛走的怪蜂奔到一處崖畔，看見蜂群鑽進一株枯樹洞中去了。劉福祿抱來柴草，憑他在夜晚勞動練就的夜眼，用木竿把布套撐起張在樹洞上，又用預備好的紅泥捅入巢口，堵死了蜂子的出路。然後他和二子撿來乾柴草，碼了有數尺高，他點燃了柴草堆，一瞬間，火焰騰空而起，裹住了整個蜂巢，沒有死的巨蜂，從破口處倉皇飛出，但立即被火焰燎掉翅翼，落下來被大火吞噬，有幾十隻巨蜂剛逃出大火，又被守在一旁的二子撲殺了。

巨蜂被消滅了，可從此劉福祿對胡彩蘭沒了往日的那種親密，他埋怨胡彩蘭粗心大意把自己鮮活活的一個兒子讓巨蜂給吞食了。於是，劉福祿整天吊著個臉，把個水一樣嫩的胡彩蘭扔到家裏。倔強的漢子完全沈默了，領著二子沒白天沒黑夜地到乾灘上去開荒。三口之家，過去的那種歡笑和甜蜜瞬間蕩然無存了。所以，家裏有事胡彩蘭就去找福山，福山也樂意為嫂子幫忙，因為胡彩蘭的眼睛裏有火，把個福山心裏的油點著了。剛開始福山總覺得那是大哥的女人，不敢越雷池半步，可那火直往福山的心尖尖上燒，在一個中午，福山看到胡彩蘭單衫子下面那兩個奶子突突突地跳，熊熊的火焰終於點燃了他，他把胡彩蘭摟到了懷裏。這事後來被劉福祿知道了，劉福祿讓幾個夥計把福山吊在梁上，用沾了水的繩子往他身上抽，重重的繩子落在福山光光的脊樑上，抽出了一條條血淋淋的印痕，把個福山打得只有出的氣，沒有了進的氣來。接著，劉福祿掄著一根棍又把胡彩蘭趕回了娘家。

沒想到第二年杜家堡解放了，弟兄的反目，反倒成了福山與大哥劉福祿沒有關係的鐵證，福山也乾脆把胡彩蘭接到了自己的家裏，他倆成了合法的夫妻。兩個苦大仇深受地主分子劉福祿剝削壓迫的典型人物，當時曾經轟動了整個旱平川。

八爺每天從這塊地走到那塊地看著莊稼。自從地裏下了這場透雨，麥葉子比平時更加新綠，川裏和山裏的莊稼都長得挺拔壯實。麥穗兒長得足有三寸長，包穀、洋芋也長得蓬蓬勃勃，笑嘻嘻地顯得更加活潑可愛。

八爺看著看著心裏就笑，莊稼人嘛就圖個莊稼好，莊稼精神人精神，莊稼倒灶人就成了沒了魂的人兒。他輕輕地撫摸著那綠油油的麥穗，心裏就像撫摸著他十世單傳的兒子一樣受活。

那是日本人投降的那年，紅軍爺和他一塊喝酒的時候告訴他，你要那麼多地幹啥，將來的天下是共產黨的，你想要落個地主嗎？趕快把地處理掉，否則，將來這地會把你壓著爬不起來。那時候，他對紅軍爺的話半信半疑，可紅軍爺是個念書人，念書人是孔聖人的後人，秀才不出門，能知天下事。於是，他把地逢人便給，分文不要，旱平川一些沒地的窮莊戶人都到杜家堡來，雖然他的名聲越來越好，可人們還是對他的這種做法產生了懷疑，不知他葫蘆裏賣得什麼藥。

當時，鳳仙就曾埋怨過他，兒女們也和他鬧，可八爺誰的話他也沒聽，他相信紅軍爺說得是對的。今日裏思來想去，這事情辦得多麼的好啊，不是他聽了紅軍爺的話，他比劉福祿還要慘，還要苦。挨打受罵遭批鬥別說，光那些是人的不是人的唾沫星子往臉上濺，他這要強了一輩子的人也是活不到今天的。

他正這麼想著，就聽福山在喊他，他知道鄉上催著要讓他去開會。

他朝福山走去。只見福山蹲了下來，掏出煙鍋子吸著。

他說：「福山，這會你去開吧，你是會計比我清楚。」

福山說：「我想去人家還不讓我去呢，鄉上點名讓你去，這會要開三天，給老嫂子請個假。」

八爺說：「多會學著會耍嘴皮子了，你嫂子她比我亮清。」

「你和嫂子越來越貼到了一塊，一個離不開一個了。」福山笑著說道。

「沒那麼玄乎，你嫂子不見我她心裏才清靜呢。」八爺接過福山手裏的煙袋，也慢慢地吸了起來。

「鄉上這時節讓各高級社長到鄉上開會，不知道又是啥事？」福山皺著眉頭說道。

「是不是你說的要修引洮渠的事？」

「不像。要修引洮渠，上面一聲令下，誰敢不去，何必興師動眾讓各社長行李自帶，開會三天呢。」

「那你說是啥事？」

「我想可能是交公糧的事。」

「麥子還沒上場，談什麼交公糧呢？」

「你沒看這些日子的報紙，麥子還沒上場，各鄉各縣的糧食已經抬到了畝產千斤和萬斤。」

八爺點了一下頭，他仰著頭看了看天，天空還是那麼深不可測。他自言自語地說道：「有可能，完全有可能。」

「那你準備怎麼辦？」

「是多少就說多少。」

「沒那麼容易。八爺你把事情看了個簡單，你要有個思想準備。」

八爺點了點頭說道：「我走後的這幾天，社裏的事你就多操點心。」說著，八爺就往家裏走去，他要告訴鳳仙，他走後的這幾天，讓她把那頭麻驢操心好。他最放心不下的就是這頭驢，驢肚子大了，馬配的種。這兩天若有個三長兩短，那可是一頭驢和一頭騾子的代價。

鄉上的會議先讓各高級社的社長談今年莊稼長的情況。

鄉長李強勝說道：「八爺，你就先開個頭。」

八爺說道：「李鄉長，還是讓其他社長先說吧，我再想一想。」

李鄉長說道：「有什麼想的。你就別謙辭了，說說杜家堡今年莊稼長得怎麼樣。」

八爺看推是推不過去了，於是把腰板一挺就說了起來。

「說實話吧，杜家堡今年的莊稼是我到旱平川後莊稼最好的一年。山上的，川裏的，麥子長得一樣好，麥穗頭有大拇指頭粗，頭勾下來有三寸長，我還從來沒見過旱平川的麥子能長得這麼好。另外，今年的包穀、洋芋也長得壯，看情景今年產量比去年要高。」

李強勝聽了八爺的話笑了笑，他緊盯著八爺的臉說道：「八爺，你估一下今年麥子平均畝產能達到多少斤？」

八爺說：「去年平均畝產二百八十斤，我想今年上三百五十斤沒問題。」

八爺想，三百五十斤是不是說高了，萬一達不到怎麼辦？杜家堡乾旱少雨，廣種薄收，畝產三百五十斤，那糧食要吃上好幾年也吃不完。可是，他話還沒說完，李強勝就打斷了八爺的話：「八爺，你也太保守了吧。」

八爺不知道李鄉長葫蘆裏賣的什麼藥，再沒吭聲。

會議第一天主要讓各高級社社長談莊稼長的情況，從第二天開始鄉上就讓各高級社報今年的產量。

八爺想回去和村上的人們商量一下了再說，可進了鄉政府大院，一個也不許出去。

八爺於是就報了麥子畝產三百五十斤。

李鄉長說：「八爺你的思想太保守，其他幾個高級社的社長的思想也還沒有動起來，我看大家要好好學學這幾篇文章。」

於是，他先給大家念了一篇《人民日報》一九五八年二月二十八日社論〈打破舊的平衡，建立新的平衡〉，他特別在念到甘肅的一段時提高了嗓門，「比如甘肅省決定全民動手，自力更生，在五年內使地方工業總產值比現在增長十六倍到十九倍，趕上或超過全省的農業總產值。這種種消息表明：這些地方和這些部門的領導人員，已經衝破了舊思想的束縛，敢於大膽地提出新任務，敢於放手發動群眾，促進社會主義建設事業的躍進。他們的思想現在已經趕上前去，因此旗幟鮮明，幹勁十足。這種情況，是符合於當前國內外有利的形勢，也是符合於廣大人民群眾願望的。」

李鄉長念完這篇社論後說道：「別的地方已經把過去的陳腐觀念打破了，有了小麥畝產幾萬斤的小麥衛星，我看杜家堡今年畝產三千八百斤不成問題。」說完他朝八爺看了一眼。

「什麼？」八爺以為自己的耳朵出了毛病。

「畝產三千八百斤。」李鄉長說得斬釘截鐵。

「哪裡的話呢，杜家堡全是旱地，就是把麥稈子、麥根子和土一塊秤也上不了三千八百斤。」

「八爺，你還是富裕中農的思想，保守退縮，沒有一點躍進的思想。現在要務實也要務虛，光有實沒有虛，社員的思想永遠停留在一個水平線上。我看你還是個思想問題，思想裏有糧就有糧，思想上說這也不行，那也不行，肯定是不行的。這麼好的莊稼，這麼好的土地，加上杜家堡有這麼多共產黨員和貧下中農，我不信就上不了三千八百斤。」李鄉長說完這話，朝大家看了一眼繼續說道：「我看這個會要一直開下去，開個十天半月，好好學習，好好辯論，多會思想通了再回去。」

白天開會，晚上就讓八爺和幾個思想保守的社長脫了鞋站在鄉政府的大院子裏。這時的杜家堡雖說白天還有太陽的溫暖，可到了晚上光腳片子站在石頭上冷氣就往人的骨頭裏鑽，再說八爺只穿著一件單褲人就凍得打起了哆嗦。連續兩天兩夜八爺就有點熬不住了，坐到哪裡眼皮就合到了一起，使勁睜也睜不開，然而，他還是挺著。另外幾個社長就趕快報了產量，有報一千六百斤的，有報一千八百斤的，有報兩千六百斤。報了就可以回去。可是，八爺想那是實實在在的糧食，讓我變戲法也變不出來呀。鄉政府裏只剩下了八爺一個高級社社長。

八爺被熬了幾天，就倒在鄉政府的大院子裏給睡著了，幾個民兵拉都拉不起來。民兵們就往他的臉上潑水，可他還是睡著醒不來。

李強勝就拿著一塊燒紅的木炭放在八爺的腿上。只聽「哧——」的一聲響，一道白煙在八爺的腿上嫋嫋升起，八爺「呼」的一下跳了起來。

人們看到這個樣子就笑得前仰後合，李強勝說道：「想通了沒有？」

八爺睜開眼睛看到人們望著他笑，心想，那是實實在在的莊稼，是人胡報亂編的嗎？他說：「李鄉長，話我已經說了，產量已經報了，就那個數字。」

「不行。三千八百斤。你怎麼是個狗肉不上宴席的貨呢。我要在杜家堡插個紅旗，把你扶也扶不到牆頭上。杜家堡是我們鄉的典型，你不放衛星誰放。」李鄉長說道。說著他朝八爺說道：「就這麼定了，三千八百斤，一斤也不能少。」

八爺想，你說三千八百斤就三千八百斤，糧食一下來不就全清楚了。八爺閉上了眼睛，他不願意和李鄉長再說什麼。

「我看還是那幾個出身貧雇農的社長跟形勢跟得緊，糧食問題說到底還是個階級立場問題。人有多大膽，地就會有多大產。」李鄉長拍著八爺的膀子說道。

八爺此時兩眼充血，頭昏眼花，三天三夜沒眨上一眼，就是個鐵人也該垮了。他說：「李鄉長，我走了。」

李鄉長握住八爺的手說道：「回去後繼續好好幹，不要驕傲自滿，過幾天引洮工程就要開工了，你們杜家堡是受益最大的村子，好好拔一些精兵強將去修渠，渠修好了你和我兩個坐上輪船順著渠道上北京。」

八爺腿上鑽心的疼，聽到這話哭笑不得，嘴上打著哈哈，心裏想，呸！盡說的是些夢話，共產黨成了編屁謊的牛皮大王。

八爺昏昏沉沉地往回走，他很傷心，活了四十多歲他還沒說過一句假話，可是今天他卻睜著眼睛看那個人給杜家堡編了一個天大的屁謊。人有多大膽，地有多大產，我八爺的膽子還小嗎？旱平川上上下下哪一個人不佩服我八爺，不然的話，杜家堡那麼多貧下中農，能讓我一個富裕中農去當高級社長。然而，那是地啊，我八爺種了一輩子的地，不知道那地裏能長出多少莊稼糧食？

天，還是那個天，藍藍的，藍得就像一塊藍綢子般透明。地，也是那塊地，黃澄澄的土地上長著綠油油的有點發黑的莊稼。

八爺一進家門就倒在炕頭上睡著了。鳳仙過來一摸他的頭，頭燒得似火炭般發燙，她趕緊去找紅軍爺。

紅軍爺來後把了一下他的脈，趕快讓鳳仙給八爺把薑湯灌了進去。

八爺在炕上醒來時已整整睡了兩天兩夜。醒來後他先看了一下社裏在他家養的那頭麻驢，然後胡亂吃了點飯，用紙捲了個煙棒子，點著後就趕快往飼養圈走去。他想，麥子一割就要犁地，這地就要全靠這幾個牲口了。

飼養圈裏有十頭黃牛，六匹騾子，八匹馬，還有九頭毛驢。這八匹馬裡有四匹馬原來是他八爺的，成立高級社時，是他把馬親手交給了高級社。他非常感激紅軍爺，要不是紅軍爺讓他把那些地處理掉，這時候他就是杜家堡的頭號的大地主。那麼，挨鬥，挨批，挨整的就不是劉福祿，而是他杜八爺了。

他過去摸了摸黑二馬，這是一匹只有兩歲的公馬，渾身上下沒有一根雜毛，油光發亮，鵝蛋大的卵子貼在肚皮上，顯得那樣精神飽滿。他真羡慕啊，不論人和動物都是年輕時好。年輕時一根杆子往天上戳，頂得褲子像搭了帳篷，他走南闖北、吆五喝六，在旱平川出盡了風頭，耍盡了威風。那年，土匪王老六一個村子一個村子洗劫，因為杜家堡有厚厚的堡子牆，王老六攻打了三天三夜，扔下了十幾具屍體無可奈何地退了。解放那年，被解放軍打敗的國民黨的散兵遊勇從旱平川經過，趕走了各村的牲口和豬羊，可杜家堡連一隻雞也沒損失。好漢不提當年勇，他覺得這些年自己到底老了，這一點他晚上在鳳仙的身上明顯就可感覺到。

他很同情福祿。這人雖然貪，可這人的勤奮是杜家堡人誰也比不上的。福祿那些年領著幾個外鄉人沒白天沒黑夜地開荒，兩隻手掌上繭子厚得扎人，剩下的六個手指頭蜷在一起沒法伸開。可這人到頭來卻掙了個地主。人的命，屌的筋，人不信命還真不成。

八爺過去挨個摸了一下那些黃牛。這些牛見八爺摸它們，個個把耳朵貼到腦門上，伸出舌頭去舔八爺的手。

八爺太愛這些不會說話的牲口了，什麼黃眼圈，什麼花雌牛，什麼白鼻樑。別看這些牲口不會說話，可它們能聽懂八爺的聲音。

八爺將院子裏的乾土，一背簍一背簍往圈房裏背，他知道牲口和人一樣，腳底下不幹就會生病。

八爺年輕時看到驢肚子下面那根杆子豎起，他的下面也就硬了，有時候把褲子頂起來他走路都不敢直著腰走，害怕人們笑話他怎麼長了這麼一個不聽話的東西。多少年來，他把全部的精力獻給了杜家堡，只在那些身體灼熱的夜裏，才會鑽進鳳仙的被窩裏，他輕輕地撩去鳳仙的布衣，只有碰到她的肉體時，兩個人的瘋狂才會暴露出來，也許正是因為這瘋狂才使鳳仙一次又一次地懷孕，才使得杜家人丁興旺，也使杜家堡成了有狼刨泉甜水遠近聞名的村子。

八爺又去了麥地。他揪下一個麥穗兩手搓了起來，然後吹去麥殼麥芒，把生麥子放進嘴裏。沉甸甸的麥子勾著頭，杜家堡要大豐收了。他能夠感覺到人們的欣慰和大地的歡悅。

人們見了八爺打老遠就喊：「八爺，回來了？」

「回來了。」

「鄉上又有什麼精神，不會把我們的糧食收了去吧。」

「不會的。毛主席說了，三頓吃不完就吃五頓嘛。」

「那就好，那就好，不要全做了貢獻讓我們喝了西北風就好。」

劉福海眼睛瞎是瞎，可心裏亮清。八爺聽到這話，心裏就很難受，我八爺一輩子沒說過個謊話，這一次讓那個人編得假產量，使他如做了賊一般的沒臉見人。心想，人們是不是知道了？劉福海怎麼會說這話，人們見了他怎麼也眼神怪怪的。

這時，就見紅軍爺拿著一張報紙，到了八爺的跟前說道：「八爺，你怎麼也學會扯屁謊了，這地裏能長三千八百斤的麥子嗎？」

八爺說：「咋回事？」

「咋回事，牛皮吹大了，你在鄉上吹下了個天大的牛皮，放了個全縣第一的衛星，平均畝產三千八百斤，你怎麼能說這話呢？」紅軍爺說道。

八爺不想多說，他的心打起了撲騰，羞得臉上發燒，恨不得把頭插進褲襠裏去。他感到他對杜家堡人有虧呢，李鄉長說那話時自己怎麼就不吭聲呢。他想，讓我們報產量會不會是個套子，若是個套子，自己怎麼對得起杜家堡的父老鄉親們呢？

三

那是民國三十六年，土匪王老六讓每個村子給他拉去五十隻肥羊，並且選村上最好的黃花姑娘在八月十五以前送到金雞岩。八爺沒去，八爺那時年輕氣盛，他心想你王老六占山為王，不就是有兩條破槍嘛。我憑什麼給你送羊？我把這羊賣了，買槍，買刀，和你王老六見個高低。

八爺果然這樣幹了，他買了五十把大刀，三十條快槍，在堡子牆上挖了槍眼和王老六真刀真槍地幹了起來。

王老六占山為王不過是以一個「橫」字迫使各村莊的百姓給他進貢，沒想到遇了八爺這麼一個不怕死的「楞」的，於是王老六攻打了三天三夜之後，來不及收拾弟兄們的屍體，他只有灰溜溜地上了山。

然而，王老六並沒有就此甘休，他將此恨憋在了心裏，在杜家堡解放前夕一個正月十五的晚上，他綁架了八爺的大姑娘冬花子。他讓五十多個土匪，站在杜家堡的堡牆下面，當著全杜家堡人的面將冬花子輪流姦淫。

八爺哭了，全杜家堡的人哭了。然而，人們衝出堡門就被土匪的亂槍打死，最後只有聽著冬花子淒慘的哭喊，眼睜睜看著這姑娘被活活給弄死了。

八爺發誓要報這個仇，他賣房子賣地，去買槍買馬，但是，不等他報仇，杜家堡解放了。是共產黨解放軍替他報了仇。村上開了公審大會，王老六是在杜家堡當著他的面被槍斃的。

過去的事情杜家堡人已經淡忘了，可八爺的心裏卻永遠留下了一道抹不去的陰影，他感激共產黨毛主席，是共產黨為他報了這個深仇大恨。

經過了這件事的八爺經常一個人發呆，鳳仙有時也會莫名其妙的大哭，最可怕的是八爺正在與女人在炕上發狂的時候，他會死死咬住那女人的胳膊。

八爺從此變了，他變得失去了往日的浪漫，而過分重於實際；他變得沒有了過去的詭詐，而對人生更加誠實。

麥子還沒上場，讓旱平川人興奮不已的引洮工程就開工了。開工的那天，天上的太陽被一團烏雲套了個黑色的面紗，顯得那樣的衰老，那樣的沒精打采。它仿佛一個乾癟了的豬尿脬，吊在骯髒的天宇上面。乾燥的旱平川望著這個不起眼的太陽呻吟著，使這裏的空氣顯得格外的沉重。一時間，杜家堡莊外的大路上塵土飛揚，忽閃閃殺出一彪人馬，轟隆隆的鼓聲和鑼聲震天的響了起來，一杆大旗在隊伍前面忽上忽下地擺動，鼓鞭急劇抖動，鼓手們踏出閃、顫、騰、挪的步伐，激濺起滾滾的黃塵。這是杜家堡的太平鼓隊，其後又是秧歌隊和腰鼓隊。這時，一個老者裸著赤銅色的上身，穿著紅褲，振臂大揮，挑著杆旗。幾百個上黃下紅的人在吼，在嚎，在嘶，在瘋，在狂，在舞，在歇斯底里……

秧歌隊開路的是一對賣膏藥的夫婦，臉上都抹著黑鍋灰。男的一手拿著寫有「風調雨順」的斗形膏藥望子，一手搖著環形鐵鈴，叮噹作響，叫賣膏藥。女的奇醜無比，類似彩旦，耳朵上吊著個紅辣椒，一手拿簸箕，一手拿棒槌。那男人走到人群前面唱道：「我的膏藥實在好，引子卻是萬難找。」女人顛著屁股一扭一扭地問道：「你的啥引子，有什麼難找不難找？」男人唱：

燕子空中的屁，河裏魚兒的尿。
癩蛤蟆的眼睫毛，蛤蚤的心，
蒼蠅的爪爪用半斤。

貼在左腿左腿瘡，貼在右腿右腿折。
貼在前心光張嘴，貼在後心淌黃水。

他邊唱邊用誇張、滑稽的大幅度動作扭來扭去，把四鄰八鄉的人們惹得哈哈大笑。秧歌隊裏的這對夫婦，男人是雨師的形象，女人則是風姨的形象，是神話裏呼風喚雨神演變而來的，這是杜家堡人表現一種熱盼風調雨順、五穀豐稔的歡樂心情。

太平鼓隊的鼓點更加急促，如狂飆急馳，似火箭排射，像閃電穿身，讓人們興奮不已，叫旱平川不能自制，人們真想撕裂開自己的衣裳，湧入這滔滔的洪流之中。

這天，縣委書記王祥和縣長陳新親自到老虎嘴來剪綵開工。

王祥矮胖胖的身材，圓圓的臉，戴著一頂灰布帽子，穿著藍色的中山裝。而縣長陳新則是個瘦高個子，長條黑臉，他披著一件黃色的軍大衣，看起來是那樣的精明能幹。他們兩人此時都顯得那樣的興奮。

王祥說道：「引洮工程是一條山上銀河，它是甘肅人民在社會主義建設總路線的指引下，解放思想，破除迷信，改造自然的偉大創舉。這項工程的開工，標誌著甘肅人民引洮上山，消滅乾旱，造福萬年的夢想就要得以實現了。」

八爺聽到這裏又是高興，又是發愁。高興的是旱平川要變成水平川了，發愁的是麥子眼看要黃了，鄉上卻要成立旱平川紅色獨立營，光杜家堡就要拔走一百多個青壯年後生。

王祥說到高興處，念了一首詩：

扛起钁頭唱起歌，翻山越嶺到洮河；
洮水引上董志原，搭上船兒游銀河；
萬丈高山險又陡，千年岩石擋路口；
十萬民工從此過，岩石低頭水長流。

「你們知道董志原在哪裡嗎？那是我們甘肅慶陽的一個好地方。這裏老一代人有個傳說的故事：早年，關中大旱，糧食欠收，京城長安鬧起了饑荒。周圍八百里秦川，徵集不到糧食。人心浮動，皇帝坐臥不安。而此時四百里外的董志原上，卻是一片豐收景象。朝廷立即從董志原調集了大批糧食，解除了長安饑荒。皇帝感慨地說：『八百里秦川，不如一個董志原邊！』這句古話，讓隴東人自豪了幾輩子，可是現如今和我們這裏一樣還是缺水。這洮河的水引過來後，不僅我們旱平川將成為米糧川，董志原更是成了全國的一個大糧倉。」

縣委書記王祥越說越興奮，他做了鼓動宣傳之後，縣長陳新做了具體的佈置安排。

兩位縣上領導講完話，李鄉長興奮地領著群眾喊起了口號：

共產黨萬歲！
毛主席萬歲！
大躍進萬歲！

總路線萬萬歲！

這是旱平川人發自肺腑的呼喊，他們激動地望著王祥和陳新。旱平川人世世代代盼的就是這個水，水是他們夢裏的香肉肉，水是他們夜裏的甜饃饃，水是他們想了一生一世的花骨朵，水是他們世世代代繁衍的命根子。

紅軍爺悄悄告訴八爺，洮河發源於甘肅省甘南州碌曲縣西南西傾山和它的支脈李恰如山南麓的代富桑草原，藏語名叫「碌曲」。由發源地東流四十四公里後，在李恰如牧場附近與野馬灘河匯合，聚成洮河蜿蜒繞行於甘肅和青海邊界上。先後有周科河、科才河、熱烏克赫河彙入，水量逐漸增大。至夏河縣下巴溝鄉，河面陡然變窄，河灣很大。自卓尼縣以下，兩岸稍顯開闊，但也間有陡峻的石崖和石峽。洮河在西尼溝附近出甘南境，自岷縣境內轉而流向西北，在甘肅省臨潭縣陳旗鄉下磨溝村又入甘南州境內，再轉向北流，在卓尼縣藏巴哇鄉復出甘南境。引洮工程就選定自甘肅省岷縣城北五公里龍王台附近去引水。

新媳婦春花剛接到家裏，小倆口還沒熱熱乎乎過完蜜月，水娃子又要離開了，因為水娃子是杜家堡民工排的排長，這是八爺讓水娃子領著杜家堡人上山的。

於是春花心裏就對公公八爺有了一份怨氣。

然而，八爺沒辦法，全村子要去一百多個人，自己的兒子不帶頭，讓別人去這話在嗓子眼裏不好出來。

水娃子領著杜家堡的小夥子們站在紅色獨立營的最前面，個個拿著鐵鍁鐽钁昂著頭。

石斌營長上來先喊了一聲，「稍息——。」

人們於是把頭都抬了起來，望著穿了一身黃軍裝的石斌。

石斌是旱平川石家窪人，抗美援朝時上過朝鮮戰場，是省上選拔出來政治素質最好的人才。他說：「我們拿的是钁頭、鐵鍁，開闢的卻是旱平川祖祖輩輩人的夢想。大幹兩三年，造福千萬代。我們的任務是，先上老虎嘴，啃下這塊硬骨頭，然後我們再東向直進關門口。在關門建一個以灌溉為主，農、林、牧、副、漁全面配套的水庫。由於這條山上運河的興修，旱平川將會成為『洮河上山多稀罕，乾旱地區變水田，大水上山嘩啦啦，山頂上要揚水稻花』的米糧川。到了那個時候，我們旱平川將會永遠把『山是和尚頭，溝裏沒水流，年年遭旱災，人人都發愁』的歷史扔到太平洋裏去。苦戰三年，幸福幾輩子，這是我們的誓言，這場人民戰爭我們會取得勝利，而且我們一定能夠取得勝利。」

老虎嘴是旱平川往上一架石山的峽口。洮河水一連闖過三個峽，崖家峽，黑金峽，關門峽，到這裏拐一個彎往下游流去。水娃子當年跟八爺到這裏去過，怪石崢嶸，且山勢陡峭，只有把這個峽口炸開，擴大，洮河水才能從上面滾滾而下，進入關門。在關門這地方再建一個三峽關門水庫，把水聚起來，計畫用水，旱平川則會變成平展展的大水田地。

石營長講得滔滔不絕，人們更是聽得心花怒放。石斌說到最後舉起右拳頭說道：「我們的誓言是：水不上山不回家！」

紅色獨立營的人們此時把頭都仰了起來，齊聲吼道：「水不上山不回家！」

石營長講完話，浩浩蕩蕩的大軍就出發了。

太陽慢慢跳入了西面的山凹，暮色變濃變深時，民工們進入了老虎嘴。這老虎嘴原來本沒有路，但是自從解放後，山背後建立了縣政府，路就自然走出來了。

老虎嘴，那是被人遺忘的危崖，上面有一株株倒掛的松柏，下面臨近峽口是大小幾十個石窟，石窟裏有雕刻的形態各異大大小小的佛像。通常只有鷹從高空飛過，然而，今天則要把這危崖炸掉，讓引洮渠水寬敞地從峽口流過去。

為了不窩工，石營長把其他幾個排安排到下面闞門修水庫，水娃子帶的杜家堡民工排是尖刀排，駐紮在山上去撬那老虎的嘴巴。

水娃子把紅旗插到了山的頂端，民工們在山的彎子裏搭帳篷住了下來。

水娃子雖然才十八歲剛出頭，然而長得卻和八爺一樣高大結實，寬厚的膀子上渾身的肌肉疙瘩。自從他娶了春花之後，一到晚上躺在炕上他身體中就會有一種衝動。杜家堡人把自己的女人稱作婆娘，可他始終把她叫作春花，他感覺這樣叫很好，有一種說不出來的親暱。可他從春花的眼中看出，她對二子卻別有一番情誼。他不願意自己的女人對別的男人產生好感，不管他們過去有什麼瓜瓜葛葛，可她現在成了他的女人。他始終認為，做了女人就要守本分，侍候好自己的男人，不論是白天還是黑夜，然後生娃養娃，這是杜家堡人老幾輩的規矩。但他不願意把自己的想法說給春花，他只有用自己的行動來表示對女人的那一份愛和那一份情。當他進入春花身體的時候，他就會感覺到旱平川湧動著一股永不停息的泉流，是那樣的甜，是那樣的甘。他一次又一次地與春花的身體合二為一，他不顧一切地從她嘴裏、乳房吮吸著山花的爛漫和芬芳。花開了，春風來了，蜜蜂和蝴蝶翩翩起舞。可爸卻讓他上了老虎嘴，把他和春花活活地分了開來。他想，杜家堡這一百多個民工可能都對爸有一種怨恨，可爸也沒辦法，爸只能聽上面的指示，爸是最聽黨的話的。

第二天，東方剛剛露出晨曦，水娃子一骨碌翻起來就吹響了上工的號子。

「嘟嘟嗒——，嘟嘟嗒——。」這號子聲和兵營裏的一樣，這是石營長手把手教給他的，從今天開始他們將過上完全軍事化的生活。

水娃子領著人們到了山崖上，把繩子一頭拴到山頂的樹樁上，一頭紮在腰裏下到半山腰打炮眼。

石崖很硬，水娃子右手拿著鐵錘，左手拿著鋼釺，打不了幾下手就困酸得抬不起來，於是他就貼到石壁上先休息一會，然後再打再擊。炮眼每隔四米打一個，足有一膀子深。石壁上吊著七八個頭戴柳條安全帽的男人，在虛空裏晃晃悠悠，這時，天上的老鷹不知是哪來的怪物，飛下來在他們周圍左右盤旋。

第一次裝炮眼大家都不會，石斌就手把手一個個地教，如何填藥，如何搗實，看起來簡單，可稍微不注意就會把火藥引發，非常危險。水娃子小心翼翼地裝，並不時地喊著讓大家注意安全。

剛開始到半山腰打炮眼，裝火藥，大家都很害怕，可幹了幾天人們的膽子就大了起來。

水娃子被繩子吊著，一邊打眼，一邊還漫起了花兒：

哎——，嗨——，喲——，
開渠（個）民工英雄（個）漢，
腳踩雲彩頭頂天；

懸崖（哈）騰空鑿炮眼，
半山（個）腰（哈）打（給）個秋千。

石斌看著這一個個生龍活虎的小夥子，望著對面石壁上剛用紅油漆刷了的一首民歌，「天上沒有玉皇，地上沒有龍王；我就是玉皇，我就是龍王。喝令三山五嶽開道，我來了！」他心裏有一種說不清道不明的自豪與興奮。抗美援朝雖然取得了勝利，他回國時也披紅戴花受到了熱烈歡迎，可那些日子裏他蹲在戰壕裏一天到晚窩憋著，讓美國飛機整天輪番地轟炸，三年多來他沒有正兒八經地打過一場硬仗。而如今他勢如破竹地幹，海闊天空地想，社會主義把精神上的條條框框全給打破了。他領著這些年輕人與天鬥、與地鬥、與資本主義路線鬥，他心裏暢快、舒坦。想到資本主義，他就想到最近分到他們營裏的那個右派分子姜宏波，這是清華大學水利系畢業的一個資產階級知識份子，中等身材，兩個毛茸茸的眼睛很大，個子不高，長得不胖也不瘦，白白淨淨的臉上跨著一個黃邊眼鏡。他原來不知道右派分子是做什麼的，後來才瞭解清楚右派就是不聽毛主席的話，信口開河，胡說八道，這也看不慣，那也不順眼的人。姜宏波本來是到營裏改造來的，可這人給他左挑一個不是，右挑一個毛病，昨天還在關門水庫工地上給他脹了一肚子的氣。他當時衝著姜宏波吼道：「你給我滾！」而那個右派還倡狂地說，他是這工地上的技術負責人，這是縣長陳新當著大家的面說的。他想，陳縣長怎麼讓一個右派分子做為自己的絆腳石呢？

他自言自語地說道：「知識份子就是不可靠，沒一個好東西，還自以為了不起，腦瓜子裏裝得全是資產階級的貨，還是毛主席把這些人分析得深刻透闢。」

想到這裏他頭腦裏立刻有了一個新的計畫，今晚上開批判鬥爭會，把這個右派分子好好鬥一鬥，批一批，把這人的頭壓一壓，只許他在這裏規規矩矩，不許他再亂說亂動。這樣一來對其他人也是個教育，搬掉絆腳石，把社會主義的步子邁得更大一點。

這時，他突然在半山腰看見了一尊形似男人雄器的石柱，它在幾個石塊的跟前，緊貼著陡峭的石壁。雄器昂首直立，周圍有幾株松樹，像一把利劍一樣直刺青天。他繼續往前看被一處形態各異的石林驚奇了，到處是石象石虎石樹，無奇不有，無物不奇，他被大自然鬼斧神工的創造驚得目瞪口呆。啊，好一處奇麗的風光！原來這山這川裏還藏著這麼美妙的地方。忽然，空氣裏飄來炸藥沁人心脾的芳香，幽幽的山谷霎時間被震耳欲聾的炮聲炸得顫抖了，山崖整個兒被摧毀了下來，砂石飛濺，巨石滾滾，到處迴響著轟隆隆的聲音。石斌好似在那塵霧中看到了噴湧而出的一股白花花的水流，這水那麼香，那麼甜，它是旱平川人世世代代的祈盼。

杜家堡麥子還沒打碾完，旱平川鄉就被撤銷，在此基礎上成立了旱平川人民公社。縣上於是借這次機會拔掉了杜家堡的白旗，撤銷了八爺高級社社長的職務，讓福山當了杜家堡大隊黨支部書記兼大隊長，並且把瞎子福海的二兒子劉尕寶任命為杜家堡大隊民兵連長。

緊接著杜家堡的食堂也就辦起來了。村裏牆壁上用石灰寫著「共產主義是天堂，人民公社是橋樑，公共食堂是心臟。」村頭上人們用磚砌了高高的一堵牆，上面寫著毛主席的偉大號召「人民公社好」五個金光閃閃的大字。

整個杜家堡沸騰了，上面根據原來各高級社報的產量，算了一下留給每個人的口糧後，給各大隊下了徵購公糧的任務。公社組織了宣傳隊，下到田間地頭，給人們講政策，講貢獻，講豐收不忘國家，講大河有水小河滿的道理。

食堂辦起來後，頭三天施行共產主義，吃飯不要錢，放開肚皮讓人們吃。各村各隊的人們笑著、鬧著往食堂跑，人們手裏拿著、嘴上吃著，一頓一個花樣，頓頓四菜一湯，三天來人們比過大年還要高興，個個都說食堂真是好，人人都說共產主義賽過天堂。

人們編了順口溜：

單身漢愛食堂，早晚不為吃飯忙；
老漢家愛食堂，生活愉快食味香；
婦女家愛食堂，擺脫家務出廚房；
青壯年愛食堂，多出勤來工效強；
學生娃愛食堂，按時能夠入學堂；
孤兒們愛食堂，猶如有了親爹娘。

人們想，還是毛主席看得遠，想得深，我們原先咋就做夢也想不到這些呢？毛主席確實是真龍天子，還是他老人家光榮偉大。

然而，這個時候，只有一個人最為冷靜，他就是劉福祿。他把人們扔到地下的饅頭揀了起來拿回家在房上曬乾，剜洋芋時把洋芋芽子和上麵湯糊到牆上。

二子說：「你這是做啥呢？」

「我的娃，千萬不能糟踐糧食！糟踏了糧食天報應呢。民國十八年，餓得人們啃起了石頭，當時有些人活了下來，就是吃了平時糊在牆上的洋芋芽子。」

可是，福祿只能對二子說，他只能眼睜睜看著人們把雪白的饅頭吃半個扔半個，把拌了肉菜的麵條子倒進豬食槽裏讓豬吃。

當人們高高興興交公糧，把糧食往食堂拉，往大隊倉庫拉的時候，福祿卻和二子在月亮底下，到地裏撿起了被人們丟棄的洋芋和麥穗子。

人們在興沖沖地吃食堂的時候，好像暫時把地主分子劉福祿給忘了。他從巷道裏經過，只有小娃娃們還惦記著他，站在房上把尿撒了他一頭一臉，嘴裏還喊著：「狗地主，吃人賊，喝人血，抽人髓。」

他知道這些娃娃們不懂事，裝著沒聽見，讓娃娃們去喊去叫吧。

二子聽見這些喊聲，就追了過去。

福祿喝道：「二子，做啥呢，少聽那些話，學生娃娃們知道個啥。」

二子就收住了腳，不聽那些娃娃們的話了。

一些人見了二子說道：「二子，都快進共產主義了，你和你那地主老子怎麼還想不開呢？是不是不勞而獲的生活過慣了，盡想著去沾集體的便宜。」

二子低下頭不吭聲了，他不想解釋，只是想著怎麼去找春花說個話。

風有了聲音，呼呼地在地面上吹過，不時地把土吹起，揚得滿天風沙昏昏沉沉。自從春花嫁給了水娃子，春花在二子的跟前話少了，可春花總是對著二子在笑。那笑似春風，那笑又如甘露，那笑似細雨，那笑又如冰糖，二子整日裏沉浸在那甜蜜的笑的回憶裏。

一天，人們下了地，二子趁人們不注意，一下鑽進了水娃子住的東房。這時，春花正在炕頭上縫著一件衣裳。二子的到來把春花驚得放下了手中的衣裳，她的心不知怎麼突突突地跳個不停。

春花覺得要出什麼事了，結結巴巴地小聲說道：「二子，八，八爺在上房呢。」

二子說：「我不管。他老雜毛的水娃子是人，我也是人。」

春花壓低了聲音說道：「你快出去，八爺聽見呢。」

二子聽到春花說八爺，他一下來了氣，說道：「我偏不出去。」說著二子就把春花壓倒在了炕頭上。

春花用腳蹬著二子，嘴裏說道：「二子，你瘋了。」

二子像一頭牛，力氣很大，他不說話一隻手拽住了春花的褲腰帶。春花喘著粗氣緊張地說道：「二子，使不得，使不得呀。」

二子一下扒掉了春花的褲子，他看見了一個抱著衣裳精光赤溜的仙女，瓜籽兒臉蛋，鼓脹的奶子，白皙的大腿疊在一起。二子驚得愣在了那裏，怎麼和我夢中的人兒一模一樣。春花趁此機會一把從炕角拿過來褲子，她的這一舉動把二子驚醒了，他像一頭瘋狂的豹子闖進了一片綠油油的春草地。他擁著她渾圓的胴體，把她的舌尖吮在了嘴裏，那帶著蔥花兒香味的唾液進了他的嘴裏。春花掙扎了一下，就緊緊摟著了二子的腰，兩人像斷了韁的野馬瘋狂地向前衝去。二子感覺到春花在他的身下哆嗦著，他聽到了那讓他激動不已的呻吟。他與春花在夢中無數次的搏擊，此時在水娃子的炕頭上得到了充分的驗證。他觸到了一個女人，這是一個實實在在女人的身體，是自己天天想，夜夜盼的心愛的女人的身體。他一次又一次地衝擊，像咆哮的河流翻湧著衝天的波浪，摧枯拉朽捲走了大地上的一切。是八爺讓他們家成了地主，是八爺這個老雜毛奪去了他心愛的女人，然而，今天這女人就在他的身下，他為這報復而感到無比的歡暢，這是他二子籌畫了不知多少個夜晚終於實現了的一個陰謀。

二子從春花身上下來，跳下炕就往外走去，臨出門扔下一句話：「春花，你是我的，以後我還要來。」

春花跑上前去抱住二子又親了起來，她的眼裏含著淚水，她親著二子的耳朵、鼻子、眼睛，親著他厚厚的大嘴，她長長地哭出聲來：「我的二子哥喲——。」

二子走後，春花又捂著被子嚶嚶地哭了起來。過去的日子裏，她和二子在學校裏吵過、鬧過，可她總把二子當作大哥哥一樣，兩個人一天不見心裏就想得慌，然而，嫁雞隨雞，嫁狗隨狗，她已經是水娃子的人了，於是她見了二子就躲著，不讓二子到她的門上來。可是，二子今天竟然在大白天到了她的家，而且輕而易舉地把她給要了，她又驚又喜，又羞又怕，她突然感到自己太對不住水娃子了。但她心裏愛著二子，她也可憐二子，二子快三十歲的人了，就因為成分是地主到如今還是光棍一條，不然的話她怎麼今天會最後屈服了他呢？此時，她為她最後的軟弱而慶倖，也為她最後的屈服而後悔不已。

晌午到了她趕快去食堂，走在路上她見到了那麼多人，過去沒吃食堂時多少天不見的人，可是現在一天要見兩三次。她聽福山說，辦食堂就是要把婦女從家庭的負擔中解放出來，從封建的束縛中解放出來。難道這就是解放？大家在一個鍋裏吃飯，就成了一家人，到此時她才對解放有了新的認識。

食堂管理員是福山安排的巴學義，這人個子不高，黑瘦黑瘦的臉上一對明亮亮的小眼睛骨碌碌地轉，很會說話。這是杜家堡惟一巴姓人家的頂門杠子，是李強勝的一個遠房親戚。李強勝當鄉長時，就讓巴學義在杜家堡落了戶，現在李鄉長搖身一變又成了旱平川公社的李書記，黨是領導一切的，福山巴結還來不及呢，自然這掌勺把子的權利就落到了巴學義的手上。

春花此時臉紅撲撲的，毛茸茸的眼睛不笑也看是在笑呢。巴學義見春花進了食堂，接過她打飯的粗瓷大碗，滿滿地給她打了一碗紅燒牛肉，然後把五個油餅子塞到了她的手裏。

油餅子夾肉，春花從小長到大沒吃過這麼好的飯，就是逢年過節殺個豬，媽媽頂多給做個白蘿蔔燉肉塊。春花想，還是食堂好。地還是那些地，天還是那個天，可自從辦了食堂後，今天是油餅子夾肉，明天是油拌辣子的細長麵，一天一個花樣，短短的幾天把幾輩子的福都享受過了。她在大隊壁報上看到過這麼一首詩：

人人進入新樂園，吃喝穿用不要錢，
雞鴨魚肉味道鮮，頓頓可吃四個盤。
天天可以吃水果，各樣衣服穿不完，
人人都說天堂好，天堂不如新樂園。

春花吃了幾天食堂，她感覺到這壁報上的新樂園，離自己已經不遠了。可她也感覺到巴學義對自己的殷勤有些不對勁，那眼睛在她渾身上下揉搓著，她心裏感到有些害怕。她想，男人們怎麼個個都是這個樣子，見了女人就像餓狼要吃羔羊，她此時才感到自家的男人在身邊是多麼的重要。

巴學義說：「春花，眼睛怎麼紅了，想男人了吧？」說著他就用那油膩膩的手來擦她的眼睛。

春花的臉紅了一下，說道：「巴管理，外面有人呢。」

巴學義把佈滿皺紋的臉往她跟前靠近，說道：「別假正經了。」說著他乾脆把手塞到她那高高聳起的衣裳底下摸了起來。

春花一把打掉巴學義的手，說道：「巴管理，你的孫子都大了，再別這樣，人看見了不好。」

「有啥不好的。別把你看得那麼清高，有你自動來找我的時候。」巴學義說完一甩手就朝裏屋走去。

春花鼻子一酸，眼淚就流了出來，她記得母親在她出嫁的時候說過，做女人難，做個好女人更難，因為，天下的男人見了女人就想把她吞到肚裏，然而，當他們吞到肚子裏後，就會把女人像骨頭一樣吐出來，再扔到地上。

第二章

一

姜宏波到了紅色獨立營有一個讓石斌想不通的問題。毛主席說過知識份子是肩不能擔擔，手不能提籃的書呆子，在勞動中自然要出洋相。沒想到這姜宏波不但能吃苦，而且測量、繪圖、打炮、鑽眼，樣樣能幹，並且還敢和水娃子們一起從懸崖絕壁上吊下去，在半山腰裏裝炮、點炮。這就讓石斌心裏很不是個滋味，一個右派分子還敢同貧下中農去爭高低，這到底是誰在改造誰？因為，在石斌的思想裏，右派分子都是些五穀不分，四體不勤的寄生蟲，這樣才能證明其好逸惡勞；右派分子是落後的，才能證明工人階級和貧下中農的先進性。可這個姜宏波卻樣樣走在人們的前面，反倒襯托得紅色獨立營的人們事事不如他了。

可是，石斌他根本不知道，姜宏波小的時候家裏是很窮的，而且是經過大世面的人。那是在解放前，姜宏波的父親到荒郊去撿柴禾，拾得幾個子彈殼，這本是想帶給他和大哥大姐做玩具的，萬沒想到在歸途中遇上了搶劫的土匪。土匪以搜出子彈殼為證，懷疑他父親是玩槍的人，是官方派來的以拖兒帶女為掩護的探子，加以逼供吊打，要他父親招認。他的父親老實巴交的想撒謊也說不圓。後來，土匪派人把年僅六歲的姜宏波抓了去，把他拉到一個黑房子裏，不許他父親開口，讓他和遍體鱗傷的父親見面。姜宏波去後幾乎認不出自己的父親了，驚恐的眼睛直楞楞地注視著前方。幾步一回頭，又看看土匪們猙獰的面目。

土匪頭子吼道：「你好好看看，他是你什麼人？不許說天話。」天話就是撒謊的話。姜宏波越走越近，終於認出了父親，猛地撲向父親的懷裏。

「爹呀！」他大哭了起來。「媽媽說你被抓去到很遠很遠的地方做工去了，你怎麼會在這裏？」他撫摸著父親身上血跡未乾的傷痕，「他們為啥要打你，你做錯事了嗎？」

「爹沒有做錯事。快去給長官磕頭，求他行行好，放了我吧。」

姜宏波回過頭來，蹀躞其步，滿面淚流，向土匪們跪下了，口裏說著：「長官老爺，行行好，放了我爹，放了我爹吧！」

土匪頭子覷其行，略加思忖說道：「好了，好了，你起來，我不要你磕頭。你喊這個探子叫爹，那麼我問你，你知道你爹身上有什麼記號？比方說，有哪些胎記或有什麼傷疤嗎？」

姜宏波脫口而出：「我爹身上沒胎記，也沒傷疤，只在背上有五盤菜。」

土匪頭子莫名其妙，又吼道：「什麼五盤菜？不許說天話！」

「我沒有說天話，是你們不懂，五盤菜就是五顆痣。」

土匪頭子一把扯掉他父親的衣裳，察看那斑斑傷痕的脊背，果然有五顆如麻將牌中的五筒那樣排列有數的黑痣，這些黑痣在血糊糊的脊背中還模糊可辨。

「那明明是五顆黑痣，你為什麼要說是五盤菜？」土匪頭子厲聲質問。

「爹教的。要說五盤菜，才能發財；發了財，才吃得起五盤菜。」娃娃們不說天話，是不會撒謊的，就是這五盤菜，才使土匪們徹底相信他父親是真正拖兒帶女的。

於是，他父親被放了出來。放了出來的父親對姜宏波越發疼愛，他發誓要供姜宏波上學，將來能成為國家的棟樑之才。

姜宏波也為父親爭了氣，一九五三年考入清華大學水利系，一直是班上的高材生。一九五七年臨近畢業時，共產黨開門整風，讓人們給共產黨提意見，幫助黨改進工作。他當時家庭出身好，而且對共產黨充滿了希望，對前途充滿了信心，他說：「雖然我本人家庭出身好，但國家在領導部門選拔人才，應該重本人的品德和才學，而不應該只看重家庭出身。由於我們的幹部制度不健全，才使得國家上上下下出現了一些壞人，這也是這幾年出現官僚主義、形式主義、貪污腐化的原因之一。」

他的這些話，成了隨之而來反右運動中的右派言論，他在大學裏就被打成了右派分子。畢業分配，也就帶著右派分子的帽子到了甘肅。

可他從小養成的勤奮好學和熱愛勞動的習慣，和他那見了不順眼的事就要說的秉性，就是到了老虎嘴也改不了，這就讓石斌感到很奇怪，這人怎麼和毛主席說的知識份子不一樣呢？

洋芋生了崽，一個一個往地面上跑，這時節若不抓緊時間將跑出地面的洋芋培上土，秋收後吃起來就會辣。然而，在給洋芋培土的節骨眼上，公社給杜家堡下了大煉鋼鐵的任務。

李強勝書記在公社大煉鋼鐵動員會上說道：「在總路線、大躍進、人民公社的春風下，經過頑強拼搏，英勇苦戰，尤其是食堂化解放了婦女，解放了生產力，全公社糧食獲得了空前的大豐收，平均畝產達到了六千斤，這個產量是史無前例的。由於響應了黨的號召，旱平川也有了自己的大學，另外，全民辦工業也要跑步往共產主義走，十五年我們要趕上英國，二十年我們就要趕上美國，各家各戶都要行動起來，把家中所有的盆盆罐罐拿出來，這是黨中央和毛主席關於鋼鐵生產的偉大號召，到年底我們全公社要完成鋼產量一百噸，這個任務我們已經分攤到了各個大隊，到時間一斤也不能少，一兩也不能缺，這不僅僅是大煉鋼鐵的問題，這是革不革命，走不走社會主義道路的問題。」

李書記一邊說一邊揮舞著拳頭，「聽見了沒有，一斤也不能少，一兩也不能缺。」

「聽見了——。」人們異口同聲地喊道。

全公社大煉鋼鐵動員大會一開完，福山又召集杜家堡全大隊開了動員大會。

福山這天很興奮，好像喝了酒，整個兒成了紅臉關公。他說道：「毛主席說，人民公社解放了生產力，大辦食堂又給我們指出了共產主義的方向，今天，毛主席領導我們大煉鋼鐵，這是給我們搭登天堂的梯子著呢。我們杜家堡，祖祖輩輩點燈基本靠油，幹活基本靠手，犁地基本靠牛，娛樂基本靠，靠……」

劉尕寶看福山結結巴巴半天說不出來，就接著那話大喊了一聲。

福山說道：「你看這娃，話不要說得太明嘛，太明瞭在人前頭你說難聽不難聽。」可他接著說道：「話雖難聽可理端著呢，就這麼個意思。過不了多少日子，這種狀況就會改變。但毛主席給我們指出了路，天堂的日子要靠我們自己動手才能到來。」

這個會讓人們激動不已，會開完後福山又把各生產隊隊長和民兵連長劉尕寶留下來做了具體佈署。於是，尕寶就領著民兵到各家各戶收鐵的東西。什麼廢鐵鏟、廢鐵鎬、廢鐵鍁、廢鐵刀，統統往大隊部裏收。

剛開始讓人們自願交，民兵們在村裏收了一圈後，上繳的廢鐵遠遠達不到任務，於是民兵們就進到各家各戶去搜，把各家的鐵鍋也拔出了鍋灶。

八爺說：「鍋收去了，人們再不煮飯吃了嗎？」

尕寶說道：「吃食堂，要進入共產主義了，家裏要個鍋也沒有用處，還不如上繳大隊支援國家大煉鋼鐵。」

八爺說：「你娃娃才多大一點，你知道啥叫共產主義，我這鍋就不交，我看你把我的㞗割下來。」

尕寶想，這鐵鍋若是八爺帶頭不交，其他人也會不交的，於是他趕快把這件事情報告了福山。

福山說：「這是公社黨委的決定，不管誰都要交，一個也不能少。」

劉尕寶就領著民兵又到了八爺家。

八爺大聲喊道：「這鍋我就不交。」

幾個民兵就上去把八爺摁倒在院子裏，把鍋拔出來用鍋灰給八爺抹了個大黑臉，然後嘴裏哼著曲兒就走了出去。

拔掉了八爺這個釘子戶，杜家堡人誰敢不交，把家裏的鐵東西紛紛交了出來，就連大門上的門扣子也被民兵們撬了去。民兵們把鐵東西堆放在大隊院子裏，圓的扁的長的方的無奇不有，像一座小山，真是讓杜家堡人看了個稀罕，原來各家各戶一動手，還有這麼多的破銅爛鐵。人們一雙雙眼睛盯著自家的鐵家什被鐵錘砸扁了，心疼著，可那已經成了大隊公家的東西。

杜家堡的大煉鋼鐵運動就是這樣轟轟烈烈拉開了序幕。

二子和幾個小夥子一起在村東頭一個原來的窯場地帶裝建土爐。二子用鐵錘把從社員家拿來的水缸砸碎，然後放到碾子裏把那些砸碎的缸渣再碾成細粉。

二子幹得很細心，自從他把春花要了之後，他心裏平衡了許多，可他到春花的跟前就變得像一個蔫蘿蔔，理虧了，沒了那日如一只豹子般的勇氣。

幾個小夥子運來底磚，二子把磨成的粉和成稀泥，然後他們砌爐子、裝坩鍋，然後再用麥草把爐子慢慢地薰烤。爐子的煙囪也是土法上馬，把水缸敲了底，落成一個長筒，高高地向著天空。

大隊除在村上建了五米多高的衛星爐，還在山裏建了兩座四米多高的土高爐。

在建爐的同時，大隊讓社員們進到山裏面採礦石，到山上、城灘裏找燃料。

杜家堡這裏樹很少，大隊就發動社員們去掃地上的草渣、羊糞蛋，刮地上的草皮，然後曬乾當燃料。

人們用鐵錘將收來的鐵鍋、鐵鏟等砸成疙瘩裝到爐膛裏。

點爐的那天，縣上、公社都來了領導，省上還來了兩名大記者。人們敲著鑼打著鼓，小學生們停了課排成長隊夾道歡迎各位領導，準備這激動人心的偉大時刻的到來。

當公社李書記把一個蘸了汽油的笤帚疙瘩點著，扔到爐膛裏後，「劈劈啪啪」的鞭炮聲就響了起來。

人們看著四個小夥子拉著風箱。

這是一個有兩米長，一米五高的風箱，兩人抓著木把，兩人拽著拴在風箱木把上的繩子拉。拉的時候四個人共同用力，推的時候只有兩個人往前搡。

熊熊的火焰跳動著，燃燒著，人們的心就和那火焰一樣七上八下。

二子拉著風箱，人們站在邊上看著，他鼓著勁一點也不敢鬆懈，當參觀的人們看了一會走後，他的胳膊酸得一下抬不起來了。

過來兩個小夥子換上了二子，二子就躺在窯門上。二子想，放了一爐的鍋鏟瓢盆，把社員門上的扣子都拔了，這叫煉鋼嗎？把這些東西煉完，我看再煉啥。可這話只能貧下中農說，二子只敢想不敢說，說也白說，說了隊上還會將他批判鬥爭。

經過幾天幾夜的煉燒，爐火漸漸發白，衛星爐就要出鐵了。這時，全村的人們都來了，把爐子圍得水泄不通。

這天，杜家堡的天格外的藍，藍得扎人的眼睛，那一隻隻喜鵲在村裏的大槐樹上飛來飛去，拍著膀子叫，叫得人們心花怒放。縣委書記王祥和縣長陳新在公社李書記的陪同下，朝衛星爐走來。二子從來沒見過這麼大的陣勢，縣長站在他後面他心裏就跳。

當把爐子打開，紅紅的鐵水流了出來，變成了一個怪模怪樣豬一樣大的鐵疙瘩時，人們紛紛拍起了巴掌。

這時，省上來的記者給鐵疙瘩拍了照，還要給二子他們這些煉鋼人員拍照。幾個小學生過來給二子他們這些煉鋼人員每人戴了一朵大紅花，他們的臉一會兒就像那花兒一樣紅了。

二子把衣裳整了整，把他那一邊倒的頭髮用手指頭梳了梳。省上記者把他們拉著站好，二子站在最中間，他顯得很得意、很自豪，頭高高地揚起，把腰挺得筆直筆直。

記者說：「笑。」

二子還沒對著這麼多人笑過，就把嘴往兩邊一咧。

記者剛要壓快門，福山說道：「先等一等。」

人們就回過頭來看福山。福山走到煉鋼人員夥裏，板著臉，把二子拉了出來。

二子心想我又犯什麼錯誤了？不待他想明白，記者的快門就響了，那幾個小夥子就嘻嘻哈哈走了下來。

福山對二子說道：「這照片要上省報，怎麼能讓你這個地主子女代表我們上報呢？」

隨後，在福山的主持下，公社李書記宣佈：「杜家堡的衛星爐，一爐出了八百二十二斤鐵，射出了旱平川公社第一顆土爐高產的衛星。」

李書記宣佈完，福山說道：「下面由縣委王書記和陳縣長給我們做指示。」

王書記穿著寬大的褲子，把禿了頂的頭揚了揚，那胖乎乎的臉上泛著紅光，他清了清嗓子說道：「杜家堡射出的這顆衛星給我們縣帶了個好頭，一爐八百二十二斤鐵是一個不簡單的數字，這個頭帶得好，隨著它的出現，全縣將會放出更多的衛星。我們要向杜家堡大隊學習，各級幹部一方面要繼續放手發動群眾，鼓足幹勁，務了虛；另一方面，我們要集體出主意，群策群力，互相實踐探索，務了實，只有虛實結合，沒有辦不成的事情。」說到這裏他從口袋裏掏出一張紙條念道：

雙手舉起鋼鐵山，腳踏地球飛速轉；
一天等於二十年，要叫鋼鐵翻一番。
高舉紅旗上火線，遍地爐火映紅天；
大幹苦幹加油幹，定叫衛星飛上天。

王書記講完後，人們歡聲雷動，然後鼓起了巴掌。陳新縣長接著也說了幾句，他說道：「我完全同意王書記的講話，在此我想補充一點，我們都是莊稼人，莊稼人在任何時候不能忘了莊稼，我們現在勞力比較分散，有到引洮工程去的，有大煉鋼鐵的，在這樣一種大好形勢下，各級領導要做好秋收打碾和秋耕的工作，不能耽誤了地裏的糧食。我就說這一點，希望同志們認真落實。」

王祥聽到陳縣長的講話，嘴上不說，心裏卻很不舒服，這個陳新怎麼到哪個地方都是莊稼長，莊稼短，好像我們這些人都不懂莊稼，只有他一個人知道糧食，這人是不是另有什麼企圖，怎麼事事處處要和我唱對臺戲呢。

實際上杜家堡的情況確實如陳縣長說的。村上現有的強勞力都在大煉鋼鐵，引洮渠上又去了一百多個男勞力。各生產隊打碾糧食，挖洋芋，拔穀子這樣一些秋收、秋碾的工作只能在晚上進行。好在人們都吃食堂，吃飯在一起，幹活在一起，節省了許多時間。但是，人們還需要睡覺、休息，由於有了沒完沒了的勞動，杜家堡也就少了許多翻牆頭、找相好的業餘生活。在這一天等於二十年的年代，人們也沒時間去想那些花花綠綠的事情，於是生活就顯得有些寡淡。

天，一天天的冷了，剛入十一月天上就下起了雪。杜家堡的雪被風吹著，在村裏到處鑽來鑽去，攪得滿世界渾天黑地。到了晚上，春花倒在炕上，一下就睡著了，忽然她覺得有人騎在她的身上，她就迷迷糊糊地往下搡，嘴裏罵道：「二子你這個挨刀的，怎麼又來了？」

「什麼？二子。」水娃子把春花一把從炕上揪了起來。

「水娃子，你怎麼來了？」

「我怎麼來了？我不來讓別人給我戴綠帽子不成。」

「戴綠帽子？你這話咋說來。」春花說道。

「你剛才不是將我當成二子了嘛。還想賴。這些日子我在外面，你到底做了些啥事，你把這話說清楚。」水娃子揮著拳就要往春花的臉上砸。

春花聽到這話一骨碌翻了起來，說道：「你這麼不放心就天天來呀，孫猴子當了個弼馬溫，到了渠上不知道當了多大的官，把我一個人扔在這裏守活寡，今日裏反倒成了我的不是。」

水娃子聽到這話嘴有點軟了，說道：「你想，我能來得了嗎？今晚上我還是偷跑著來的。」

春花聽到這話就抱著水娃子哭了起來。兩個人於是就又在炕上龍騰虎躍了。水娃子像一頭饑渴了多日的豹子，那呼呼喘息的聲音挾著一股雄風把春花一會兒刮到了天上，一會兒又送入了穀底，當兩人搏擊到高潮時炕整個兒塌了。水娃子就把氈拉到地上，將春花抱起來放到地下繼續往前衝。這年月的人們都是這樣的瘋狂，可上九天攬月，可下五洋捉鱉，水娃子把幾個月對春花的思念全釋放了出來，讓春花一會兒像一個斷了線的風箏如墜雲霧之中，一會兒又如滑到瀑布裏的魚兒騰空飛舞。春花這時不知怎麼想起了白天在報紙上看到的一首詩：「太陽下山快落坡，哥妹分手要過河；鋼打的鏈子鐵打的鎖，拴住太陽留住哥。」

春花說：「水娃子，咱倆說一會兒話吧。」

水娃子就在地上的氈上把春花摟在懷裏，兩個人捲到了一起，睡在了地下。

水娃子說道：「我是偷跑出來的。我們工地上一切都是軍事化，每天幹十四五個小時不算啥，根本回不了家。」

「那你回去不就讓人發現了嗎？」

「發現不了。我是排長，我讓排裏的人都偷偷回過家，這一次還是他們讓我回來的。」

水娃子接著說道：「爸和媽都好嗎？」

「好著呢。就是爸自從被撤了社長後，大隊讓他當一隊的生產隊長，可他跟不上形勢，看啥都不順眼。」春花說道。

「他說啥話了？」水娃子說道。

「咱們村上辦食堂，他說吃一頓飯要跑兩三里路，吃不肥的跑瘦了。這次大煉鋼鐵，收了各家各戶的鍋，拔了門上的鐵環子，他又說這說那，公社的李書記讓福山把他和二子他爸一塊鬥爭了一會。」春花說到這裏停了下來。

水娃子說：「爸怎麼落後了？他原先不是各樣事情都很積極，現在思想怎麼跟不上形勢了，你有空把爸好好勸一勸。」

春花說：「你說啥呢？讓我勸一勸你爸，哪有兒媳婦勸公公的。」

水娃子說：「爸的思想通了，他的幹勁比誰都大。」

「就是，福山就是看爸威信高，懂生產，才讓他當一隊隊長的。可爸說莊稼人不管糧食，糧食爛到了場上，打碾不到家裏，一天到晚燒那個石頭幹啥。」春花說道。

水娃子說：「我給你帶來了詩人李季和聞捷祝賀我們煉鋼的一首詩，寫得就是好，不愧是個大詩人，你把它抄到大隊的黑板上讓全村人看一下。」

春花接過水娃子遞過來的一張報紙。上面寫著一首詩：先行兵——祝賀天水英雄，並致定西、張掖人民。

春花悄悄地念道：

麥積山上飛起第一顆鋼鐵衛星，
飛呵飛，騰雲駕霧飛向南天門；
滿天的星宿驚奇地眨著眼睛——
奇怪，哪兒飛來這麼個愣頭青？

四大天神慌忙地大喝一聲：
「呔！站住！闖關的通名報姓。」
衛星哈哈笑：「我姓小土群，
我的名字叫做一天兩萬噸。」

天神們嘰嘰咕咕地商量了一陣，
滿臉笑容，列隊歡迎天水來的貴賓；
他們說：「誰借給你火焰般的光輝，
把天上人間照得更亮更明……」

衛星搖頭說：「我只是個先行兵，
甘肅人派我來，打聽平步登天的路徑，
我後面還跟著定西元帥、張掖將軍，
他們叫十萬噸、百萬噸，快去歡迎！」

一九五八年十一月四日

春花念得抑揚頓挫，念完後說道：「寫得真好！大詩人就是大詩人，天亮了我就把它抄出去，讓全村的人們開一開眼界，看看我們的大詩人是怎麼寫的。」

春花一說「天亮了」三個字，水娃子本能地一下坐了起來，說道：「你睡著，我還得趕回去。」

「你等著，我給你炒個雞蛋了再走。」

「不了，不了，我得趕快走，不然讓工地上發現了不得了。」

「你不要急，一會兒就好。」春花說著就悄悄往灶房走去。

八爺和鳳仙此時在北房屋裏聽到了響聲。

鳳仙說：「春花，你做啥著呢？」

春花就在窗戶上悄悄地說道：「水娃子來了。」

這時，水娃子就到八爺和鳳仙的房裏說道：「爸，媽。」

八爺問道：「偷跑著來的吧？」

水娃子臉一紅，把頭低了下來。

鳳仙說道：「偷跑著來咋啦，水娃子已經好幾個月沒回家了。」

水娃子說：「爸，媽，你們睡著，我到灶房裏去，春花給炒雞蛋呢。」

水娃子到灶房裏一看，春花把鐵鍁放到爐灶上炒著雞蛋。

「鍋到哪裡去了？」水娃子問道。

「我不是給你說了嘛，你心裏光想那個事，根本沒聽我說的話。全交到大隊煉了鋼鐵，不然杜家堡怎麼能放那麼大一個衛星。」

「這怎麼成，飯咋做呢？」

「你走了才幾天，啥事都不清楚了。現在人人都在食堂裏吃飯，那個巴學義是管理員，原先不瞭解這個人，掌上勺把子才知道這人不是個一般人。」

春花說著，雞蛋已黃燦燦的熟了，她說：「你快吃了走。」

水娃子兩三口就把雞蛋餅吃到了嘴裏，抱住春花又親了一個嘴，把那柔情似水的身影裝到了他的心裏，他就挾著一股風雪被夜暮包擁著匆匆往老虎嘴趕去。

二

雪還是一個勁地下，山上山下白茫茫的一片，麥場上從畜圈裏清出的糞堆變成了一個個銀色的雪包。杜家堡家家戶戶把雪滾成了雪球，然後推到了水窖裏。雪花圍著八爺轉著圈圈，然後爬到了八爺的鬍子上打起了秋千。

八爺這些日子心裏那個氣呀，煉了幾個鐵疙瘩，可燒盡了一山一溝的樹，還把一場的麥子全讓捂著生了芽，長了毛，這可是杜家堡人老幾輩從沒發生過的事情。

八爺為這事去找福山，大隊部那天坐著公社的李書記。

八爺說：「李書記你說一下，毛主席讓大煉鋼鐵，可沒說讓把糧食爛掉呀。莊稼人不就為了個莊稼嘛，沒了莊稼把那個鐵疙瘩煉個十噸八噸的能吃嗎？」

李書記說：「八爺，話不能這麼說，什麼叫鼓足幹勁，力爭上游，多快好省地建設社會主義。莊稼人要糧也得要鋼，我們公社社員一切要服從黨安排，要組織軍事化，行動戰鬥化，生活集體化。要工作就會有失誤，要想沒有失誤除非不幹工作，你八爺是生產隊長，麥子芽爛了，你有沒有責任？」

八爺說：「我當然有責任，可大隊讓我一天領著人們到山裏面找礦石，我哪來的時間顧糧食呢。」

李書記說：「爛掉了些糧食換來了鋼鐵也是一樣的成果嘛。」

八爺聽到這話氣得一下站了起來，說道：「李書記，你不生娃娃不知道疼的，杜家堡人還要靠那些糧食支援國家建設，還要吃飯呢。」

八爺說了這話，福山一下從板凳上抬起屁股站了起來，他指著八爺的鼻子說道：「你好大的膽子，你敢反對共產黨。」

八爺說：「我反對的是你把杜家堡人的糧食糟踏了，我一個共產黨員怎麼會反對黨呢？你不要給我扣大帽子。」

正在這時紅軍爺走了進來，紅軍爺說道：「福山你大煉鋼鐵支援國家建設沒有錯，可八爺說以後注意再不要出現爛掉糧食的話也沒有錯，大家都是為了一個共同的目標，不要吵了。」

李書記說：「紅軍爺，快坐，你老漢家今天怎麼有空找我來了。」

紅軍爺說：「一個小學校改成了大學，我看不合適，小學就是小學，改成個大學頭重脖子細撐不住。」

「有什麼撐不住的，杜家堡辦旱平川紅專綜合大學這是黨和國家形勢發展的需要，裏面有小學，也有中學，也有大學，三位一體符合多快好省地培養人才，再不能用老眼光看新問題，千萬不敢當魯迅說的九斤老太了，你可是我們旱平川惟一的老革命啊！」李書記把紅軍爺扶到炕上說道。

紅軍爺不知道什麼是九斤老太，但他總覺得現在有很多事情不合適，他說：「這年頭形勢發展的快，我這革了一輩子命的人也跟不上形勢了，還得好好學習。」

李書記知道紅軍爺原來是西路紅軍的一個團長，那一年西路紅軍失敗後流落到了杜家堡，這人有一定的文化，而且上面領導多次打招呼要求對紅軍爺好好照顧。於是，他在八爺任高級社長的時候就專門讓尕四虎侍候這個老人，現在吃食堂還是讓尕四虎給他跑腿打飯的。

八爺說：「紅軍爺你坐，我走了。」

「你走我也走。」紅軍爺站了起來說道。

八爺和紅軍爺出了門，李書記對福山說道：「你也太軟了，對這種抵制大躍進，反對大煉鋼鐵的人要好好批判鬥爭，絕不能姑息遷就，要通過這件事情教育一大片黨員和群眾。」

福山說：「我這就去組織開鬥爭會。」

「這就對了，在大是大非面前要心明眼亮，要敢於鬥爭，不能讓反對社會主義的壞分子這麼倡狂，一拳頭出去要讓敵人聞風喪膽。」李書記拍了一下福山的膀子說道。

鬥爭八爺是在一隊的麥場上。人們坐在麥場的地下，女人們懷裏抱著娃娃，露出一個乳頭讓娃娃們吮吸著，男人們則吸著旱煙，把眼睛的餘光掃著女人的臉，饞饞地舔著那高高聳起被娃娃們擁抱著的大奶子。

這時，聽見一陣急驟的腳步聲在場下面響起，尕寶和幾個膀大腰圓的壯漢把八爺的胳膊擰到身後押了上來，後面跟著被押上來的是劉福祿。

場上先是一陣躁動，說話的人群霎時間靜了下來。

「打倒杜八！」

「打倒地主分子劉福祿！」

尕寶領頭一喊，民兵們也跟著吼了起來，可是，下面的人群卻沒有幾個回應的，一個個勾著頭不理不睬。

此時的劉尕寶手裏端著槍，腰裏插著一把足有二尺長的一把殺豬刀，別的民兵一律身上背著槍，人群周圍站的也是手提槍的民兵。這一切都是福山安排佈置的，他知道第一生產隊都是杜姓人家和杜家人招來的女婿，如果沒有強大的威懾，鬥爭八爺就會變成鬥爭他劉福山的大會。

福山上了場，民兵們又喊起了口號。

八爺昂著頭站著。

福山說：「杜八自從食堂化、大煉鋼鐵以來，散佈了很多攻擊三面紅旗的反動言論，而且攻擊大隊黨支部，在群眾中造成了極壞的影響。」

說到這裏尕寶領著民兵們又喊起了口號。

八爺沒吭聲，他想，劉福山啊，劉福山，當年你們劉家人被馬步芳抓兵沒處去的時候是杜家人留了你，是八爺我收留了你們呀！你怎麼今日恩將仇報做這種事呢。是你想我會奪了你的權，我會影響了你的那個位子嗎？不會的。是我介紹你入了共產黨，把你提成高級社的會計，不是我八爺你會有今天嗎？

鬥爭會開得很窩囊，沒有幾個人發言，這就讓福山心裏很不是滋味。散會後，福山把八爺叫到了大隊部。福山說道：「八爺你要心裏清楚，我們這是周瑜打黃蓋，不批判你這個生產隊長，大煉鋼鐵的阻力太大，上面形勢又那麼緊，任務又那麼重，沒辦法呀，你可不要往心裏去。」

八爺沒吭聲，他瞭解福山這個人，從來就是這陰一套陽一套的，別看這人一天到晚嘻嘻哈哈的，心毒著呢。

一隊批判了八爺之後，福山又讓全大隊社員進行大辯論，一是批判「旱平川無礦論」的論調，二是批判「冶煉神秘論」的論調，他要讓大煉鋼鐵運動真正成為一次杜家堡極其深入的思想解放運動。

福山要求食堂到煉鋼爐邊上去，為煉鋼人員服務，他讓大隊宣傳員春花在山裏煉鋼土爐邊也辦起了黑板報。上面登出了一些為丈夫煉鋼出征的鼓勵快板：

太陽出來東方紅，我送丈夫遠出征。
叮嚀丈夫加油幹，莫把家裏常掛念。
秋收、秋翻我苦戰，裏外活兒我承擔。
你煉鋼鐵我把家活幹，咱倆名字廣播往外傳。

春花還以食堂炊事員的口氣寫道：

要吃飽，要吃好，
一頓更比一頓巧；
花樣多，味道好，
煉鋼戰士吃了信心高。

福山看了這些快板和打油詩，興奮地點著頭說道：「寫得好，寫得好啊！」他讓春花把這些詩趕快收集起來寄到省上的報社去。

八爺此時才感到這個劉福山真不是個一般人物。他八爺為上面編了畝產麥子三千八百斤的神話自己沒有強辯而後悔不已，可劉福山卻能把扁的說成圓的，能把三百斤的麥子產量吹成一萬零六百二十五斤的高產。於是縣上、公社的人都到杜家堡來參觀，省上的記者還到杜家堡現場拍照洋芋過秤的情況。

那是去年秋天的一個下午，太陽吊在藍天上，發著肉紅色的光芒。可是太陽已沒了往日的光彩，半眯著眼癡癡地望著抬著筐的那些膀大腰圓的社員，省縣領導和參觀的記者們這天都來了。福山讓婦女娃娃們有意識地圍在邊上擋住領導們的視線，讓抬著筐的社員快速地往秤上跑，秤過後轉個圈又往秤上抬，有些社員把那一筐洋芋輪番抬著秤了七八次。而領導們則心亮肚明，這時都睜一隻眼閉一隻眼，裝著沒看見，記者們對領導的意圖也心領神會，不斷地拿著照相機按著快門，皆大歡喜的洋芋畝產八萬斤的產量就是這樣產生的。

杜家堡在大躍進的歌聲中發生著變化，大煉鋼鐵砍了樹，鏟了草，又消滅四害打了麻雀，野雞、兔子和麻雀，由於沒有了棲身之地，他們都不知道跑到了哪裡，於是，狼娃窩的狼就開始叼村上的羊。

福山於是就讓尕寶帶領民兵們去搗山上的狼窩。

那天，天灰濛濛的，尕寶手裏提著一杆槍，肩上扛著一隻狼，大搖大擺地從巷道裏走過。

八爺見了尕寶說道：「尕寶，這狼打不成。」

尕寶小時候是很害怕八爺的，可是自從杜家堡批鬥了八爺之後，他感覺到這八爺正如毛主席說的一樣，是個紙老虎。

尕寶說道：「狼怎麼打不成呢，它是誰家的先人嗎？」

八爺聽到這話很生氣，心想尕寶這娃怎麼成了這麼一個混屎貨。

八爺說：「你這娃娃怎麼這麼說話呢。」

尕寶說：「我怎麼說話了。狼吃了村裏的羊，不打死狼，狼吃完了羊就會吃人，你說我說得對不對。」

八爺說：「娃娃，你還憨著呢，杜家堡多少年來人和狼，人和這裏的樹木牲畜一搭裏活著，人才活得安穩，現在把樹砍了，草皮子刮了，狼也打死了，人要遭報應的。」

尕寶說：「我們年輕人一直尊重你這位老漢家，你怎麼思想越來越反動了。」

八爺拿起一根棍就舉了起來，說道：「我打死你這個壞屄，人不大，口氣還大著不成，盡學了些油皮子話。」

尕寶就說：「八爺，別打，我和你逗著玩呢，這狼我回去扒了皮把皮子送給你做個狼皮褥子。」

八爺氣洶洶地說道：「壞屄，滾！」

尕寶扛著狼就趕快滾了，他知道這個老漢倔著呢，不是這年頭人心亂了，也敢欺上犯大了，不然誰敢和八爺說半個不字。

一九五五年肅反運動時，姜宏波班上有個叫胡靜的女同學整天被同班的同學圍著批鬥。每次圍鬥，胡靜就哭，她的哭聲讓姜宏波感覺到是一群狼在撕扯著一隻孤立無援的小羊羔了。雖然，時間不長，對胡靜的圍鬥不了了之了，可姜宏波在一九五七年開門整風發言時說道：「胡靜是個品學兼優的同學，她怎麼能是個現行反革命，為什麼要對這樣一個好同學進行圍鬥呢？我覺得肅反運動做得也太過分了。」加之他對選拔人才按成分好壞選拔的幹部制度提出了意見，自然在以後的反右運動中成了右派分子。當他畢業時要被發送到甘肅水利廳的時候，胡靜死活要跟著他一塊來，還和他扯了結婚證書。

他們結婚的時候很簡單。單位分得一間二十平方米的房子，裏面支了個雙人床，借了個辦公桌，上面擺了幾本書。沒有音樂，沒有鞭炮，沒有鮮花，沒有慶賀，只有他和胡靜一起照的四吋大的一張黑白照片。

引洮工程開工後，姜宏波被派到旱平川紅色獨立營來協助搞技術工作，接受貧下中農的監督勞動改造。初來老虎嘴他心緒煩亂，一閉上眼睛就會想到胡靜。他不知為什麼當和胡靜一塊到了大西北以後，他感到上蒼已把他和胡靜緊緊地拴到了一起。他認為，在這種惡劣的環境裏他有權利、有義務去保護這個弱小的人兒，可現實卻是這樣殘酷，他又將她一個人扔在了家裏。

姜宏波經常戴一副近視眼鏡，人們就管他叫「眼鏡子」。眼鏡子愛看書，還有一副好嗓子，每到晚上他就一個人唱〈莫斯科郊外的晚上〉，當他那渾厚嘹亮的歌聲在山谷裏迴蕩著的時候，就會引逗得很多人跟著漫起蒼涼的花兒。

石斌看了姜宏波的檔案後說道：「你的家庭出身這麼好，怎麼會是右派分子呢？關鍵是讀的書太多了，以後少看那些亂七八糟的書，腦子裏就會少了資產階級的東西。」

石斌對姜宏波始終沒有放鬆警惕，他覺得右派分子就是右派分子，就是和正常人不一樣。雖然這個人有些水利知識，可他的靈魂深處是右的，短短的時間裏他已經看出，全國人民搞轟轟烈烈的社會主義建設運動，而姜宏波卻經常散佈一些反對引洮工程的反動言論。姜宏波對他說，前人給我們留下的文物那是無價之寶，大自然給我們的石林和鬼斧神工的傑作，那是任何東西都換不回來的，三峽關門水庫蓄了水會淹掉上百個石窟文物，會淹掉那千奇百怪各種造型的的石林，另外，大壩用土夯成，太危險了，一旦決口會淹了整個旱平川。還說撬老虎嘴工程太大了，還不如從老虎嘴上面的太子峽繞過去。總之，在這個右派分子的眼裏這也不好，那也不行，社會主義是一團糟的。石斌聽到這些話非常的惱火，在人們鼓幹勁、比工效的時候，這種右派言論會麻痹了人們的神經，鬆散了人們的鬥志。於是，他組織民工開鬥爭會，在會場上他對姜宏波的右派言論一條條地分析批判，讓人們通過辯論搞清思想。

水娃子在批判會上打了姜宏波。

那是一個下雪天，天下雪上不了工，正是開會的好日子。鬥爭會是在一片口號聲中開始的。石斌宣佈開會以後，水娃子搶著先發言，他說：「右派分子姜宏波是我們開山引水的絆腳石，他就像擋在我們前面的老虎嘴一樣，不炸掉老虎嘴，洮河水到不了關門水庫，我們旱平川人將要世世代代受旱受窮。」水娃子說到這裏，上去朝姜宏波的臉上就是一個巴掌。

姜宏波沒有防備，一下子倒了下來，嘴角上流出了鮮紅的血水。

石斌用手制止水娃子再不要打了，他說：「每次運動，都會有人站在群眾運動之外品頭論足，百般挑剔，何況引洮工程是一場偉大的社會主義建設運動，是一項造福萬代的偉大事業，它必然要讓我們這一代人做出犧牲，付出一些艱辛。苦戰三年，造福萬代，當然會招來右派分子的瘋狂反對，這是好事，說明我們做得對，做得好。在大是大非面前，我們引洮戰士，一是要心明，二是要眼亮，只要我們團結一心，什麼老虎嘴我們都能夠把它撬開。」

鬥爭會開完了，人們走出工棚，外面大朵大朵的雪花紛紛揚揚落了下來。

姜宏波站在雪地上，他好似聽到了雪花的聲音。每一朵雪花飄落時都發出一種嚶嚶哭泣般的聲音，但每一朵雪花的聲音又與別的雪花不同，它們有的更加細微一些，有的更加低沉一些，有的又稍稍尖銳一些，許多雪花的聲音集中起來又像是奏響了急風暴雨般的曲子，卻透出幾分淒涼。他盯住了一片雪花的聲音，試圖找到這片雪花。那是十分碩大的一朵，已飄落向深谷的天空，正是一種激昂的聲音托浮著它，讓它悠悠揚揚地往下飄去。

雪花就這樣消失了，卻使姜宏波更加傷感。記得他與胡靜到蘭州的那天也下著雪，沒有風，雪花淒涼地停留在枝頭，落在蘭州低矮的房屋上。當時胡靜說，假如愛上一片雪花，這雪花可不可以把它攥入手中。當時他聽到這話，心裏猛然一驚，我們的命運是不是就是這雪花，隨風而去，隨風而來，我們自己根本無法把握。然而，他還是很幸運，他幹的還是自己喜歡的水利專業。胡靜被留到了蘭州。他到了引洮工地，可是到了這裏沒有人去聽他的聲音，一個右派分子的話對那些人來說都是對社會主義建設的惡毒攻擊。他想起來西北的時候，學校說你去後好好改造，摘了帽子和正常人一樣。然而，他到了這裏以後，在這茫茫的雪天，他一下子丟失了自我，如一個迷途的孩子怎麼也找不到家。胡靜她現在怎麼樣？她在人們的歧視中會不會變了心，她在組織上不斷做工作與他劃清界限之後會不會離他而去。他感到自己太自私了，他戴了右派帽子為什麼還要和胡靜結婚，去影響一個無辜女人的命運。胡靜是那樣的善良，那樣的單純，她不顧家人的反對毅然與他結合，而且從北京扔下父母隨他到了蘭州。可他沒有盡到一個丈夫的責任，半年多來再沒有見過她的面，更不能去關心她，給她以溫存。剛開始他與她還經常通信，可這些日子來怎麼再沒有見到她一片書信。他四顧茫茫山谷，無邊蒼穹只剩下了令人顫慄的無窮孤寂，自然還有揮之不去的惦念和牽掛。

他這時看到了水娃子，他為這些小夥子們擔憂，這些小夥子們熱情有餘，可他們什麼不懂就敢去打眼點炮，就敢吊在萬丈懸崖的虛空。為此，他也將繩繫在腰上，手把手教他們爆破的技術。他想，炸開老虎嘴，水就能過去嗎？水能被調控嗎？那得需要多少水泥灌注。然而，此時只是盲目地挖，瘋狂地炸。石斌說，邊勘測，邊設計，邊施工，邊修改，炸開老虎嘴，沒有水泥用土夯，沒有過不去的火焰山。想到這裏他又想，管那麼多幹啥？我一個右派分子的話等於放了個屁，有誰會聽，讓他們去幹吧。他們叫我幹啥就幹啥，也少了多少的是是非非。但是他又想，我是這裏惟一懂技術的，技術上不出問題則罷，出了問題又會是我這個右派分子的搗亂破壞。

此時，姜宏波突然看到紛紛揚揚的大雪中石斌領著一個人走了過來，到了跟前，透過雪花他才看清這是胡靜。

姜宏波又驚又喜不敢相信他的眼睛，他輕輕地說道：「胡靜！」

胡靜就在離他不遠的地方。他不知她怎麼吊著個臉，那雙活潑的大眼睛輕蔑地望著他，冷冷地說道：「我是和你來辦離婚手續的。」

「什麼？」姜宏波被這種突然的冷漠擊得目瞪口呆。他撲通一聲跪在胡靜的面前，痛哭失聲地說道：「胡靜，你不要這樣，我會讓你幸……福的，我發誓，如果有半點虛情假意，天打五雷……轟，胡靜……。」

「一切都晚了。我跟你到了蘭州，本想著你能夠好好改造，早點摘掉右派帽子，可你的思想還是那麼頑固不化，我不願再做你的犧牲品了。」胡靜冷冷地說道。

姜宏波回頭看了一眼石斌，他說：「沒有啊，你不信問石營長，我一直在好好改造。」

石斌冷冷地說道：「胡靜同志已經遞交了入黨申請書，她正在向黨組織靠攏。」

「那好吧，我再給你一次機會，等你摘了帽子再來找我。」胡靜說完，轉身又往山下走去。

石斌望了一眼姜宏波，跟著胡靜朝山下走去。

雪，還是紛紛揚揚地下著。此時，從雪裏傳來低低的哭泣，胡靜昂著頭不一會兒就完全隱沒在了漫天飛舞的雪花之中。

姜宏波覺得這一切好像就在夢中，他感到一切剎那間都化成了迷茫，天與地完全把他推向了懸崖絕壁。他向一處陡崖走去，他要讓生命與這純潔的白雪整個兒融到一起。

水娃子此時正從工棚出來，他一眼看到崖頂上站著一個人，那不是眼鏡子嗎？他不顧一切地向眼鏡子跑去，他對自己今天早上的魯莽感到後悔，他想趕快告訴眼鏡子原諒他吧。

姜宏波沒有看到水娃子上來，他要選擇一個最佳的時機從這裏跳下去，因為，他惟一的希望沒有了，惟一的愛沒有了，世界對於他來說可有可無，他再要這臭皮囊留在世界上幹啥？

水娃子像一陣風，從後面刮到了姜宏波的身邊，一下從後面將他抱住，兩個人一起跌倒在了雪地上。

姜宏波揮舞著雙手說道：「放開我，放開我。」

水娃子一把將姜宏波提起說道：「眼鏡子，你還是個男子漢嘛，我那一個耳光就值得你去跳崖？你也打我呀，我不還手。」說著，水娃子把臉伸了過去。

姜宏波一下抱住水娃子大哭了起來，說道：「水娃子，我的命咋這麼苦啊！」

「眼鏡子，我錯了，你打我吧。」水娃子抓住姜宏波的手往自己的臉上左右扇了起來。

姜宏波看水娃子這個樣子反倒笑了，說道：「水娃子，我不是因為你打了我的事。」

「那是為了什麼？」

「不為什麼？」

「不為什麼為啥想不開呢？」

「胡靜她剛才來了，要與我離婚。」

「離就離唄，再找一個嘛，天下的女人又不是死完了，還值得你去跳崖。」

姜宏波說：「你不懂。」

「我什麼不懂。你們這些念書人把什麼都看了個真，萬物是真的人是假的，想開些。」水娃子拉著姜宏波的手就往工棚走去。

姜宏波說：「水娃子，去了別給人說。」

「不說，不說，你把心放寬了好好地活，兄弟我再不欺侮你了。」

姜宏波聽到這話反倒感動了，心想，這些年輕人還是憨厚樸實。

三

鳳仙越來越感到八爺老了，老得三個月了沒掀過她一次被窩。

鳳仙於是就對八爺說：「八爺你就別想那些陳芝麻爛穀子的事了，讓他們搞去。」

八爺說：「那是陳芝麻爛穀子的事嘛，把一山一窪的樹和草全燒光了，讓我一天到晚領著隊上的人到山裏面找石頭，燒那些石頭煉出一斤鐵了沒有？瞎折騰。那些報紙、廣播也成天跟著吹牛皮，還不讓人說，一說這些人們的帽子還多著不成。」

「你就別管、別說了，鬥爭了一次你，他們就會有第二次，長點記性，讓他們燒去，石頭燒不出鐵來他們自然就會停下來的。」鳳仙說道。

「這些狗日的們停不下來，把家家戶戶的門扣子、鐵鍋燒完後，又去燒馬嚼子，我看把這些馬嚼子燒完，他們再去燒啥。」八爺氣得一下坐了起來，然後繼續說道：「怪就怪我當初不該讓這劉家人到杜家堡來落戶。」

鳳仙說：「劉家人也不是全壞了，劉福祿和劉福海與他劉福山同娘生的弟兄，可他們就不一樣。」

八爺點了煙吸了一口說道：「人不當官不知道，當了官什麼個㞎樣就都顯出來了。」

鳳仙說：「這也是實話，福山沒當大隊書記時，三天兩頭往我們家裏跑，腿多勤，嘴多乖，現在全變了。一天價吊著個陰陽臉，好象我們把他的娃娃給掐死了一樣。」

「那狗日的現在還會說了，什麼要煉出鋼鐵，先要過思想關。過了思想關，掃清了思想上的障礙，先在思想上樹起多快好省的紅旗，鐵水就會嘩嘩啦啦地流出來。這不是屁話，煉鋼和思想有啥關係。他說得好，怎麼燒一爐，出一爐紅石頭，燒一爐，出一爐紅石頭，我看他把旱平川的石頭全燒成紅石頭，也煉不出一斤鋼來。」

鳳仙說：「再別說了。我看這也不能全怪福山，上面不讓他幹，他也不敢幹。」

「不說了，不說了。」八爺這樣一說，心也就平和了。他說：「這些日子讓你守寡了。」

八爺說著就抓住了鳳仙的手。鳳仙知道八爺年輕時要抓她的手，就是想幹那事了。

她說：「還行嗎？」

這話不說還好，一說真把八爺給激起來了。

八爺將鳳仙抱到了炕頭上。

八爺並沒有急於挑開那神秘的面紗，而是把那活兒做得很細。他把手放到鳳仙的那兩個桃兒上，桃兒還是那樣的綿軟。於是他就輕輕地揉，鳳仙在他的揉搓下好似騎上了一頭小毛驢，毛驢晃晃悠悠讓她有了許多的聯想。他把手慢慢地往下，下面是一馬的平川，平川上有一朵盛開的牡丹。八爺於是把花蕊撥開，花蕊的芬芳引來了無數彩蝶和蜜蜂，它們是那樣的陶醉，又是那樣的貪婪。他一下跳上了駿馬，像年輕時那樣瘋狂地向遠方奔去，馬蹄「嗒、嗒、嗒」地響，踏碎了無邊的原野。

鳳仙說道：「你還是那樣的年輕。」

八爺聽了這話，笑了。他哈、哈、哈地狂笑，把鳳仙也惹得笑了起來。

八爺起來披上衣裳就去找紅軍爺。

紅軍爺正在家裏喝著茶，見八爺進來，心想肯定又有啥事了，說道：「八爺來了？」

「來了。」八爺說著就上了紅軍爺的炕。

八爺知道，這房子這院子都是他給紅軍爺蓋的。那年紅軍爺單身一人到了這裏，穿著個長大衫，戴著一頂瓜皮帽，手裏拄著一根棍。八爺當時以為他是做買賣的，沒想到他還是紅軍的一個團長。

紅軍爺告訴他，那年西進的紅軍隊伍經過長途跋涉，顯得疲憊、遲緩、笨重，在他們前後左右有十多萬強悍、殘暴、兇狠的馬步芳軍隊和民團部隊，這些兇殘的敵人已經張開了血盆大口，要把他們吞噬在河西走廊。他們一步一步地挪動，一個城鎮一個城鎮地轉移。然而，每挪動一步，每攻克或堅守一個城鎮，就會倒下去一批紅軍，就會從更多的胸膛上、腦瓜上、胳膊上、大腿上噴出更多的血。有一天敵騎兵殺過來了，左殺右砍，橫衝直撞。紅軍爺率領他的那個團與敵人拼殺，煙塵滾滾的沙漠中那天戰鬥打得十分殘酷。他受傷了，他倒在了一堆屍體裏面，醒來的時候這裏只有風聲和黃塵。他是扒了一個死了的民團農民的衣裳，一步一步走到杜家堡來的。

紅軍爺來後不想走了，這是因為八爺後來把姑娘翠珍嫁給了他。那年紅軍爺已是三十多歲的人了，而翠珍才十六歲。八爺知道紅軍爺是個識字人，識字人以後會成大事的，可解放後上面多次來人叫紅軍爺，紅軍爺就是不想離開這個兔子都屙不出屎來的窮地方。

翠珍過來給八爺倒了水。八爺看翠珍的臉上也有了皺紋，心想，女兒都顯老了，我怎麼不老呢。

紅軍爺說：「想開些，光陰好比打牆的板，上下裏翻，你把你的隊長當好。」

「那我以後怎麼辦？」八爺問道。

「把糧食存好。這年頭糧食全入了公，家裏若沒有一點積蓄，遇上個民國十八年不得了。」紅軍爺眯著眼對八爺說道。

紅軍爺繼續說道：「你說我為啥不到上面政府部門工作，其他原因也有，但我主要害怕政治運動。你不知道，當年紅軍裏肅反，我差點被我們自己的人拉出去給槍斃了。」

八爺盯著紅軍爺的臉，他覺得這裏有無窮無盡的智慧。

紅軍爺說：「全村的人沒白天沒黑夜都到山裏去採礦石，衛星爐就放了那麼一次衛星，再沒煉出鋼鐵來，福山他腦子也該冷一下了，再不能那麼燒了。我還是那句話，任何時候都不能忘了抓糧食，今年人都到外面去了，家家戶戶沒有積下多少肥，這會影響明年的春耕，你這個當隊長的可要腦子清醒啊！」

八爺說：「福山瘋了。」

紅軍爺說：「這年頭人人都瘋了，你看這報紙吹得多玄乎，說我們這裏人均有兩千八百斤的口糧，全國還出現了畝產一萬八千三百二十斤的小麥，出現了畝產兩萬六千多斤的早稻，說文縣的一隻豇豆重達七十斤，隴西的一隻黃瓜六十斤，雁灘鄉一隻辣椒四點五斤，禮縣的一畝地要產洋芋十六萬斤。胡吹牛皮，吹牛皮不臉紅，我們共產黨的報紙上也不說實話了，幫著大吹特吹開了牛皮。」

正在這時，突然巷道裏有人跑動的聲音，緊接著是女人的哭泣聲。八爺和紅軍爺趕快走了出去，只見水娃子和幾個小夥子抬著一個人往村東邊一戶人家跑去。

八爺問：「水娃子，是誰？」

水娃子擦著汗還往前跑著，跟前一個女人說道：「進財讓炮給炸了。」

八爺知道這進財是劉福海的尕兒子。劉福海眼睛瞎，可兩個兒子尕寶和進財，一個比一個聰明麻利，這娃娃才十八歲還沒有活人呢，怎麼遇了這麼大的事。

這時節就見劉福海拄著棍踉踉蹌蹌從東面走了過來。

「我的娃呀——，我的娃呀——。」劉福海伸出手抱住了擔架上面進財的屍體。

人們趕快把他的手拉了開來。

劉進財今早點了炮以後，別人的都響了，可他的是啞炮，一直沒響，於是，他就用繩子吊著到半山腰去看。他剛到炮眼跟前，炮突然響了，巨大的氣浪把他一下子甩向了天空，因為他腰裏繫著繩子，又將他甩了下來。人們將他拉上來時，他的半個腦袋已被炸飛，腦漿已甩向了谷底，只有半個血糊糊的頭蛋骨還連在脖子上。

人們當時嚇呆了，怎麼會是這樣？剛才還是個活蹦亂跳的娃娃，一轉眼人就變成了一具血淋淋的僵屍。

石斌到底是從戰場上經過槍林彈雨的，他說道：「大家不要慌，先把人送回去，其他人繼續戰鬥。」

然而，誰還有心思幹呢，可是不幹不行，誰要有牢騷就會受到批判鬥爭，還要罰扣飯菜，坐禁閉。

於是，人們把進財送走後，又將繩索拴到腰裏閉著眼往下滑，懸崖上幾隻鷹打了個盤旋又到了天空中央，定定地站著，望著這些天不怕地不怕的人們。

農曆臘月二十三，杜家堡家家戶戶舉辦祭灶的活動。過去，每家每戶在灶台上供著灶王爺，稱他為一家之主，天天敬奉著他。每逢臘月二十三日，人們將畫有兩匹大馬的黃紙灶馬，或用秸杆紮成的馬，俗稱拉灶馬者和灶糖供在灶王爺像前，待天黑時，點燭燒香放鞭炮。全家人要跪在灶王爺前面虔誠祈禱：上天言好事，回宮降吉祥。然後把糖掛在灶王爺的嘴上，以封其口，意思是不讓他在玉皇大帝面前講壞話。最後再把灶王爺畫像撕下來，連同灶馬一起塞進灶口燒掉，送灶王爺上天。

然而，今天家家戶戶吃食堂了，爐灶誰也不敢用，誰家煙囪裏有煙冒出來，民兵們馬上就會闖進去搜查，看私藏糧食了沒有。為了把資本主義的路堵死，家家的豬、羊、雞、兔全進了食堂。可是，人們還是偷偷地像過去一樣在拔了鍋的灶臺上祭灶王爺。

過去這時節就算是已開始過年了，娃娃們此時就會盼著大人們做好吃的，過一下口福，這是人們一年的盼頭。可是，現在家家戶戶沒有一顆糧食，都眼巴巴地望著食堂，可食堂的伙食一天不如一天了，人們等不到吃飯的時候，肚子裏已開始咕嚕嚕地叫。人們想，像這個樣子看來以後年也過不成了。往年過年，殺豬宰羊，走東家串西家，手裏提的是炸的蒸的煮的，樣樣都有，可如今別說到親戚處去了沒拿的，別人到家來後連口飯都吃不上。若讓別人吃了從食堂打來的飯，家裏人就要斷頓挨餓。

人們對這些事誰也沒時間去想，快大年三十了，還一天到晚到山裏去撿礦石，背石頭。

八爺對福山說：「你把我這個生產隊長撤了吧，不抓糧食，讓我一天領著社員們到山裏背石頭，這樣下去，明年吃鋼呢，還是吃糧食呢？」

福山這次沒鬥八爺，而是在全大隊組織了一次算賬會。

福山說：「光大隊食堂傢俱一項就需要六噸鋼，農業機械方面光山地犁和播種機兩項明年就需要二十七噸鋼。大家把這個賬算一算，我們大隊以後還要買拖拉機，收割機，家家戶戶以後還要樓上樓下電燈電話，還要買鋼磨，大家想一想，光有糧，沒有鋼行不行？」

大家聽著這些話不吭聲了，天天喊著共產主義，可共產主義是個啥樣子還不知道，這飯裏的麵和油水卻越來越少了。

福山說：「人們不敢吃得太飽，也不能吃得太好，吃得太飽，吃得太好，思想裏就會產生資本主義。」

人們聽了福山的話都不吭聲，心想，飽哥哥不知道餓哥哥的餓，你吃飽了喝足了，還說不讓我們吃得太飽，不能吃得太好。可人們都不敢說話，說話了就是反對社會主義的壞分子，就要遭到無休無止的鬥爭批判。

杜家堡煉不出鋼，可上面下達的煉鋼的任務越來越緊，福山就抓各生產隊的隊長，讓生產隊長們自己動腦筋想辦法。第四生產隊的隊長就把任務分攤到了每一戶社員的頭上。這些社員們想，任務下到我們頭上，我們能變出鋼鐵嗎？完不成任務還要罰扣我們的飯菜。於是人們就跑到四十里外的一家煉鐵廠去偷，有偷來鐵礦石的，有偷來鐵錠的，還有連工廠中的機器零件一塊偷來的。利用工廠休息，兩天的收穫就碼了有大半院子。

福山看了後樂在心裏，總算可以煉出點鐵來了，可他嘴上卻說：「大煉鋼鐵是為了支援國家建設，幹這種事要坐監獄的，再不許幹這種事情。」

福山趕快讓四隊隊長領著人們把偷來的鐵和礦石塞進了衛星爐裏，爐火熊熊，熔成了一整塊鐵疙瘩。果然，那個鐵廠領著警察追到了杜家堡，家家戶戶搜，整整折騰了兩天兩夜，最後還是一無所獲。於是，那工廠的廠長就圍著煉出來的鐵疙瘩轉來轉去，最後這事情因無真憑實據就算過去了。可是，杜家堡又煉出了鐵，公社就又到鐵疙瘩跟前拍照，還讓福山到各大隊介紹經驗。福山不敢說這鐵是偷來的，就說，要想煉出鐵，首先思想裏時時要想著鐵，思想裏這也不行那也不行，怎麼能煉出鐵來呢。

八爺看到這些，聽到這話，心裏那個氣啊，他說：「福山，你再別幹這種禍害人的事了，你以為你聰明，這可是讓杜家堡人坐大牢的事情。」

福山說：「這我知道，但我不能留著贓物，讓警察來抓我們大隊的社員。」

八爺說：「你不逼，他們會去幹這種事情嗎？」

福山說：「八爺，你也是當過領導的，現在從上到下一層一層地往下壓任務，我不往下壓，把我壓趴了這一大隊的男男女女吃啥呢？」

八爺沒話說了，他知道他再長八個嘴也說不過能說會道的福山。

第三章

一

杜家堡的年就這麼清湯寡水地過來了，一轉眼柳枝兒就開始發芽，地邊上有了綠草，又一年的春耕就轟轟烈烈地開始了。這年春耕不同往年，公社要培養扶植幾個平均畝產六千八百斤以上的高產大隊。公社下來了技術員，手把手地親自指導春耕，原先每畝地頂多撒六十斤麥種，而今年每畝地必須撒二百斤種子。

各生產隊的人分成兩部分，一部分人深翻土地，一部分人進行播種，合理密植。

杜家堡人從來沒見過翻這麼深的地，可這年月一天等於二十年，形勢逼人，人的思想必須像閃電般的變化，才能跟上形勢發展的需要。一個穿著紅毛衣的女技術員來到了地頭上，她笑嘻嘻地給人們說：「現在關鍵的問題要解放思想，這兩天大家在廣播裏聽到了吧，大科學家錢學森都說了，糧食籽種通過核輻射，畝產萬斤十萬斤是完全可以辦到的。」她手裏拿著一把尺子，讓人們把地翻到三尺三寸。翻一層，撒上一層肥料，再翻一層，然後再撒一層肥料。人們在公社這位女技術員的指導下就這麼翻著，翻完地再用播種犁劃出溝撒上稠稠的麥種。

春天的太陽撫摸著人們的臉，地邊上紅旗招展，小學生們則都停了課，敲著鑼，打著鼓，幾個攝影記者在地邊上忙上忙下地拍著、照著，場面顯得非常壯觀。

這地從來沒有這麼深翻過，底下的死土都被翻了上來，黃黃的。人們於是在底下悄悄議論開了，這死土翻上來，活土翻下去，能長莊稼嗎？然而，人們不敢大聲說，這年代一切都變了樣，人有多大膽，地有多大產，報紙上天天說著。人們剛才聽了公社女技術員的介紹，「挖地三尺三，糧食吃不完。」他們開始對人老幾輩的做法產生了懷疑，過去是人憑經驗種田，現在毛主席讓我們要用科學種田，修引洮工程就是為了徹底改變旱平川的面貌，這一切過去敢想敢幹嗎？

福山對人們說道：「新社會，新時代，必須還要有個新思想，再不能用老眼光看新問題了。我們這裏千百年來，『山是和尚頭，溝裏沒水流，年年遭旱災，人人都發愁』，引洮工程這條山上運河建成後，將會出現山上運河，天上人間的壯麗景色。我們再進行深翻土地，畝產萬斤就是明年後年的事了。」

八爺對這些根本不相信，可他總結以往的經驗，嘴上不說，白天深翻密植，慢慢磨洋工，到了晚上他讓全隊的社員在月亮底下加班加點進行播種。他知道一年之計在於春，春耕時節若按照公社這種深翻密植，杜家堡人明年全得喝西北風。

各生產隊為了使麥種不讓社員們偷著吃，麥種裏先拌了嗆人的農藥，再拌上大糞，然而，餓了肚子的社員在種田時還是用手將麥種一搓，吹一吹，用衣裳一擦，然後扔到了嘴裏。

由於麥種裏農藥太多，雖然這些社員吃時用手搓過，用嘴吹過，還是讓十三個社員中了毒，連吐帶屙躺倒了，有一個還因搶救不及時給死到了家裏。

福山說：「活該！這就是偷吃麥種的下場。」

他讓全大隊的人們到這死了人的家裏來，召開現場批判會。劉尕寶在棺材前面領著喊口號，全副武裝的民兵們吼聲震天，不知棺材裏的人聽見了沒有，但在場的社員們個個心驚膽戰。

此時的人們都低著頭，誰也不敢說話，誰要敢頂撞領導或發一句牢騷，就要被罰扣了飯食。繁忙的季節，使人們很快從悲痛中走了出來。這時節萬物復甦，各種野菜和動物陸續來到了旱平川。福山就讓尕寶領著民兵隊去打狼，讓全大隊男女老少齊動員到地邊上去挖野菜，以彌補吃糧的不足。人們看到去年敲著鑼打著鼓追著消滅麻雀，今年不但麻雀沒有了，而且各種鳥兒都銷聲匿跡不知跑到哪裡去了。

杜家堡過去糧食是吃不完的，但是，去年平均畝產在公社放了衛星之後，公社下來人專門給算了一個賬，按照八爺所報的數字，在帳面上每人平均一年留二千二百斤的口糧，所剩的全部上繳國家，還會有很多餘糧，放開肚子讓社員吃也是吃不完的。

八爺心裏就很傷心，這帳面上的口糧全是空的，給社員們的口糧全是一些帳面上的數字，實際上社員們家裏連一顆糧食也沒有，隊裏倉庫裏的糧食也交了公糧。他感到自己太對不住父老鄉親們了，當時鄉上逼他，罵他，就是打死他也不能這麼胡吹亂報呀。但那是白紙上的黑字，黑字是能改的嗎？

人們餓了肚子，心裏就有了怨氣。可引洮工程的步伐越來越快，形勢越來越緊，逼得人們沒時間去發牢騷。

杜家堡的田一種完，福山就又抽出一些人到三峽關門水庫大壩去支援水利建設，另外一部分人專門挖掘代食品。

新的時代賦予了人們新的思想，人們在實踐中什麼也敢想，什麼也敢幹，世界霎時間好像完全變了樣。過去的狼娃窩到處是狼，人們害怕，不敢一個人到地裏幹農活，而如今民兵們背著槍去圍追堵截黃麻溜溜的狼，狼只要一聽見人的聲音，遠遠地就逃之夭夭了。

杜家堡食堂吃飯不要錢的共產主義一轉眼變得讓人們吃不飽了，全公社的食堂這時候人們都吃不飽了。於是，公社就讓各食堂去搞增量法，說別的地方一斤麵粉可以做成四十斤的成品飯。

由於杜家堡的食堂辦得好，在全公社早就是出了名的。公社李書記下來，都要到這裏吃了飯再走。每次吃飯大隊領導就陪著吃，七碟子八大碗，魚肉海鮮樣樣都有。這次李書記親自點名讓杜家堡食堂搞一個增量法的現場推廣會，準備抓典型帶一片。

參觀的那天，各大隊的書記和食堂管理員都來了。

巴學義用麥麩子放了糖精做成「手動素」，榆錢兒拌麵做成「金錢飯」，包穀杆磨成粉拌了麵做成「福壽饅頭」，五顏六色一下子在桌子上擺了四十多個品種。

人們一邊看一邊議論紛紛，有些還用勺子挖點嚐著吃。人們大開了眼界，沒想到這世界上還有很多食品的潛力遠遠沒有挖了出來。

李書記說：「人自以為是一種高級動物就了不起了，人說來說去也是動物嘛，其他動物能吃的東西，人為什麼不能吃？這個問題大家應該好好想一想。」

人們看了展覽，聽了李書記的話，心想這話也有道理。同時，大家都為杜家堡有這麼一位優秀的食堂管理員而讚歎不已。

李書記望了一眼福山說道：「請杜家堡大隊給大家介紹一下經驗，讓大家好好學習學習。」

福山望著將巴掌拍得震天響的人們說道：「我們也沒什麼經驗好學的，該看的大家也看到了。」

福山此時心裏也有些虛。他想，大隊倉庫裏的糧食也不多了，眼看著杜家堡就要斷糧了，但給公社的牛皮已經吹了出去，斷了糧再要糧，國家會給嗎？

正這麼想著，李書記說話了。李強勝書記不管平時工作時如何厲害，可他開會時胖胖的臉上總是略帶微笑。「你可不要保守呀，作為一個共產黨員就要實事求是，一就是一，二就是二，講出來讓大家聽聽。」

福山對巴學義說：「那你就先說一說，讓大家聽聽。」

巴學義說：「任何一件事物都有藏在深處的東西，這可能就如李書記說的潛力吧，就拿人來說，過去我們就種著那些地，也感到一年四季沒個閒功夫，今天，我們大隊有上百個小夥子長年累月在引洮渠，全村的勞力也在支援修關門水庫，這地不也種上了，也沒讓哪一塊地閒著。辦食堂也是一個道理，過去一斤麵就做四個饅頭，可我們現在一斤麵能做四十個饅頭，這就是增量法。」

巴學義說到這裏，李書記接了過去說道：「你看巴管理員說得多好，這就是馬克思主義的辯證法，辯證法在哪裡，就在人民群眾的實踐中，頭腦裏有吃的，飯桌上就會有吃的，頭腦裏有了人民群眾，群眾的肚子就吃飽了，他們就會煥發出任何時候也沒有的力量。」

李書記接著說道：「福山你也給大家講兩句。」

福山說：「李書記說的話，我百分之百的贊成，自從大躍進以來，形勢一天比一天好，人民群眾的幹勁一天比一天大，就因為食堂把婦女們從鍋臺上解放了出來。我在這裏給大家念一首詩，這詩不是我寫的，可它代表了我們貧下中農的心聲。」說著，他從口袋裏拿出一張報紙，先將嗓子裏的一口痰往邊上的糞堆上「呸」地一下吐了過去，然後念道：

邁步走進桂花園，一枝更比一枝鮮。
人人都說農業社好，誰知公社更非凡。
上天梯子立得牢，一步更比一步高。
生產思想齊躍進，共產主義早來到。

人們異口同聲地說道：「好！」

隨著這聲好字，大家紛紛鼓起掌來。

人們參觀罷，開完現場會，就跟著福山往食堂二樓的小餐廳走。餐廳門兩邊寫著「吃水不忘掘井人，幸福全靠共產黨」，橫批為「飲水思源」。餐廳正面牆上寫著：共產主義是天堂，人民公社是橋樑，公共食堂是心臟。

餐廳裏擺了兩大桌，十個菜，一個湯，每個桌子上四瓶酒。菜一端上來，人們的涎水就流了下來。

福山說：「請，大家動筷子吧，我們也沒什麼招待的。」

人們說：「這就好得很。」

人們說的是實話，這時候能吃上這麼好的飯，在家裏他們想都不敢想。

李書記致了簡短的祝酒詞後，大家在一種輕鬆歡快的氣氛中拉開了陣勢猜拳行令。

吆五喝六的聲音繚繞在杜家堡的上空，整整持續了半個晚上。

八爺聽到那一聲聲猜拳的聲音躺在炕上罵道：「這些狗日的們喝的是我們杜家堡人的血，我們吃不飽，福山這雜種拿上我們的糧食和酒肉去餵那些豬呢。」

八爺只能在家裏罵，罵歸罵，可形勢的發展讓八爺也心裏害怕了起來。人們餓著肚子可不能在外面說實話，說了實話輕者要罰扣飯菜，重者要被拉到大隊鬥爭批判。

八爺早就知道春花和二子好的事情，那天二子與春花整出了那麼大的聲音他也是知道的，但他不說，他知道年輕的時候都一樣。他年輕時，在石家窪有個相好的，一晚上跑了五十多里路，去翻人家的牆頭。可那二子已經是快三十歲的人了，就因為成分大，還沒個媳婦。人和豬是一樣的，他知道沒媳婦的人比那個騷公豬見了母豬還要饞。

然而，鳳仙悄悄對八爺說：「這春花把我水娃子虧了，你不管我管。」

八爺說：「一輩人不管兩輩子人的事，你年輕的時候我管過你嗎？」

鳳仙就不吭聲了，可她見了春花就摔碟子扔碗，春花把飯從食堂打來，給她盛了飯，她就把臉撇到了一邊。

春花說：「媽，快吃飯呀。」

春花說話總是這樣柔柔的。鳳仙就想，這騷女人是不是狐狸精變的，不然那眼睛怎麼就那麼勾男人的魂呢。

巴學義給福山說：「讓春花到食堂來吧，縣上公社的人下來也有個鮮活的人來招呼，不然讓上面的人說，杜家堡怎麼竟是些紅疙瘩麵團子，把這麼美麗的食堂給糟蹋了。」

福山說：「是不是你有了花花腸子，想找個大美人到食堂去陪你呀。」

「哪裡的話，若有那麼好的事，我是不會忘記劉書記的，劉書記不想吃的菜我才敢吃。」巴學義笑嘻嘻地對福山說道。

「哈，哈，哈——，小巴啊我沒看錯人，你是個有情有義有肝有肺的人，你是我肚子裏的蛔蟲，怎麼把我的心思瞭解得這麼清楚呢？」福山說完，他又繼續說道：「好好幹，你把食堂辦好，我瞅機會把你往上再推一推。」

巴學義的年齡和福山差不多，然而，巴學義在福山的跟前則裝得很謙卑，他說道：「那就太感謝書記大人了。您對我的恩情比我的父親還要重，這一輩子也報答不完，下一輩子我當牛變馬也要好好報答您老人家的。」

「再不要說這麼多虛情假意的話了，我看你的實際行動。」福山說道。

巴學義知道這劉書記也看上春花了。他心裏想，這個老不正經的，老牛還想吃嫩草，還想奪我的心頭之愛。可他嘴上卻說：「我盡力為書記服務。」

春天的杜家堡蓬蓬勃勃，大隊廣播站裝了三個高音喇叭，整天放著雄壯的歌曲，並沒有因為食堂裏的飯一天天減少，讓人們餓得慌而少了那紅紅火火大躍進的景象。

春花早上到食堂去打飯，只見巴學義今天格外的殷勤。

「春花，到食堂來吧。」巴學義對春花說道。

「我會做啥，到食堂不誤了你的工作。」春花端上一盆子麵糊糊就想走。

巴學義說：「你先別走，說個肯定話你來不來。」

春花說：「不來。」

「不來可別後悔，你看食堂裏哪一個不是大隊幹部家裏的人，小隊長派人來我都不要，這可是打著燈籠也找不到的好工作。」巴學義說得很誠懇。

「不來。」春花扭頭就走了出去，她看出這姓巴的黃鼠狼給雞拜年沒安好心。

巴學義並沒有生氣，他知道他的勺把子底下有學問呢，不怕她不來。他想，到時候她得跪著求我呢。

食堂的飯裏麵食越來越少了，大多是地裏摘來的苜蓿，挖來的野菜。這天，二子吃了午飯，就到衛星爐上去煉鋼。因為，山裏的礦石煉不出鋼，隊上就讓人們到四十里外的礦山上去偷，路是遠了點，可總算能煉出生鐵來了。

幾個煉鋼的人肚子裏沒食，就讓二子去拉風箱。四個人拉的風箱，只有二子一個人出力，自然就拉得緩慢，出得風少。此時，福山正從這裏經過，二子很反感他的這個叔叔，就將頭扭了過去。

福山說：「你們幾個沒吃飯嘛，怎麼風箱裏沒風呢？」

幾個人就拼命拉了起來。二子手抓著風箱把還是感到渾身無力，因為兩個拉繩的和另一個拉風箱的肚子裏缺食，身上已沒了力氣。

福山過來抬起手就朝二子的臉上一巴掌。

二子看了一眼福山說道：「你咋打人呢？」

「打人咋了，我還砸你的頭呢。」福山惡狠狠地說道。

二子就用眼睛瞪了一眼福山。

福山說：「二子，你的白眼仁子別翻，罰你三天的飯。」說完福山就走了。

和二子一塊拉風箱的一個人說道：「二子，劉書記還是你的叔叔，咋屎不認人呢。」

另一個說道：「這就叫人親不如階級親，人家劉書記是貧農，二子可是個地主狗崽子。」

二子沒吭聲，坐在窯門上直發呆，他知道扣罰三天的飯是要人的命呢。

到了晚上，二子去打飯，巴學義果然不給打，二子就一搖一晃地往家走去。

劉福祿聽兒子說了今天的事後，知道二子去打飯肯定打不上。因為，他的兄弟他清楚，從小奸猾狠毒得很，不然一娘生下的親兄弟，怎麼會成為貧下中農，而他則成了地主分子呢。於是，他就在鍋裏蒸了一鍋洋芋，這是去年秋天他和二子在秋收過了的地裏掏著撿來的。

二子吊著個臉回來後，他把二子拉到懷裏說道：「娃，別傷心，到灶房裏來。」

兩人到了灶房裏，二子一見香噴噴的一鍋洋芋就笑了。

二子剛捧著一個沙磣磣的洋芋要往嘴裏放，突然，一抬頭看見七八個民兵和福山走了進來。

「好呀，家家戶戶都在走共產主義的路呢，把糧全交到了食堂裏，你這狗地主還藏了糧偷著吃。」福山說著就將二子手裏的洋芋搶了過去。

民兵們翻箱倒櫃在二子家裏搜，搜出了半窖洋芋和一百多斤的麥子。這麥子是劉福祿和二子將揀得麥穗子搓的。

這還了得，福山讓把全大隊的人都叫到劉福祿的家裏，開現場批鬥會。

福山讓劉福祿和二子交待這糧食從哪裡來的。

福祿說：「麥子是去年夏收過後撿來的麥穗搓的，洋芋是地裏撿來的。」

「那是大隊的糧食，能撿嗎？我也想撿糧食，公家的東西能隨便拿？我看你還是狗改不了吃屎，剝削的本性還是沒變。」福山像數落一條狗一樣，數落著他的大哥，說著說著就用巴掌去搧他大哥的臉。

二子想，那是他們披星星戴月亮撿來的一些糧食，不撿的話那些遺棄在土裏的洋芋和那丟落在地裏和路邊草叢中的麥穗子早變成了稀糞泥。

鬥爭完福祿和二子，二子家的麥子和洋芋就被拉到了食堂裏。

春花看到二子家的糧食被搜走，二子又被罰扣三天不讓打飯，心裏就急得火燒火燎，她趕快去找福山。

福山那天中午一個人正在大隊部的一個躺椅上躺著，春花就走了過去。

春花戰戰兢兢地說道：「劉書記，你就行行好，讓二子吃飯吧。」

福山說：「讓這娃長個記性，看他再磨不磨洋工。」

春花說：「書記，這不是要二子一家人的命嘛，二子他再不敢了。」

福山出去關了大門，進來說道：「你知道他再不敢了？」

「不敢了。我知道二子膽子小。」春花說道。

福山把房子門一關說道：「這話好說，這麼漂亮的媳婦來求情，我能不答應。」

「真的？」

「真的。」

福山說著就抓住了春花的手。

春花說：「書記，你還是我的叔呢。」春花是按二子的輩分說的。

「這娃說的，我怎麼成了你的叔呢？」說著他就把春花往裏間房裏推。

春花被推進了裏面的小屋，小屋裏一團漆黑。

春花想掙脫出去，福山說：「你想走你就走，二子的事我不管了。」

春花說：「書記——。」

「我的娃，乖。」說著他就把春花搡到了炕上。他的那東西不爭氣，他只能用滿臉的茬茬鬍子往春花白淨的臉上蹭。

折騰了幾次都沒成功，福山說：「你等著。」說著他打開抽屜，拿出幾粒丸藥吞進了肚裏。

這種用鹿茸做的藥效力果然不錯，讓福山一下子猛得如一只虎了，而且經久不衰。

福山此時嘿嘿嘿地笑著，他用手揉著春花兩個圓圓鼓鼓的大奶子，那肥厚的大嘴直往上面擦。

春花說：「我要回去了。」

福山說：「今晚上就在這兒住下。」

「那怎麼行，我還要在食堂給爸和媽打飯呢。」春花說道。

福山把春花抱住又瘋狂了。他像一個憋足了勁的牛，把全身的力氣往那黑土地上猛使。他呼呼喘著粗氣，上上下下的折騰，渾身冒著熱氣，春花看到他那無休無止的樣子，心想，福山這麼大年紀的人了，怎麼比年輕人還凶呢。

「春花，以後聽話，我把你調到大隊廣播站去，就在這個院子裏。」福山喘著氣，爬在她耳朵邊上說道。

「我走了。」

「走吧，明天就到這來上班。」福山抓住春花的手笑了笑。

二

石斌在朝鮮戰場上是個排長，金崗坡大戰時，他和戰友們從後面把敵人堵到了峽谷裏。那些天美國飛機一天到晚輪番往他們頭上扔炸彈，他們那個排打得很英勇，經過三天三夜的戰鬥，死得就剩下了他和司號員了。然而，那一次他們卻取得了勝利。由於他們堅守住了陣地，迎來了後續部隊。他立了一等功，得了勳章，每當他在苦悶的時候就會把勳章拿出來，這是他永遠不能忘記的榮耀。到了老虎嘴，進了關門水庫，他心裏那個急啊。他多麼想儘快改變旱平川缺水的面貌，可來到這裏一年多了，才拿下了老虎嘴，打通了上面河道與關門水庫的通道。他雖然讓工地宣傳隊把宣傳鼓動工作搞得熱火朝天，可水庫大壩進展得太緩慢了。宣傳欄上每天都要登出一些民工們的詩歌，每一首他都記在筆記本上。此時，他打開念了起來：

懸崖絕壁咱不怕，學技術來學文化。
河水上山轉回家，人人成為水利家。

這宣傳欄每個星期一換，每一期有每一期的新鮮，他繼續念著日記：

王大娘，李二哥，翻箱倒櫃為什麼？
洮河引水門前過，騰出房子讓運河。

北斗星，星對星，
指甲連肉肉連心。
引洮工地是家庭，
幹部民工比弟兄親。

這些快板和打油詩，有些還是他自己寫的：

萬丈高山險又陡，
千年岩石擋路口。
十萬民工從此過，
岩石低頭水長流。

他在此處劃了一個圈，「好！」
他還把在關門水庫運土的兩首詩專門摘了出來：

運土旱船如蛟龍，
加點水來陸上游；
數百公尺不發愁，
運土快得像電流。

溜土槽，聯合耙，
一層一層剝皮法，
工效賽過機械化，
一天能幹百七八。

當讀到關於讀報的一首詩時，他得意地笑了，他為他能寫出這樣的詩來而感到自豪。

一天不讀報，好像睡了覺；
兩天不讀報，好像迷了竅；
三天不讀報，啥也不知道。

他想，雖然這裏每天都有流血犧牲，而且，各大隊運不來糧食，現在食堂的伙食一天比一天差了，可人們的精神產品豐富後，這些詩歌鼓舞著人們的鬥志，人們還是忘我地戰鬥著。拿下老虎嘴後，上面領導讓他集中兵力，務必於年底要把水庫拿下來。可是，那個右派分子姜宏波一天到晚說三道四，什麼質量、質量的，好像這世界上只有他一個人知道質量。他自言自語地說道，如果沒有了數量，質量從何談起？然而，他知道在這個工地上沒有了姜宏波有些事情還真是沒有辦法。他們在意識形態裏雖然是兩個不同類型的人，可在引洮工程這個大目標下他必須發揮這個資產階級知識份子的作用，姜宏波說歸說，但人家到底喝的墨水要多一點。

正這麼想著，姜宏波走了過來。石斌說：「姜技術員，你看再能不能加快點進度。」

在這裏只有石斌把姜宏波叫姜技術員，其他人都把姜宏波叫「眼鏡子」。但是，姜宏波卻覺得民工們叫他「眼鏡子」要親切的多。

姜宏波把他那渾身是土的衣裳打了打，往前說道：「石營長，再不能快了，而且，要想法把洮河裏的水引過來一些，要把水庫底子好好泡一泡，讓水充分滲泡後再能往上填壩，否則，這樣下去後果將不堪設想。」

石斌望著姜宏波土蒼蒼的臉笑著說道：「從你這危言聳聽的話，就可知道你還是右啊，你們這些念書人思想裏的問題多得很，都是些小腳女人，這也不行，那也不行，像你們這個樣子，我們怎麼能夠多快好省地建設社會主義，我們啥時候才能到達共產主義。」

姜宏波不吭聲了，他低著頭站在石斌前面，他從一年多來的勞動中知道他這樣身份的人只能規規矩矩，只有迂迴曲折慢慢地給他們講道理，說利害，否則，又會招來他們更為激烈的批判鬥爭，而且解決不了任何問題。

八爺是在山裏尋找礦石時發現一頭熊的。那天一早他進入山裏在一片黑刺叢裏發現了一頭碩大的黑熊卡在鐵夾子上。這是一頭母熊，從外表上看，估計母熊卡住的時間不會很長。母熊的乳頭鼓脹著，因此可以斷言在附近肯定有一窩幼熊正嗷嗷待哺。八爺想，如果他將卡子打開，天性殘忍的母熊肯定會撲過來將他吃掉；但如果不放掉母熊，熊窩裏的小熊將必死無疑。八爺於心不忍，決定暫時放棄尋找鐵礦石，而必須趕快去尋找幼熊。

經過一番周折，八爺終於在一棵枯樹上找到了掩蔽於樹洞中的熊窩。熊窩裏一點動靜也沒有，是不是幼熊已經餓死了呢？於是，八爺模仿母熊召喚熊崽的聲音叫了幾聲。不久，居然有一隻幼熊跑了出來。八爺很小心地將幼熊放進事先準備好的麻袋，帶回到母熊身邊。

母熊見了小熊長長地叫了一聲，然後把小熊摟在懷裏，小熊用頭頂著母熊的乳房，用嘴含上乳頭拼命地吸了起來。八爺點了煙乜斜著眼看著。

以後的幾天裏，八爺每天把自己僅有的一點吃食給母熊勻上些，把小熊抱到母熊跟前讓它咂奶，但還是不敢輕易靠近母熊。

八爺的行為似乎感化了母熊，它不再用警惕的眼光盯著八爺。八爺感到自己已經成功地取得了母熊的信任，該是解放母熊的時候了。

八爺試著靠近母熊，母熊沒有向他做出威脅的動作，反而很友好地點點頭。八爺這才放心地走到母熊身邊並利索地解開了卡子。八爺下意識地跳開，母熊卻謹慎地向他爬了過來。八爺沒有跑，熊的動作和眼神告訴他危險已不復存在。母熊爬到八爺的肘部停下來，幼熊也在母熊身上拱來拱去。母熊慢慢地朝八爺的手掌聞了聞，並輕輕地舔著他的手。八爺也拍了拍母熊的頭。母熊注視著他手裏拄著的棍，一動不動。

八爺於是折回身往回走，母熊和它的小崽子仍然站在原地目送著他。八爺朝它們揮了揮手，頓時，山谷裏母熊發出了一陣聲嘶力竭的嚎叫。

八爺和鳳仙有五個兒子。老大、老二、老三都已自立門戶，老四尕四虎住在他隔壁的後院裏，只有老五水娃子和他們住在一起。

八爺最喜歡尕四虎的兩個娃娃。尤其是那水蓮，長著一個瓜子臉，細細的眉毛下一對閃著靈光的大眼睛，一笑臉上一對酒窩，整個人兒真如鮮嫩嫩的一朵水蓮花，非常惹人喜愛。老二是個男娃，因為生在去年引洮工程開工的六月，起了個名字叫引洮兒，雖然還不到一歲，可那虎頭虎腦的樣子已經顯出了八爺年輕時的模樣。可這引洮兒水晶球一樣的眸子竟是瓷呆呆的，一動不動，早早地顯出了一股傻氣。

八爺這個生產隊長這時只能抽出幾個婦女到田間地頭，而男社員們則大多數上了引洮工程。八爺看到莊稼人不能種莊稼，養莊稼，他心裏就煩。八爺於是在心焦苦悶的時候就去逗兩個孫子玩。然而，鳳仙卻對小孫子引洮兒好，把食堂裏打來的麵食讓八爺和引洮兒吃，她和孫女水蓮只喝些菜湯糊糊。好在春花到了廣播站，每天能夠帶回來一個饃，讓一家人多了些補貼。

八爺眯著一隻眼睛，往天上看了看，老天爺好似又發了怒，將那一疙瘩一疙瘩的黑雲團推了過來。

八爺顯得很孤獨，他雖然不算老，但個子大身子寬，而且胃口好，到這時節已經餓得支撐不住了。他和年輕人們一樣地鋤著地裏的草，突然，他眼前黑了，跳出了無數五顏六色的星星，人一下子就不行了，栽到在了地裏。

鳳仙一直在八爺身邊，她看八爺身子搖了一下就栽倒在了地裏，她喊道：「八爺——。」

八爺的頭被一根幹樹枝扎破了，流出了血，鮮紅鮮紅的。

鳳仙把八爺的頭放在自己的腿上，燒了點棉花灰放在了傷口。鳳仙知道八爺餓暈了。

鳳仙和幾個社員一起把八爺拉回了家。八爺躺在炕上，鳳仙用熱毛巾焐了焐八爺的頭，過了一會兒人就醒了過來。

鳳仙把水給八爺端了過去。

八爺說：「沒事。主要是肚子裏沒食，人暈著不成了。」

鳳仙說：「那你就睡著，我給你煮個雞蛋去。」

八爺說：「放著讓水蓮和引洮兒吃吧。」

水蓮聽到這話說道：「奶奶我不餓，讓爺爺和引洮兒吃吧。」

鳳仙知道，這雞蛋還是她悄悄藏到炕洞裏才沒被民兵搜走的。她養的雞和兔子，還有家裏養的豬和羊等，統統都被大隊拿了去，那些人說，要到共產主義了，家裏再不能有資本主義的東西。可她想，我不管它什麼主義，肚子裏沒吃的就會挨餓，於是，她偷偷地藏了十五個雞蛋，每天拿出來一個，讓八爺和引洮兒補貼。

鳳仙煮了雞蛋讓八爺和引洮兒吃後，她想讓水蓮把煮了雞蛋的湯喝了。可一轉眼，水蓮不知道到哪裡去了。

鳳仙就到處去找，她知道家裏人此時只為了八爺和引洮兒，把這個小孫女給虧了。誰讓她是個丫頭呢？女人世下的命賤，就沒有男人們金貴。她往草房裏伸頭一看，只見水蓮正捧著麥草往嘴裏塞，慢慢地咀嚼著，她一看眼淚就刷拉拉流了下來。

「水蓮——。」鳳仙過去把小孫女摟到了懷裏。

「奶奶，爺爺和弟弟把雞蛋吃了嗎？」水蓮說道。

「我的娃呀——，奶奶對不起你，走，我給你也煮個雞蛋，讓我的娃吃。」鳳仙的眼裏滾著淚水，拉著水蓮就往外走。

水蓮哭著說：「奶奶我不餓，讓爺爺和弟弟吃吧。」

鳳仙說：「我的娃再別說這話了，說這話奶奶傷心得很。」

鳳仙又取出了一個雞蛋，煮了後給水蓮舀了多半個，一少半分給了八爺。

八爺說：「你和水蓮吃吧，我和引洮兒已經吃了。」

鳳仙說：「八爺，你要吃好，不能讓身子骨垮了，你要垮了，這個家就完了。」

八爺說：「我一個五十歲的人了，世上什麼沒經過，娃們還活人呢，讓娃吃。」

此時的水蓮眼巴巴地盯著碗，涎水就流了下來，可她還是把碗推給了八爺。

八爺的眼睛裏流出了兩行混濁的淚水，他把水蓮拉過來一把摟到了懷裏，把雞蛋給她餵了下去。然後，再把湯一勺一勺地舀到了她的嘴裏。

水蓮吃了雞蛋，那瓜子臉上一對大大的眼睛又透出了鮮活活的靈氣，她抱住爺爺的臉親了一口，又抱住奶奶的臉親了一口，然後抱著引洮兒向門外走去。

三

麥子從地裏長出來了，綠油油的一片，因為撒的種子多，種得稠，地裏的麥苗很是好看，只有被社員們偷吃了麥種的幾塊地對比之下則顯得稀稀拉拉很是難看。

公社李書記就領著各大隊的領導到杜家堡來參觀。藍天下面太陽的光輝顯得那麼強烈，可太陽是冷的，冷得讓人們有點發顫。人們望著那一疙瘩一疙瘩稠厤厤的麥苗，都感到有些稀罕。

李書記說：「看了這些麥苗，你們自己報一下你們自己的產量。杜家堡我就給福山先報了，平均畝產一萬兩千斤。」

此時的人們個個面面相覷，你看著我，我望著你，誰也不先說話。

李書記就讓幾個民兵把一幅標語展了開來，人們一看，上面寫著：爭當上游，火燒中游，油炸下游。

大家吐了一下舌頭，於是就紛紛報開了產量，每個人都恐怕報少了、落後了，要讓木板打，要用火去燒。這樣的經歷他們去年九月份已經領教過了。每年兩次報產量，一次春天，一次秋天，兩次合一，作為最後徵購公糧的參考。於是大家都開了口，吹牛皮又不上稅，一個說我報八千斤，一個說我報九千五百斤，另外一個說我報六千斤，不一會兒八個大隊全報了今年的產量，最後還是屬杜家堡報的最高，平均畝產一萬兩千斤。

人們報完產量，福山讓巴學義給每一個領導發了一個白麵鍋盔。

福山說：「給每人一個鍋盔，就再不到食堂去吃飯了，大家不要嫌簡單，這是總路線大躍進形勢的需要，不浪費大家的一點時間，又方便簡潔，又經濟實惠，望大家多多包涵。」

李書記笑了笑，說道：「這樣好，這樣好，非常符合多快好省的形勢需要。」

各大隊的領導們拿著鍋盔，都笑了。他們想，每次到這裏來都是七碟子八大碗招待我們，這杜家堡哪來的這麼多糧食？

巴學義說：「人是鐵，飯是鋼，加上些鋼了各位領導再參觀。」

尕四虎每天給紅軍爺到食堂去打飯。

紅軍爺沒兒子，在他的意識裏尕四虎就是他的兒子。尕四虎話不多，和媳婦一天到晚說不上三句話，可他到了紅軍爺這裏話就多了，咕咕叨叨的一天說著沒個完，因為，他是紅軍爺看著長大的。尕四虎小時候，紅軍爺走到哪裡，就把他抱到哪裡，八爺看紅軍爺沒兒子，就由著他一天到晚把尕四虎摟在懷裏。這尕四虎也怪，小時候見別人就哭，可紅軍爺抱上他那哭聲立馬就停止了。一來二去，尕四虎娶了媳婦有了孩子，可還是對紅軍爺親。

紅軍爺每天從學校回來，尕四虎就把飯從食堂打來等著，一直看著紅軍爺和翠珍把飯吃上他才走。由於公社打了招呼，紅軍爺的飯菜是食堂單另做的。但是，到了這時節飯菜的數量和質量也隨著當前的形勢在變化，大大不如以前了。

尕四虎給紅軍爺打了飯菜，走在路上涎水就流了下來，他把唾沫往肚子裏咽了下去，可是，肚子咕嚕嚕地響，他強忍著不吃，但最後還是忍不住吃了一口。雖然紅軍爺每次都給尕四虎扒點自己的飯菜，但尕四虎一端上飯就饞，每次從食堂出來，進入小巷道他都要在大樹背後往嘴裏扒上兩口，因為，饑餓的腸胃撕扯著他的喉嚨，他不吃點胃裏就難受。

可是，當食堂的伙食一天不如一天的時候，紅軍爺卻堅決要求不搞特殊化，要和社員們在一個鍋裏吃飯。

福山說：「你老漢家不要感情用事。」

這話不說還好，一說紅軍爺非要讓取掉了他的小灶。可是，紅軍爺在大灶裏吃了三天就餓得頭暈眼花了，但紅軍爺每天還是要到學校裏去，這學校是他到杜家堡後八爺給幫著修建的。剛開始學校只有幾個學生，全學校也只有他一個老師，解放後學生多了，上面又派來了五個老師，他雖然當著個校長，可他天天第一個到學校，下午最後一個從這裏離開，他每天看到孩子們的身影，聽到那朗朗的讀書聲，他心裏就踏實。

紅軍爺知道整個國家遇到了困難，人人都在挨餓，自己餓點是正常的事情，他也就沒去多想。可這所集小學、中學和大學三位一體的紅專學校竟沒有幾個人了。有個學生從家裏拿來了些麵粉放到了班主任的宿舍，沒想到卻讓這位班主任老師給吃了。

紅軍爺知道老師們也餓，所以，他對這個老師沒說什麼。紅軍爺就讓學校取消一切體育活動，每天只上兩節課，其他時間就讓學生老師們多睡覺，保存體力。

紅軍爺想起當年紅四方面軍兵敗祁連，被馬步芳追殺的時候，他也餓過肚子。那時候，他們在祁連山裏打兔子，挖野菜，撿蘑菇，還比現在要活泛一些，不像現在整個旱平川樹光了，狼沒了，就連個麻雀也被消滅四害給打完了。

紅軍爺又熬過了一個難耐的夜晚。他被餓醒了。睜開眼睛他覺得滿屋子空氣就像一鍋熱騰騰的羊肉湯，聞著挺香，然而他張著嘴拼命地喝，喝多少也喝不飽。

紅軍爺到杜家堡後，八爺把自己的女兒翠珍嫁給了他。那時候，翠珍長得很像鳳仙，兩道彎彎的眉毛，一張小小的嘴巴，一笑臉上就開了花，惹人喜愛。那時候翠珍就愛給紅軍爺熬羊肉湯，熬好後裏面撒上一把香菜，放上一撮鹹鹽。

紅軍爺喝著翠珍的羊肉湯，就愛看翠珍臉上那一朵紅紅的花。他看一會，就用手去摸她圓圓的臉蛋。翠珍此時就會撒嬌地說：「嗯——，你別煩。」

紅軍爺就喜歡她這個樣子，然而，翠珍後來得了病，得的是半瘋半傻的精神病，翠珍再也不能做這麼香這麼美的羊肉湯來照顧紅軍爺了。

紅軍爺想到這些眼淚就流了下來。紅軍爺知道他永遠也吃不上翠珍那麼香那麼甜的羊肉湯了。

紅軍爺在翠珍得了病後，人們勸他再找一個女人，紅軍爺說，那還算人嘛，因為他知道哪一個女人也做不上翠珍那麼香的羊肉湯。

尕四虎小的時候，翠珍時常把他抱過來，雖然這是她的兄弟，可比她要整整小七八歲。翠珍病後尕四虎還是有事沒事就往紅軍爺這裏跑。

尕四虎也怪，見了紅軍爺就結結巴巴地無話不說了，可見了八爺和鳳仙就像個啞巴，不說一句話。直到尕四虎有了水蓮和引洮兒後，兩個娃娃一天在八爺的炕上，他還是喜歡到紅軍爺這邊來。

那是一個無風無雨的早上，天藍藍的不見一絲兒雲彩。紅軍爺讓尕四虎陪著他，他們在馬路上坐了一輛馬車，去了縣城。

縣城裏的路筆直筆直，但路邊上還是那高低不平的莊稼地。這時，地邊上站著幾個女人，見了尕四虎提著一個裝饃饃的藍布包就伸出了手。

藍布包裏只有一個菜餅子，由於這包是薄薄的布料做的，從遠處看就顯出了菜餅子的輪廓。尕四虎加快腳步往前走，沒想到一個眉眼兒俊俏的女人一直隨著他跟了上來。到了他跟前這女人拉了一下他的衣角，悄悄說道：「大哥，你要不要。」她的眼睛始終盯著那個藍布包。

尕四虎不明白這「要不要」是什麼意思，到底要讓他去幹啥？

尕四虎上下打量了一下那個瘦骨伶仃的女人，女人眼睛發出的貪婪目光讓他有點心悸，他用手一下護住了那個藍布包。

那個女人緊緊盯著他的藍布包，可憐巴巴地說道：「大哥，你若不嫌，我給你做女人也行。」

這時候紅軍爺過來了，紅軍爺拿出了菜餅子給女人掰了半個。

那女人接過菜餅子，將餅子一下塞進了嘴裏，就給紅軍爺磕了個頭，然後起來朝尕四虎望了一眼，悻悻地走了開來。

紅軍爺進了縣政府大院就直接去找縣長陳新。

陳縣長這時開完會剛進辦公室，紅軍爺就被通訊員領了進來。

陳縣長一見紅軍爺，握住他的手搖著說道：「紅軍爺你怎麼來了？」

紅軍爺說：「老陳啊，我這次是專門找你來的。」

陳縣長說：「有啥事就說，別吞吞吐吐的，你是老革命呢，有什麼困難就直接說。」

紅軍爺說：「陳縣長，你們下去看一下，老百姓把樹皮草根都吃完了，一天還讓大煉鋼鐵，杜家堡已經死了幾十個人了，而且每天還在死人。」

陳縣長說：「紅軍爺，你說的這事我全知道，下面各公社已有人向我反映了，我們今天開會就討論這件事情。」

紅軍爺說：「討論的結果如何？下面的老百娃都等不住了。」

陳縣長皺了一下眉頭說道：「還沒有統一認識，國家也正在困難時期，原則上自己的問題自己解決。」

「下面有什麼辦法，糧食都支援了國家，他們自己怎麼能夠解決呢？」紅軍爺說到這個地方激動地站了起來。

陳縣長說：「你反映的這個問題也是我最近深深思考的問題，但我們還沒有做出決定，再等幾天吧。」

紅軍爺說：「到底再等幾天，老百姓連一天也等不住了。」

陳縣長說：「你先別急，住上幾天，過兩天我派車送你回去。」

紅軍爺想，也好，把這事落實清楚了再走，也對杜家堡人有個交代。於是，他就讓尕四虎先回了杜家堡，他知道陳縣長也是按定量吃飯，他若在這裏就給陳縣長添麻煩了。

天上落了雨，這是半年來惟一的一場透雨，水窖見了底的杜家堡人見了這場大雨，個個都笑得臉上開了花。

二子趕快往家裏跑，沒想到半道上碰上了福山。

福山正在一個房檐下面躲雨，見了二子就說：「二子，你怎麼不燒爐，到哪裡去呢？」

二子說：「劉書記，下雨了。」

「下雨了，就可以不燒爐嗎？」福山一下變了臉，大聲說道。

二子說：「我回家把水窖打開就去燒。」

「你爸呢？」福山問道。

「爸到山裏背礦石去了。」二子說道。

福山再沒吭聲，二子趕快回去打開水窖，又往衛星爐跑去。

二子到了衛星爐跟前，燒爐的幾個人說道：「二子，雨下到了煙道裏，把火給下滅了。」

二子一看，瓢潑的大雨還往煙筒裏灌著，衛星爐裏水汽騰騰已沒了一點火星。

正在這時，福山走了過來。福山說道：「咋了，把火弄滅了？為自家的私事，把一爐的鋼給糟蹋了？」

這些日子人們發現了一種新的燃料，這就是山坡上有一種草皮，草皮下面盤根錯節，裏面有烏油的黑泥。人們把草皮、根和黑泥挖出來，曬乾，放到爐膛燒起來紅紅的。福山正為了發現這種新的燃料而興奮不已，沒想到一爐鐵沒燒出來卻讓雨水給澆滅了。

福山用指頭點著二子的頭說道：「白長了這麼個大頭，怎麼不長點記性呢？跪下！今天罰你們幾個兩天的飯。」

二子沒話說了，在雨裏跪了下來。雨還是沒頭沒腦地往下潑，二子哆嗦了一下，水就順著脖子往衣裳裏灌了進去。

晚上下工後，二子一搖一擺地往家裏走去，他見了福祿說道：「爸，我不活了。」

福祿說道：「你這娃怎麼說這話呢，好死不如賴活著。」

二子說：「活著還不如一隻狗。爸，你受了一輩子的苦，我就是放心不下你呀。」

福祿把二子抱到懷裏說道：「二子，爸的好娃。爸成了地主，影響了你，你沒嫌棄過爸，爸就知足了。」

二子說：「爸呀——。」二子說著就大哭了起來。

福祿摟著二子身上打著哆嗦，自從開了荒，弄了這些地後，給自己掙了一頂地主分子的帽子，這帽子讓他人不是人，鬼不是鬼地活了這多少年。多虧有這麼一個孝順的兒子，才使他把苦水咽到肚子裏，狗一樣地活著。

福祿也哭了，他哭得嗚嗚咽咽，那一肚子的苦水就順著他的眼淚流了出來。

福祿說：「二子，我給你做點吃的去。」他從炕洞裏掏出了乾野菜，這是他平時挖了的，放了點麥麩子整整煮了一大臉盆。

「二子，吃上點，別想那麼多事了。」福祿說道。

二子搖了搖頭說道：「爸，我不想吃。」

「娃，吃上了再睡。」福祿說道。

二子於是就陪著福祿吃了起來，吃完兩個人就上炕躺著睡了。

這晚，雨一直沒完沒了地下著。一年多沒下雨的老天，好像憋了多少年的光棍漢，這晚上非要把肚子裏的憋悶全傾吐了出來。

二子躺在炕上，心想他在十二歲時就跟著父親一塊兒幹活，父親開墾荒地時沒白天沒黑夜，他那時也拼命地幹。父親說過，這些地以後都是你的，有了地啥都有了。他那時想，要那麼多地幹啥，可他看到父親開了地後的那種興奮和激動，他也被感染了。然而，這些地卻讓父親戴了地主分子的帽子，他不知道這帽子有多麼重的分量，可他從他這個地主狗崽子被人們的歧視和打擊中，他知道父親活得是多麼的艱難，他就是在這艱難中為了父親他才活著。後來，他的心裏有了春花，春花是他的神，是他的魂，是他心中一輪不滅的太陽。可春花為了他去了大隊廣播站，他知道劉福山是一個見了女人就沒了骨頭的淫棍，是他把春花推向了那萬劫不復的火坑。

二子悄悄地下了炕，他提了一根打柴的繩子就從門上走了出去。

巷道裏路很滑，夜很黑，濛濛的雨中似有無數魑魅魍魎在遊動。二子一邊走，一邊說：「春花，我走了，我要離開你了。我走了你可別怨我呀！我真不願離開你，可我實在沒法活了。」他好像喝了酒的醉漢，搖搖晃晃地往前走去，嘴裏嘟嘟囔囔，眼睛裏的淚水和著雨水順著臉面流了下來。二子還是往前走，他走到了福山的大門前，這是他家原先的大門，這個院子連同房子土改時都分到了福山的手裏。二子對這裏非常熟悉，他將繩子的一端往門上面一處往外凸起的木樁上一拴，另一端打了個活結。他做得很細心，他做得很愉快，他二子有他二子的狡猾，他要讓福山明天早上起來大吃一驚，讓全村的人們都知道他二子不是好惹的，不是人們一天到晚當尿脬一樣踢踏的東西。做完這一切他抓住上面的門樁，把頭伸進打好活結的繩圈，他把頭轉了轉，嘿嘿嘿地笑出了聲來，然後放開手，兩腿一蹬，他的魂魄就如一縷青煙向高空飄去。

第四章

一

晚上煉鋼的幾個人早上下班後，突然在黑糊糊的夜幕中發現劉書記的家門上吊著一個人，幾個人就過去看。大家提上馬燈一照原來是二子。二子圓睜著眼睛，青紫的臉上吊著一個長長的舌頭，舌頭被牙咬出了血，凝固在胸前。人們就喊：「劉書記，劉書記。」

福山不知發生了什麼事情，聽這聲音叫得急，心想不好，趕快披上衣裳就從門裏衝了出來，一下子撞到了二子的屍體上。福山嚇了一跳，定睛一看原來是二子。他想，死了個地主的兒子有什麼大不了的，用得著這麼大驚小怪，就對幾個年輕人說道：「把他放下來。」

人們就把二子放到了地上。

福山說：「趕快抬走，趕快抬走。」

人們說：「往哪抬呢？」

「這還用問嘛，誰家的人就往誰家抬。」福山說道。

人們就七手八腳地把二子往家送去。此時的福山心裏真不是個滋味。那年荒月裏，在這個門上當年他求大哥福祿給借點糧食，大哥像打發叫化子一樣只借給了他半升麥子。當年大哥住的是一磚到頂的紅瓦房，而他和二哥福海只住著個破窯洞。當時，他心裏那個恨呀，他恨大哥的無情無義，他恨大哥的為富不仁。好在光陰好比打牆的板，上下裏翻，終於盼來了共產黨，盼來了他和大哥福祿換了個窩，把二子的媽胡彩蘭也正大光明地娶到了家裏。可是，當年他跪著求大哥的地方，二子今天卻吊死在了這裏，好晦氣呀！他又氣又惱，又驚又怕，心想這就是社會主義和資本主義的鬥爭，這就是驚心動魄的地主富農的倡狂反撲。

春花是吃早飯上食堂打飯時才知道二子死的。春花聽到這個消息，放下飯碗就往二子家跑去。她進了二子家的門，只見福祿已把二子放到了他自己的棺材裏。這是二子為父親準備了多年的一個柏木棺材，平時有糧就裝糧食，沒糧的時候就裝家裏亂七八糟的東西。

福祿沒有哭，臉上顯得很平靜，茫然地望著黑雲密布的天空，天空裏還有雨，星星點點地下著。春花撲到二子的身上就哭了起來，她的哭引得福祿也流下了眼淚。

春花哭著說道：「二子啊，二子，你有啥想不開呢？嗚嗚嗚，啊呀——。」

人們看到這些，也紛紛流下淚來，幾個女人也和春花一起大哭了起來。人們想，二子這娃連個女人也沒有，陽間世上還沒活人，咋就這麼走了呢？

春花再沒到大隊廣播站去上班，福山見了她說道：「你可要掂量清楚，這世上沒有賣後悔藥的。」

春花一甩頭就走了過去。

八爺對春花的做法非常支持，他覺得春花這女子是一個有情有義難得的好女人。

然而，福山卻為此大為惱火，這不是當著人們的面，往他的臉上搧巴掌嘛。可他這次卻表現得非常平靜，他心裏想，我看你春花有多大的能耐，孫悟空還能跳出如來佛的手掌心？走著瞧吧。

春花就幫福祿到食堂去打飯，幫福祿把衣裳洗得白白的。

福祿說道：「娃，再別到我這裏來了，會影響你的前途的。」

春花笑了笑，她的笑還是那麼嫵媚，可她的心裏卻很苦，二子你怎麼能走那一條路，有多大的苦不能受，有多大的冤屈不能訴，有多高的火焰山不能過呢？

紅軍爺從縣上回來，一件意想不到的消息驚得他目瞪口呆。原來，尕四虎自從紅軍爺不吃小灶後，他給紅軍爺打飯時再也偷吃不到一點麵食了，所以，他的身體越來越虛，到了荒月裏就整個兒垮了。這次到縣上去後，尕四虎一回來就到地裏挖來草根和他女人一塊兒煮著吃，當時這些草根吃起來很香，而且有一股淡淡的甜味，沒想到吃下去後，他們的肚子就疼了起來，疼得他們口吐白沫，渾身抽搐，到第二天早上八爺過來時，兩個人都已全身冰涼，硬得像一根木頭棍了。

紅軍爺就去了尕四虎和他女人的墳地，這是一個雙人新墳，尕四虎和他女人就埋在這裏。紅軍爺燒了紙，點了香，將一碗飯倒扣在墳上，輕輕地用土埋了起來。他沒有哭，他知道尕四虎是餓了，這娃陽間裏沒吃個飽肚子，讓他在陰間裏吃吧。

就在這時他突然聽到有人在喊，「領糧食了，領糧食了。」

原來，陳新聽了紅軍爺反映的情況後，心裏翻江倒海，整整難受了一個晚上。他想，我身為一縣的父母官，人民群眾卻在挨餓受饑，掙扎在死亡線上，我對得起人民群眾嗎？他於是就去找縣委書記王祥，他說：「王書記，杜家堡已經餓死人了，得趕快想辦法救人。」

此時，誰都知道農村的情況，可誰也不敢說農村有人挨餓，可陳新卻說杜家堡有人餓死了，王祥聽了就很生氣。但他不願與陳新把關係搞得太僵，他說：「這事你就去看著辦吧。」

陳新於是在他送走紅軍爺後的第二天，連夜隨了一輛馬車到了杜家堡。

馬車上裝著一千斤糧食，糧食雖然不多，可這已經非常不容易了。在這個時候要從倉庫裏調出這一千斤糧食，他已經做了最大的努力。

進了村莊，他看見幾個男人抱著棍蹲在太陽底下，人們臉上浮腫，頭髮直立，腫胖的臉上眼睛被擠成了一條細縫，微微揚著頭呆癡地望著他們幾個不速之客。

陳新沒有去大隊部，而是讓通訊員到每一戶社員的門上去叫去喊。

這時候就見福山走了過來。

福山把笑聚成了一堆，說道：「陳縣長，快到大隊部坐。」

陳新板著臉說道：「社員們都餓成了這個樣子，你怎麼不給縣上彙報。」

福山說道：「我想麥子很快就熟了，堅持一下再不給國家添麻煩了。」

陳新說道：「最近一個月死了多少人？」

「連害病的有六十多人吧？」

「到底六十幾人，你馬上把死人具體的姓名，死的原因報上來。」

福山說：「陳縣長，我一定照辦，先把糧食拉到食堂吧。」

「就分到每家每戶。趕快去叫人，就說要分糧食了。」陳新說道。

福山於是就和人們在村裏喊了起來。喊了一會，只來了幾個人。這幾個蓬頭垢面、骨瘦如柴的人見了陳新就「撲通」一下跪在了地上，他們的眼淚刷拉拉地往下流，拼著力氣喊道：「毛主席萬歲！共產黨萬歲！」

陳新看到這些心裏很難受，趕快說道：「鄉親們快起來，快起來，我們來遲了，讓大家受罪了。我們應該感謝共產黨、毛主席，國家遇到了困難，但我們縣政府沒有忘記父老鄉親們。」

這時，只見一個人跪在地上，喊口號的手還伸著，身子一斜倒了下去，陳新趕快去扶。可那人卻軟得沒法拉起，陳新一摸，那人已經沒了一點氣息。

陳新蹲了下來，把那人的頭抱在懷裏，那人的衣裳發出陣陣臭氣，骨架子上包著一層皮，肚子整個兒鼓了起來，眼睛睜得很大。他用手把那人的眼睛合在一起，鼻子一酸，眼淚刷拉拉地流了下來。他想，我們到底幹了些什麼？

陳新悄悄問福山道：「人都到哪裡去了？」

福山說：「大部分人都去了引洮渠，家裏的都是些老弱病殘。」

陳新說：「你看社員們都餓成啥了？一家一戶地送。」

幾個民兵把那人抬走後，陳新就和福山他們一戶一戶地送糧。

陳新進了一個家裏，只見炕上躺著一個骨瘦如柴的人，兩個眼睛深深地陷了進去，嘴裏還微微喘著粗氣。陳新看到這些眼睛濕潤了，他自言自語地說道：「一個不關心人民，不愛惜人民的政黨，就不是共產黨。」

糧食很快發送到了各家各戶，雖然分攤下來，一家沒有多少糧食，可陳新做了這件事，就覺得心裏舒暢多了。

陳新解放前是地下黨的支部書記，西路紅軍兵敗河西以後，他化裝成一個大夫去聯繫流落紅軍，傳達消息，傳達八路軍辦事處的指示。在他的聯繫下，很多紅軍後來都到了延安，可是他自己卻被馬步芳抓到了監獄裏，後來還是他在馬步芳手下當師長的叔叔救了他，才沒被馬步芳殺害。抗日戰爭時，他由延安被派到了東北抗日聯軍。解放後，他又輪流當了三個地方的縣長，就因為他愛說實話，和他一起當縣長的人現在都升了官，調到了省上，可是他還在原地踏步沒有一點進步。

回到縣裏，陳新馬上去找縣委書記王祥。

陳新說：「王書記，今天我去了杜家堡。」

王祥臉上沒有表情，低著頭說道：「知道了。聽說還有人喊你陳縣長萬歲，是不是有這件事情？」

陳新說：「沒有啊？有些社員在喊毛主席萬歲。」但他對這話不想解釋，他想這話越解釋越說不清楚，肯定有些別有用心的人在從中作怪。他說道：「從杜家堡的情況來看，食堂已經快斷糧了，我們縣上得馬上向上級彙報開倉放糧，搶救群眾。」

王祥說道：「沒有那麼嚴重吧，社會主義的形勢始終是大好的嘛，我今天也到下面大隊去了，我看見還有人家在娶媳婦呢。」

陳新說道：「不能看個別人在娶親，就忽視人民群眾已經到了餓死的邊緣。我到杜家堡去，已經死了六十多個人，有一個人就死在了我的腳下。」

「死人的事是經常發生的，處處都有，生老病死非常正常，不能因為這個而說我們社會主義就是漆黑一團。老陳呀，你的這個思想很危險，你無形之中已經站到右派分子一邊去了。」王祥說道。

「王書記，去年以來我們讓群眾大煉鋼鐵，把一山一坡的樹木燒光了，耽誤了生產，沒有煉出多少鋼來。另外，沒白天沒黑夜的勞動，社員們太辛苦了。還有浪費糧食的現象非常嚴重，食堂剛辦起來的時候，吃飯不要錢，有些人當時把饃饃拿回去餵雞吃。從種種情況來看，我們這是小資產階級的狂熱性，我們已經犯了急躁冒進的錯誤。現在的問題，就是向上級趕快彙報，去救濟人民群眾。」陳新越說越激動，滔滔不絕地將平時的所思所想一股腦兒全說了出來。

王祥聽到這話，氣得手都抖了起來，他大聲說道：「陳縣長，沒有看出你原來思想和右派分子完全如出一轍。大躍進的形勢這麼好，在你的眼裏卻一片漆黑；全國人民在鼓足幹勁，你卻說三道四，說這也不行那也不行；食堂化解放了生產力，把婦女從鍋臺邊上解放了出來，你卻說吃食堂讓人們挨餓，你這是地地道道的右派言論。毛主席說，冒進是馬克思主義的，反冒進是非馬克思主義的，希望你頭腦清醒一點，不要與人民群眾離得越來越遠。」

陳新並沒有生氣，他說道：「你不要拿毛主席的話來壓人。我們共產黨人就要時刻想著人民群眾，有些人口口聲聲要為人民服務，可你知道，人民群眾現在吃的是啥嗎？他們已經把草根樹皮吃完了，再不關心他們，他們該吃你和我的肉了。」

陳新越說越激動，他的臉都開始發青。但他此時想一定要冷靜，要冷靜，如果沒有王祥的支持，糧食就不會發到群眾的手裏。

他喝了一口水，過了一會說道：「王書記，我們倆應該心平氣和地談一次，都是為工作嘛，應該把糧食儘快送到群眾的家裏。」

王祥說：「哪裡有糧食呢？去年全縣平均每人留口糧兩千五百斤，剩下的全交了國家。關鍵的問題浪費太嚴重，沒有很好地計畫吃飯，沒有細水長流，如果節約著吃，兩千五百斤口糧能夠好好地吃四五年。」

陳新看王祥思想有所鬆動，就趁熱打鐵說道：「王書記，那兩千五百斤的口糧全是帳面上編得空數字，社員們實際全年連一百斤的口糧都沒有。能不能把縣上留的籽種糧先分給群眾，等莊稼下來後再把它補進去。」

王祥看了一眼陳新說道：「虧你還想得出來，那是籽種糧，動了它要犯法的，你有幾個腦袋，我可只有這麼一個頭啊。」

這場爭論就這樣不了了之了，但通過這一吵，兩人長時間的矛盾完全暴露了出來。

二

麥子眼看一天天黃了，杜家堡的人們卻沒有絲毫的喜悅。一是消滅了麻雀，蟲害氾濫了，天上地下到處都是長了翅膀的蝗蟲；二是那些深耕密植了的地裏，麥子全長成了草，風一吹一片一片的倒在了地裏。但是，八爺領導的一隊只有少量密植的土地，而八爺領著社員們晚上偷種了的地裏的麥子卻長得蓬蓬勃勃，雖然，深翻後的生土地裏莊稼不是很好，但比起其他隊裏那整個兒沒有籽粒的麥子，一隊的這些麥子就顯得格外的扎眼。

人們說：「八爺不虧是八爺，到底不一樣啊。」

八爺這些日子白天跟著大隊去支援修三峽關門水庫，晚上就抓緊時間進行收割，天黃一時，人老一年，這年間不但要防止突然的災害，而且八爺白天黑夜讓人們守著地，害怕饑餓的人們晚上去偷去搶。

可是，麥子剛上了場，公社征糧隊就到了隊裏，社員們往隊上倉庫還沒裝進多少糧食，一袋袋的公糧就又要向國家上繳了。

八爺就去找福山。八爺說：「你快給公社說個實話，能不能少要些公糧，公糧交完了社員們吃啥？」

福山說：「豐收了就要支援國家，你們一隊的麥子比其他隊都好，其他隊現在就靠洋芋、包穀這些秋天作物了，其他隊公糧也沒免一斤，你想能少了你們一隊嗎？」

八爺說：「社員們餓了大半年的肚子，就盼著這麥子上場，莊稼上場，全交了公糧，社員們吃啥？」

福山笑著說：「這你別發愁，有國家呢，拿上這麼大的國家還把你一個生產隊的問題解決不了？」

八爺聽到這話臉憋得紫紅，說道：「荒月裏社員們挨餓受饑，那麼多人都餓死了國家在哪裡呢？隊裏剛打了些糧食，國家就想到了我們。」

福山聽到這話，氣得把腳一跺說道：「你這完全是富裕中農思想。豐收不忘國家，豐收不忘全國人民，這才是一個共產黨員對國家的起碼責任。」

八爺和福山在大隊部吵鬧的時候，一隊的一些社員擋住了征糧隊的車，不讓把糧食拉走。這幾個社員說道：「不把社員的口糧留下，這糧食不能拉走。」

征糧隊的民兵說道：「你們還反了，無法無天了。」說著幾個民兵過去就要抓人。

這下可把周圍看熱鬧的人們都給激怒了，跑向前去都紛紛湧了上來。

人們把裝上車的糧食卸了下來，幾個人提著棒就去追打那幾個征糧隊的人。

征糧隊的人一看勢頭不對，趕快就往大隊部跑去。福山和八爺此時聽到外面吵得很凶，剛開始以為社員們在打鬧呢，後來覺得不對勁，就走了出來，正好碰見幾個征糧隊員往這面跑，一看還有人提著棒在後面追，福山就厲聲喝道：「站住！你們還吃上豹子膽了，把棒放下。」

人們說：「把糧食拉完社員們吃啥？」

福山說：「這是國家的政策，交徵購糧是我們每一個社員的義務。」然後，他繼續說道：「沒了吃的有國家呢，怕啥？」

人們說：「去年沒了吃的國家在哪裡呢？」

福山說道：「八爺你說說，這些人們我看無法無天了。」

八爺說：「把社員的口糧留下，剩下的糧食我們全部交國家。」

「對，把社員的口糧留下，剩下的我們全部交國家。」人們紛紛喊了起來。

福山心裏也清楚，把社員們的口糧不留下，荒月裏沒了吃的人們就沒法生產。可他的書記是公社給的，是李強勝書記給了他在杜家堡吆五喝六的權利。所以，他可以得罪全杜家堡的人，但他不敢得罪上面的任何一個領導。

福山說：「八爺，你可要放明白，聚眾鬧事就是反革命。」

八爺知道胳膊拗不過大腿，這樣鬧下去社員們要吃虧的，趕快說道：「都勞動去，再別鬧了。」

一隊人大多數為杜姓人家，聽八爺喊就散了，一個個往麥場上走去。

征糧隊的人們很快把這件事報告給了公社。公社李書記帶著公社民兵第二天早上就趕到了杜家堡，把杜家堡重重包圍了起來。

李書記一進杜家堡，就讓公社民兵把八爺捆了，他知道擒賊先擒王，其他一些人都是貧下中農不好辦。

李書記說：「杜家堡為什麼在大躍進的時候，總聽到一些攻擊三面紅旗的奇談怪論，關鍵是讓一些反黨反社會主義的反革命分子和壞分子逍遙法外，讓一個反對社會主義的富裕中農混入了共產黨。」

八爺被幾個公社民兵五花大綁，頭上戴了一頂一米多高用紙糊的帽子，脖子上掛著一個大牌子，上面寫著：打倒反黨反社會主義的反革命分子杜八。

一個瘦高個子的民兵用一條繩子牽著八爺，福祿低著頭跟在後面敲著鑼。八爺憋紫的臉青著，嘴裏還喊著：「我是走資本主義道路的富裕中農杜八。」

「噹——，噹——，噹——」的鑼聲在整個杜家堡的上空回蕩著，村上的人們遠遠地看著，誰都不敢吭聲。這時，只見鳳仙撥開人群衝了過去，她一把推開那個民兵抱住八爺就放聲大哭了。那瘦高的民兵過來，一把拉開鳳仙，用槍柄將鳳仙一下打倒在了地上。

鳳仙爬在地上，散亂的頭髮遮住了臉，她死死地抱住那個民兵的腿，幾個民兵過來才把鳳仙拉了開來。

李書記對福山說道：「你不能光去鬥一個死老虎劉福祿，杜八這麼大的活老虎你也要打，這隻活老虎被打倒了，能鎮住一大片。在社會主義建設中，要心紅眼亮，千萬不能放鬆警惕。」

「這是不是有些太過分了，八爺有些話還是對的，公糧收得太多，社員們沒了吃的，我的食堂就沒法辦了。」福山看了一眼李書記的臉，然後說道。

李書記轉過身來看著福山說道：「福山同志，你這種思想太危險，一個馬克思主義者，就要無所畏懼，敢於與天鬥，與地鬥，與這些人民的敵人鬥，你不能像宋襄公的脬子仁義的蛋蛋，軟塌塌的，立不起來，這不像一個共產黨員。沒有這些鬥爭的思想準備，這樣溫良恭儉讓就不要參加共產黨，更不應該當杜家堡大隊的書記。」

李書記的這番話說得福山汗流浹背，他知道這書記心狠手辣，說得出，就做得了，馬上說道：「李書記，你把我的話誤解了，我是說給我們大隊多留些糧食，食堂可以辦得更好一點，以後你們下來，我們也可以好好招待各位領導。」

「我們用不著你們招待，只要你能把下面的工作做好就行了。」李強勝這時很生氣，話也說得斬釘截鐵。

這時，捆了的八爺被民兵從後面把胳膊扯著，一個人壓著他的頭，往地下摁。八爺疼得臉扭曲得非常痛苦，可他咬著牙，沒有發出一點聲音來。

旱平川公社的李強勝書記把杜家堡大隊第一生產隊鬧糧情況向縣委彙報以後，縣委馬上組織了一個工作隊到杜家堡進行查產調查，瞭解第一生產隊瞞產私分的問題。

縣委幹部到了第一生產隊，先找八爺談話。幹部們一見八爺劈頭便說：「你們杜家堡大隊第一生產隊與黨離心離德，產量報得不實，隱瞞了很多糧食，私下分吃了。你想，一隊是個什麼條件，大塊大塊平展展的土地，年年大豐收，年年大躍進，但你們交得徵購糧這幾年就沒有大的躍進。你們的徵購糧上不去，誰還能上去？現在黨給你們一個機會，把產量往實裏報，再不報實，後果自負！」

縣委幹部一張嘴，八爺便知道他們是幹啥來了。這些人是打著查糧的旗號，報復前次隊上社員們鬧糧的事來了。八爺心想，實在沒有糧了呀，再往高報產量，報高了產量就得拿出糧食來，天哪！哪來的糧食呀，今天就是把我槍斃了，我也再沒糧食了。難道他們還能把我槍斃了不成？

八爺說：「好我的領導哩，實在沒有糧食了。社員們餓得浮腫的浮腫，乾瘦的乾瘦，死的死，逃的逃，要是有糧，能會這樣嗎？一隊這幾年一直產量高，這是事實，可是，一年比一年報得產量更高，一年比一年交得公購糧更多，不然社員們怎麼餓成這個樣子了呢？」

縣委幹部一聽這話讓八爺頂死了，便不跟八爺爭辯，厲聲喝道：「你就說，你們私分糧了沒有？再有沒有餘糧。」

八爺說：「有，啥糧都有。小麥、大麥、青稞、胡麻、洋芋，啥都有。可那是種子，這都是留到明年的籽種。其餘的糧食，都交了公購糧，還有一些被食堂拉了去。」

八爺說得是實話，可縣委的幹部們一聽這話，一下就變了臉，吼著說道：「把這反革命分子杜八給我抓起來！」

幾個民兵過來把八爺的胳膊擰了過去，連推帶搡到了一個小車裏。

回到縣裏，縣委幹部向縣委書記王祥和陳新縣長彙報了他們到杜家堡大隊第一生產隊進行查產鬥爭的情況。王祥聽著聽著臉就吊了下來，接著，臉就開始發紅，發紫，不一會兒臉就憋得紫裏透紅，突然，他把桌子一拍說道：「還反了天了！」

王祥馬上決定在杜家堡大隊第一生產隊召開千人大會，他讓縣委秘書向全縣各公社發通知，要求各公社最少派一百五十名各級幹部和社員代表參加，由各公社書記親自帶隊。

千人大會會場在一隊收過麥子的一塊農田裏。這天，扭曲翻滾的雲彩向四面蔓延，天空顯得很低很暗，用蘇制新式武器裝備了的旱平川公社基幹民兵營站在會場周圍。在會場的麥田裏，座北面搭了一個一米高的臺子，上面搭了棚子，台前上方拉了一條白布橫幅，白布上用鬥大的黑字寫著：公審公判反革命分子杜八大會！

九點半鐘，城裏的車隊來了，前面兩輛吉普車，後面是一輛卡車。卡車上押著五花大綁的八爺，他的胸前掛著木牌，木牌上寫著：現行反革命分子杜八。

車隊開到主席臺後停了下來，縣上、各公社的領導陸續走上主席臺，在橫著的一排桌子前落座。王祥、陳新和地區中級人民法院院長韓得貴坐在中間。兩個公安警察把八爺押進會場，站在主席臺前，兩邊各站著一個雙手端著步槍的公安戰士，槍口朝下，戴著大口罩。此時，會場上一千多人屏聲凝氣，只聽見風在輕輕從地面吹過。

主持人站在麥克風前，宣佈審判大會開始，先請王書記講話。然後把麥克風拿到王祥跟前。王祥把禿了頂的頭高高揚起，圓圓的臉上一臉嚴肅，他不拿講稿，口若懸河，滔滔不絕地大講了起來。他先講毛主席共產黨的領導好，社會主義的優越性，再講總路線、大躍進、人民公社三面紅旗，然後講全國和旱平川的大好形勢，接著講不斷革命論和持續大躍進，講過之後轉入正題，講一小撮反革命分子利用糧食問題反黨反社會主義。他說，杜八就是這裏罪大惡極的反革命分子，他瞞產私分公糧，煽動社員鬧事向黨進攻，大家要對這些反革命分子深揭狠批。王祥講完了，李強勝和劉福山上臺拿著稿子揭發批判。

接著，王祥站起來對著台下黑壓壓的人群說道：「你們看對現行反革命分子杜八怎麼處置？我說應該槍斃！」王祥說完後，看了一眼陳新，然後將目光在整個會場掃了一眼。

陳新本來就覺得對八爺太過分了，看到王祥突然冒出這個話來更是驚訝萬分！他「霍」地一下站了起來，大聲說道：「我不同意！杜八私分瞞產的錯誤非常嚴重，但還不至於槍斃。」

王祥一看陳新當著這麼多人的面與他唱開了對臺戲，渾身的血一下湧到了脖頸上，說道：「今天我們走群眾路線，群眾的眼睛是雪亮的。同意槍斃杜八的舉手！」

浮腫麻木的人群聽到這話，動了一下，人們面面相覷都舉起了手。

王祥得意地鼻子裏哼了一聲，朝陳新看了一眼。

陳新並不想把他與王祥的關係搞得這麼僵，然而，那可是一條人命啊！他站了起來，望了一眼台下的人們，說道：「人命關天，怎麼能這麼搞呢？韓院長你說怎麼處置。」

韓得貴黑著臉說道：「將杜八逮捕法辦！」韓得貴這是在拖延時間，他知道在這個時候與王祥彆扭只會將事情辦得更壞，而順了王祥他覺得確實對杜八太過分了。

這樣八爺就被兩個公安警察一左一右架著押了下去。

然而，被逮捕了的八爺浮腫的眼睛眯成了一道細縫，躺在冰冷的房子裏不吃不喝，不上三天他只有出的氣沒有進的氣了。陳新就對王祥說：「王書記，把杜八放了吧，這人也是有今天沒明天的人了。」

王祥氣呼呼地把手一甩說道：「你看著辦吧。」

八爺於是被開除了黨籍，陳新派人很快將他送回了杜家堡。

八爺是被人們抬著送回杜家堡的。送回來的八爺躺在炕上，兩個深陷下去的眼睛望著窗外黑色的太陽，他微弱的呼吸讓鳳仙以為八爺快要死了。

鳳仙大聲說：「八爺，你可要挺住呀，你死了這個家就要倒了。」於是，鳳仙就嘴對嘴將嚼碎的饃饃喂到八爺嘴裏。

八爺眼角流下了渾濁的眼淚，他沒想到他發自肺腑擁護的共產黨連老百姓的死活都不顧了，舊社會國民黨的稅多一點，可人們活得自在，民國十八年也還沒有發生這麼死人的事情。

八爺又活了過來，他是鳳仙一口一口用她的唾沫拌著食物活過來的。可他被開除了黨籍後，水娃子也就被撤了民工排長的職務。然而，水娃子手巧腦子活，不當排長了，他就一門心思搞技術革新。他用木頭做了裝有滾珠軸承軲轆的手推車，這一改革一下子就改變了原先肩挑背扛的勞動局面。他又用繩子搞了一道牽引線，把山上的土往大壩上運，這下可把個石斌給樂壞了。石斌在黑板上寫道：

運土旱船如蛟龍，加點水來陸上游；
數百公尺不發愁，運土快得像電流。
溜土槽，聯合耙，一層一層剝皮法，
工效賽過機械化，一天能幹百七八。

群眾力量大無窮，群眾力量無邊沿，
新陳代謝大換班，操作方法大改善，
越幹越美越攢勁，提前引水董志原。

慶陽的董志原成了人們心目中的奮鬥目標。石斌組織各排向杜家堡排學習，並組織各排到這裏來參觀，開現場會，算賬評比，結合紅專學習鑒定，推廣水娃子搞得各種先進工具和操作方法。但這些創造發明一律以杜家堡排的名義進行介紹，因為水娃子現在成了反動富裕中農的子女，這種人怎麼會搞技術發明呢？然而，其他人對技術改造又不能說得那麼具體，參觀的人來時，石斌還是讓水娃子給進行講解。水娃子就從高線運輸由不自動倒土怎樣發展成了自動倒土，如何從單管運輸改造成了多管運輸講起。另外，又講了運土旱船怎麼由不自動裝卸改造為自動裝卸，最近又如何加上了繩索牽引，使效率比原來提高了好幾倍。

石斌還在營裏辦起了紅專學校，他自己親自講如何進行爆破，讓姜宏波給講識圖、刷坡、釘樁、測量等知識。石斌在營裏召開排以上幹部會，在會上說道：「我們要學會用兩條腿走路，大抓工程進展，白手興建水庫；既要抓思想、生產，又要抓戰士們的生活；既要提倡苦幹，又要提倡巧幹；既要實行集中領導，又要大搞群眾運動；既要抓革命熱情，又要抓科學分析。從而使我們的民工變成熱愛社會主義建設事業，和不計報酬、條件的共產主義新人，讓他們是農民，是工人，又是工程的建設者和保衛者。所以，我們要堅決貫徹執行黨的總路線『民辦公助』的方針，聽從黨的指示，政治掛帥，思想領先，在主觀願望上正確反映客觀實際發展的要求，鼓足廣大職工衝天的革命幹勁，堅持不斷革命的精神，要向前看，奮勇前進，這樣我們就能突破各種右傾保守思想的障礙，不斷躍進，由勝利走向更大的勝利。」

石斌原先在村裏上過幾天學，在部隊上又鍛煉了多年，這些日子又背了些報紙上的文章，說起話來真可以說是頭頭是道，滴水不漏了。另外，他有縣委王書記的支持，通過縣上讓各大隊把糧食運到了工地上，所以，別的營裏由於發生了民工餓死的問題，有些民工開始逃跑，可是，他的營裏只是民工們吃不飽肚子。

水娃子雖然被撤了排長，可石斌非常欣賞水娃子的才華和誠實，喜歡水娃子的吃苦耐勞，大會小會都讓他參加。另外，工地光榮榜每星期一換。光榮榜將民工們分成六等，有坐飛機的，有坐火車的，有坐汽車的，也有騎馬的，騎牛的，最落後的是騎老母豬的。水娃子被撤了排長，坐不成飛機了，可他還是放在坐火車的行列裏。可是，這些日子每次開會，水娃子就心不在焉了，他望著石斌的嘴一張一合，心裏卻想著一家人正在忍饑挨餓。他聽一塊的民工說，村裏有個人家兒子餓死了，當媽的一下子就瘋了。民工們說這瘋女人蓬頭垢面，目光呆滯，見了人死死地盯著，一會兒哭，一會兒笑。她經常光著上身，乾癟的兩個乳頭吊在胸前，在食堂門前晃來晃去，趁人不注意就去搶人們手裏的食物。水娃子想著想著，那女人的臉就變成了媽媽鳳仙，媽媽照顧爸爸和引洮兒，幹完了地裏的活，又去挖野菜，可有了東西她總是捨不得自己吃。水娃子想，媽媽真是這世界上最好最好的女人。

水娃子用自己的飯票買了個大餅，在一個神不知鬼不覺的晚上又往家中溜去。

那晚，天上閃動著幾個星星，賊亮，賊亮。過去每進村到處是狗的吠叫聲，而現在狗都讓人吃了，整個村子裏靜悄悄的沒有一點聲息。他先溜進自己的住房，給春花放下了半個包穀麵饃饃，趕快鑽進了北面的上房裏。

八爺見了水娃子，一下坐了起來，水娃子抓住八爺和鳳仙的手眼淚就流了下來。

水娃子說：「爸，媽。」

八爺說：「我的娃回來了。」說著他就抓住了水娃子的手。八爺遭了這一劫後，他對家裏人更親近了，他更看重了他生命的延續兒子和孫子。

水娃子掏出半個大餅說道：「爸，媽，你們倆個吃，這半個給哥嫂，讓他們分給水蓮和引洮兒吃。」

八爺聽到這話朝鳳仙看了一眼，然後說道：「我的娃，你四哥和你四嫂子吃了有毒的草根讓藥死了。」八爺說著，鳳仙就先哭了起來。

八爺趕快把話插了開來，說道：「我的娃，你在工地上能吃飽嗎？」

水娃子說：「吃不飽，可比你們要好一些。」

八爺說：「那就好，那就好。」

水娃子爬在地下給八爺和鳳仙磕起了頭，說道：「爸，媽，您倆人在，我走了。」

水娃子說著就邁出了門檻，給春花打了個招呼，就沒入了夜幕之中。

春花把水娃子送出大門，她望著水娃子匆匆的身影流下了眼淚。

狼刨泉在八爺的後院，八爺原先在後院開了個門，每天敞開著，白天村裏的人們都到這裏打水，晚上八爺則讓山上的狼和各種動物到這裏來飲用。食堂化後，狼刨泉被食堂佔用了，那些炊事員們把這泉亂挖亂搗，裏面沒了水，八爺就騰出一個水窖來讓動物們喝水。可是，自從村上糧食緊張後，大隊就讓民兵隊打獵，而且每當夜幕降臨時，民兵們就埋伏在八爺的水窖邊上。八爺看了很傷心，本想讓這些動物們喝一點水，可這裏卻成了動物們的葬身之地，使多少動物投入了這個羅網之中。

動物們於是就再不敢到八爺的水窖邊上來喝水，民兵們也就再不到這裏打埋伏了。然而，八爺還是每天把水窖打開，他知道這世界上只要有動物吃的、喝的，就有人吃的、喝的，人和動物的命運緊緊地聯繫在一起，動物們遭殃，人類遲早也躲不過同樣的災難，他從這年月中已得出了這個結論，這是八爺的哲學。

水娃子走後，八爺踏著月光來到了水窖邊，他看見了一頭熊，一頭鬃毛直立，骨瘦如柴，身上骯髒無比的熊，熊見了八爺往後退了幾步。

八爺就把兩隻手輕輕地拍出聲來。他與動物們的交流都是從這個動作開始的，這頭熊於是把耳朵貼在頭上臥了下來。

八爺細細一看，原來這是他救了的那頭母熊。他說：「喝吧。」

母熊好似聽懂了他說的話，走到水窖邊，前腿一伏，就將頭伸進了水窖。

八爺望著母熊「咕咚，咕咚」地喝水，他就坐在邊上靜靜地看著。

八爺想，這年代咋了？怎麼共產主義沒盼來，人和動物卻都成了這個樣子。

熊喝完水，抿著耳朵把頭伸向八爺，八爺就輕輕地撫摩著熊的腦袋。

八爺說：「你的孩子在哪裡？」

熊好似聽懂了八爺的話，眼裏流出了兩行淚來。

八爺於是再沒敢吭聲，他知道熊的心裏很難受。

自從八爺到了旱平川，八爺與這裏的動物相依為命，那年土匪攻打杜家堡，不是那些狼從後面去追去咬那些土匪，杜家堡可能早被土匪血洗了村莊。但是，今日的杜家堡人卻忘了這些動物的恩情，八爺想到這裏自言自語地說道：「虧先人呢。」

八爺說：「你餓了吧，你真餓了就吃了我，這世道磨人呢，我也不想活了。」

母熊聽到這話就把頭伸進八爺的懷裏，八爺就抱著熊的頭哭了。

八爺沒有哭過，多少個日日夜夜裏，他像一杆旗在杜家堡立著，八爺是杜家堡人的驕傲。

八爺說：「我年輕的時候也是一頭熊，凶得很，這你嫂子知道，而如今我一個死過一會，又被開除了黨籍的富裕中農壓得我連腰都直不起來了。」

「以後你見我坐在這裏，你就來喝水，如果我不在，你可千萬不敢來，那些人會殺了你的。」八爺繼續說道。

母熊聽了八爺的話流出了眼淚，濕了八爺的手，它站了起來，向門外走去。

八爺說：「去吧，別忘了經常來看我。」

母熊聽了八爺的話，回過頭來搖了一下尾巴。

三

那是一個陰雨連綿的上午，雨下得急，工地上沒法幹，就放了假休息，石斌於是想到該給未婚妻趙麗萍寫封信了。他展開信紙卻不知從哪裡談起。趙麗萍是省人民醫院的大夫，是北京醫學院畢業的大學生，自從別人牽線搭橋讓他們倆認識以後，他這是第一次給她寫信。「親愛的麗萍」，他寫了這第一句，心想不好，是不是小資產階級思想有點太濃了。經過反復斟酌，最後他改為「親密的麗萍戰友。」就這麼寫，在這戰天鬥地的火熱年代，這樣寫既不失將來組成家庭後的親密，又不失現在並肩戰鬥的戰友之情。思路一理清，果然他文如泉湧，一下寫得文采飛揚，剎不住車了。

親密的麗萍戰友：

你好！

自從和你認識以後，我在引洮水利工地上的幹勁越來越大了。引洮工程是甘肅人民在總路線光輝照耀下，共產主義思想新高漲的光輝結晶，是甘肅水利事業的歷史性的偉大創舉，它既是共產主義的工程，也是共產主義的學校，我在這個大學校裏一天天地在成長，學到了很多我原來沒有學到的知識。

我現在給你介紹一下我所幹的前無古人的偉大事業。引洮上山水利工程就是要把發源於甘肅南部的岷縣、向北奔騰的洮河，以人民的智慧和力量，扭向東流，從上游經過海拔二千二百六十四米的岷縣的古城，通過海拔二千零四十米的通渭縣的華家嶺，到達海拔一千四百米的慶陽縣的董志原，建立一條「山上運河」，從而徹底改變甘肅的面貌。這項工程是十分龐大的。總幹渠山上運河長一千四百公里，支幹渠十四條，長二千五百公里，共計約四千公里。單是總幹渠的長度就比世界上馳名的蘇伊士運河長六倍多，比巴拿馬運河長十三倍多，而且在兩年內要完成這個史無前例的工程。計畫要將洮河三十五億公方的水量，全部攔引。河道水面寬四十米，底寬十六米，水深六米，流量一千五百秒公方。全部工程的修建都在山區，需要繞過和劈開崇山峻嶺兩百多座，跨越大小河谷、溝澗八百多處，需挖填土石方十五億公方以上，需修建水閘橋樑和建築物上千座。為了把洮河的水全部利用，和根據季節需要調劑用水，計畫在上下游，建起「葡萄串」式和「滿天星」式的蓄水網，達到「庫渠相連，以庫保渠」，並在運河上游，建築大型水庫兩座，一座壩高為四十二米，一座壩高為七十米，兩者蓄水的有效容量為五億多公方。

我到這裏後，我們已經拔掉了老虎嘴，渠水已可直達關門了，我們正在這裏修建一個過崖家峽、黑金峽、關門峽的三峽關門水庫。

引洮上山工程的興修，是解放了的勞動人民征服自然的大進軍，是勞動人民成為自然的主人翁的重要標誌。正如恩格斯在《反杜林論》一書中所寫的：「隨著人類成為自己社會關係的主人翁，他們也就以同樣程度成為自然界的真正的自覺的主人翁。」我們現在要把洮河這樣大的河流引到高山高原上，其重要意義也正是這樣。引洮上山工程，也正如毛主席說的：「我們正在做我們的前人從來沒有做過的極其光榮偉大的事業。」這就雄辯地說明了，有了中國共產黨、毛主席的英明領導和無比優越的社會主義制度，勤勞勇敢的勞動人民就能夠去做史無前例、驚天動地的業績；這也充分說明了，廣大勞動人民已經從過去無力征服自然的處境，轉而走上了能夠駕馭自然、改造自然、利用自然、從自然手裏奪得更多自由的新階段。像引洮上山這種偉大的創舉，不但在反動統治的舊中國是根本不能想像的事情，就是現在世界上發達的資本主義國家，也沒有一個能夠把這樣大的河流引到兩千多米的高山高原上去。讓那些喪盡天良的右派分子去說「今不如昔」吧，事實將給他們以有力的駁斥。

麗萍，我的家鄉也是一個乾旱缺水的地方，我知道水對人們是多麼的重要，希望你有時間到我們工地上來，看一看這轟轟烈烈的戰鬥場面。

以上是我的彙報，請指正。

此致

革命的敬禮！

你的戰友：石斌

石斌寫完信，反覆讀了三遍，他自己感到非常滿意，於是買了個大大的信封裝上，發了出去。

趙麗萍是省人民醫院的內科大夫，一九五八年大學畢業後她聽說西北地方缺醫少藥，醫療條件極端惡劣，人民急需大夫為他們治病，而且，她在報紙上看到甘肅大躍進的形勢如火如荼，她年輕的心沸騰了，於是她從首都北京來到了西北甘肅的蘭州。當時，有很多人給她介紹對象，她連看也不看，可當有人給她提到石斌，提到這個參加過抗美援朝的英雄的時候，她的心動了，於是在春節過年時她與石斌見了面。沒見面時，她就覺得最好這個人和他的名字一樣，能文能武。一見面，石斌果然給了她很好的印象。這人長得不胖不瘦，中等身材，氣宇軒昂，而且，說話文文靜靜，不緊不慢。兩人見了面，話雖不多，但石斌說得卻很有分寸。此時的知識份子，有知識有頭腦的，大多都成了右派分子，人們的觀念也從重文到了親武，都認為知識份子頭腦裏資產階級的東西滲進得太多了，還是工農兵純潔乾淨。她一下就被這個人迷上了。當時她心裏想，這可能就是自己心目中最可愛的人吧。

而石斌則想找一個知識份子，自己雖然在部隊上看了很多書，但畢竟沒有進過大學門，讀書還是不多，他想找一個能在學習上對自己有所督促能幫助的人。於是，兩人一見鍾情，第一天見面，他倆在黃河邊上就一直談到了晚上十二點，不是巡邏的警察干涉，那晚他們可能要說上一個通宵。

然而，石斌到了工地上，忙得沒了白天和黑夜，趙麗萍一連來了三封信，他一直忙得沒時間回信，直到如今他才提起筆來給她寫信。

石斌回想著他與趙麗萍那短暫的幾天，那幾天趙麗萍歡快活潑的影子一直在他眼前揮之不去。

石斌把水娃子叫了過來。

石斌說：「水娃子，你要在這場技術革新運動中多獻計獻策。」

水娃子說：「石營長，你不知道，姜宏波是我們營裏最能最能的人。你別看他一天到晚勾著頭不說話，可他心裏明著呢，我們這裏誰也比不上他。」

石斌說：「你可要小心呀，那可是個右派分子，你爸被開除了黨籍，成了反動富裕中農，你和他纏得緊，再別讓把你們兩個弄到一塊進行批判鬥爭。」

水娃子說：「石營長，我原先對他不瞭解，總以為我們農民比他們這些臭知識份子聰明能幹，沒想到他樣樣都會，我設計的溜土槽、聯合耙、剝皮法，都是他給我指點的，營長你以後要多發揮這個人的作用。」

石斌說：「我知道，我比你清楚，可你要明白那可是個右派分子。」

水娃子聽石斌這樣說，噎得沒一句話說了。

石斌說：「現在全國都有困難，生活上苦一點累一點可我們不要洩氣，我們要看到光明的前途。

引洮工程建成後，將使兩千萬畝的旱地變成水田，全省糧食將增產三到四倍，油料作物增產一到二倍，新產皮棉五千萬斤到七千萬斤，植樹造林可以達到千萬畝，產木材十數億立方米，促進水土保持五萬平方公里，使周圍遼闊的山地、坡地梯田化，溝地川台化，荒山青綠化。可以擴大草原一千五百萬畝，放牧牛羊數百萬頭。還可以利用渠道的落差建立一百多個中小型水力發電站，發電五十萬千瓦，可供上千個工廠動力用電，數百萬戶的照明用電。另外，二十到一百噸的船隻可以往來運行，成為甘肅省中部到東部的水上交通和物資交流的樞紐。年輕人，好好奮鬥吧，到了那時：山頂稻花香，米麥堆成倉，綠蔭遍山嶺，牛羊成大群，魚鴨滿池塘。而且，電站林立，電燈齊明，機聲軋軋，汽笛嗚嗚，整個甘肅將會成為天上人間的桃花源。」

石斌越說越興奮，已完全陶醉在了理想的美好藍圖之中。

水娃子默默地聽著，他不願意把石斌的夢打碎，他真想說，石營長你到村裏去看一下，農村的樹皮已經讓人剝著吃光了，村裏人家家都在挨餓死人，這麼美好的共產主義人們怕是快等不到了。可他不敢說，他怕營長說他這個富裕中農子女又在造謠惑眾。

石斌看他不說話，就拍了拍他的膀子說道：「你走吧，回去好好搞技術革新。」

八爺的浮腫是從腳上先開始的。鳳仙每天上完工，就到地裏去挖野菜，去捋一種叫做堿籽子的野生植物。堿籽子生長在砂石灘上，一叢一叢的，它上面結著一種比小米粒還要小的黃色種子。鳳仙把它捋來，曬乾，然後磨成粉，蒸成柿餅一樣大的饃饃。

堿籽子吃起來苦澀難入口，而且，吃多了就屙不下來屎，肚子脹，會把人憋死。

這天下了工，天上浮著一團白雲，鳳仙就和春花一塊去捋城籽子。這時的砂石灘上只有三三兩兩的女人。女人們在家裏把從食堂打來的菜湯和麵糊糊一澄，稠一些的讓男人們吃，女人們則喝些稀的。男人們喝了麵糊糊之後就躺在炕上。女人們侍候了男人之後，喝上些稀湯湯就又去挖野菜，剝樹皮，剝了樹皮曬乾磨成粉吃。這裏面榆樹皮最好，所以這時候幾十里以外的榆樹皮都已被剝光了。然而，男人們飯量大，脂肪薄，往地裏上工腿就軟了。可不去不行，不去食堂就不給打飯。福山每天讓民兵逼著人們去上工，一部分人去支援關門水庫建設，一部分人則到地裏務勞莊稼。

八爺是早上穿鞋時發現自己腳腫了的。

鳳仙聽到八爺說腳腫了，趕快跑了過來。

鳳仙用手摸著八爺的腳，明晃晃的，好像要透出水來。鳳仙摸著，摸著，眼睛裏就流下了眼淚。

鳳仙說道：「讓春花到食堂去吧。」

八爺說：「餓死也不去。我們的人活著要有個骨氣。」

鳳仙說：「你看你成啥樣子了。你和我都是一把年紀的人了，可引洮兒是咱家的根呀，讓春花去吧。」

八爺眼裏含著眼淚，沒有吭聲。

鳳仙和春花到了野地裏，鳳仙對春花說：「春花，媽給你下個話，你給福山說說到食堂去吧。」

「媽——，我不去。」春花說道。

鳳仙說：「孩子，媽給你下話了，你看你爸的腳都腫了。」

春花驚詫的目光停留在了鳳仙的臉上，「真的嗎？」

春花知道，村裏有很多人，都是從腳上腫起，然後到腿上，再到全身，然後死去的。

春花說：「福山不是人。」

鳳仙抓住春花的手說道：「男人們肚子飽了都一樣。誰讓我們女人命苦呢，忙了外邊忙裏邊，可你爸是這個家的樑，他不能倒，他倒了這個家就完了。」

春花又說道：「媽——。」

鳳仙說：「再別說了，去吧。媽也是從年輕時過來的，只要你心裏別忘了水娃子，惦著這個家，家裏人就全靠你了。」

春花回去後躺在了炕上，她抱住被子就痛哭流涕了。她說道：「水娃子，我對不起你呀！」她的哭像嗚咽的馬蹄聲，敲碎了心裏多少年淤積的疙瘩，眼淚從她那凝滯的眼睛裏像泉水樣的流溢出來。

第二天早上，春花洗了臉，換上了她最喜愛的那件紅棉襖。

杜家堡人是沒水洗臉的，條件稍微好一點的，一般早上只是用濕抹布抹一下臉。可春花今天洗了臉，鳳仙於是知道春花聽她的話了。

春花到了大隊部，福山就知道春花找他來了，然而，他卻裝著不明白，問道：「春花，有事嗎？」

春花說道：「讓我到食堂去吧。」

福山翹著二郎腿，身體往後傾著，眼睛乜斜著掃了一眼春花微微突起的胸部。

福山嘿嘿嘿地笑著，他的笑讓春花身上霎時起了一層雞皮疙瘩。

福山說道：「我和巴學義要商量一下。你先回家去，我們商量一下了再說。」

春花此時感到臉上火辣辣的，她說：「你不同意？」

「我是想讓你原回到大隊廣播站工作。」福山說道。

春花說道：「讓我到食堂去吧。」

福山想了想說道：「行！我的春花還從來沒有求過我呢。」

說著福山就把春花攬到了懷裏。福山的勁很大，像一頭牛，此時的杜家堡只有這麼一個兇猛異常的男人。

福山把春花的衣裳一件件地往下脫，他做得很細心，他像一個品嚐精美食物的專家，慢慢地咀嚼，細細地吞咽，他要吻遍嚐遍這精美食物的每一個地方。

福山將杜家堡年輕年老的女人都嚐過，可他還是認為春花別有一番滋味。

春花的身上透著一種自然的芬芳，這是任何一個女人都沒有的。當他聞到這股香味，他立刻就會有一種衝動，這衝動會使他像一個十七八歲的小夥子般把天捅出一個窟窿。然而，他並不急於探尋那個奧秘，他循著那股芳香在迷霧中前進。他盯著春花那水葡萄般的眼睛；吮吸著那細軟的舌頭；他在那細嫩的肌膚上輕輕趟過；緩緩地揉搓著那高高聳起的兩個如水桃兒般的、泛著紅暈的乳頭小山。他開始瘋狂了，經過那一馬平川的青草地，他不顧一切地向一處奔騰激越的深淵衝去。每當在此時，他就像一個手握長劍，而茫然四顧的勇士，站在深淵邊欣賞一陣噴湧而出的清泉。

福山的心在燃燒，燒得他口乾舌燥。全大隊那麼多女人沒有使他這樣激動過，他把他的神勇，他的嚮往，一股腦兒完全揮灑到了那集中的一點。此時，他感到大地在震動，天上雷鳴電閃，地下風吼沙嗚，在急風暴雨中他聽到了一聲聲從天宇中傳來的呻吟。

「我的香肉肉，我的命蛋蛋——。」福山摟著春花說道，他用包穀籽兒一樣的牙齒咬住了春花的肩膀。

天空藍了，大地綠了，然而，春花的眼裏卻是一隻猛獸緊緊扼著她的喉管，她的身上好似爬滿了無數的蜥蜴和蜈蚣，到處是惡鬼在張牙舞爪。

福山完了事，他先是躺在炕上一動不動，隨後將一件一件的衣裳給春花穿上，然後他點燃了一支煙，猛吸一口深深地咽了下去。這煙在他肚腔裏湧動著，緩緩地流淌著，過了一會兒又慢慢地從嘴裏鼻孔裏噴湧了出來。

福山想，今年的新麥子咋吃得這麼快，還沒過年呢怎麼又沒了吃的。他對巴學義說：「細水長流，堅持就是勝利，要想盡一切辦法找出代食品。」

然而，人們上工，軟塌塌的沒了一點力氣。福山想，看來還是要進行大辯論，不能再讓個別人攪亂人們的心。可是，還是有三戶人家跑了，他派民兵在各車站搜查，可一直沒有下落。他自言自語地說道：「這樣的事情再不能發生了，跑一家就會動搖一個村子。」

他看春花盯著他桌子上的半個大餅。他說道：「吃吧。」

春花不待福山說完，已將大餅塞到了嘴裏。

福山說：「你這個人呀，就是想不開，陰陽隔著一張紙。你沒聽人說嘛，婆娘們夾著個扁扁貨，走遍天下不挨餓。」

春花沒說話，三兩口就把大餅吃了，然後端起福山桌子上的水，咕，咕，咕，就直往肚子裏灌。

福山說：「到食堂後，每天下午就到我這裏來。」

春花點了一下頭。她已經不顧一切了，爸的腳腫了，水蓮餓得吃起了草，她也沒了一月一次的春潮，她從別的女人那裏知道，女人沒了春潮後很快就會子宮脫垂，這是很可怕的。可她已經什麼也不怕了，可她明白如果不給家裏拿點吃的，這一家人就會全完了。

福山看她是那樣的溫順，不似先前那樣桀驁不馴，於是又把她摟到了懷裏。

福山又說道：「我的香肉肉，我的命蛋蛋。」他又把滿臉的茬茬鬍子往春花的臉上蹭。

春花把臉躲了一躲，被福山那強有力的大手一下拉到了他的懷裏。

春花知道，他又要瘋狂了。杜家堡在這時候了，只有他和巴學義還有這份心情。春花就隨著他了，她要通過這個人救一大家子人呢，他愛怎麼幹就怎麼幹吧，只要能把這一家人救活，他讓我幹什麼都行。

然而，此時的福山卻由於沒有了春花原先的忸捏和反抗，整個兒索然寡味了，沒了再瘋狂一下的心情。

福山說：「你到食堂去吧。」

「怎麼？你不那個了。」春花說道。

「還再哪個呀？你整個兒成了個木頭人，我好像在這兒日死人呢。」福山說道。

春花聽到這話就很傷心，他說得沒錯，她的心早就已經死了。

第五章

一

八爺早上醒來，突然聽到巷道裏有紛亂的腳步聲。八爺說：「鳳仙你快去看一下，咋回事？外面怎麼吵得這麼凶。」

鳳仙就趕快跑到外面去看，過了一會她進來說道：「大隊民兵把馬保成捆到大隊部去了。」正這麼說著，幾個民兵走了進來對八爺說道：「起來，跟我們走。」

鳳仙說：「到哪裡去呢？八爺的腳都腫了。」

幾個民兵說：「腳腫了咋了，給誰立了功嗎？走！」說著，民兵們就把八爺拉了起來。然後，一個民兵回過頭對鳳仙說道：「大隊要開鬥爭馬保成的大會，讓八爺一塊陪一陪。」

鳳仙說：「人都站不住了，我就替八爺去吧。」

八爺說道：「我去。」

八爺就跟著幾個民兵走了出去。

大隊部的院子裏已經擠滿了人，幾個民兵在馬保成的脖子上掛著一個「現行反革命分子馬保成」

的牌子。

原來，昨天村外邊有一個逃荒的人死在了大路邊上，村裏正準備派人去掩埋，可第二天早上人去後這個死人卻被人拉走了。

福山說：「搜，死人怎麼會沒有了呢？」

於是，民兵們就從挨著公路的幾家開始一戶一戶地搜。果然，在馬保成的洋芋窖裏搜出了這具屍體，而且這人大腿上的肉已被刀子割了一長條子。民兵們到他的灶房裏一看，鍋裏煮著一鍋肉，這時還冒著熱氣。

批判鬥爭會上只有幾個積極分子在發言，其他人則面如土色，呆癡的眼睛漠然無光。人們知道這馬保成原來是一貧如洗響噹噹的雇農，自從民國三十六年逃荒到杜家堡後，就在福祿家給幫著種地。當時誰也不願意讓馬保成在杜家堡落戶，是八爺自作主張讓馬保成入了戶的，土改時，馬保成當了貧協主席，入了共產黨，就因為他不姓杜，不姓劉，只是個單戶人家，於是他進步得很慢，一直在杜家堡成不了氣候。

人們聽著積極分子們的批判，封閉了的思想一下被打開了，心想，還是馬保成這狗日的腦子活，這麼一個到嘴了的一塊肉，怎麼我們就沒想到呢？人們的肚子裏咕碌碌地響，只想著如何去偷，去找著吃，誰有心思聽這些陳芝麻爛穀子的唾沫星子。

福山說：「寒心啊！你這麼一個根紅苗壯的好苗子，怎麼幹起吃人肉的事情來了。」

馬保成於是就痛哭流涕了。說道：「我對不起共產黨，對不起毛主席，對不起組織對我的培養。劉書記，我餓得實在不行了啊！」

「再餓也不能吃人肉，吃人肉是人幹的事情嗎？」一個民兵說道。

馬保成望了一眼這個年輕人，心想，你沒餓到這個份上，到了這個份上，你和我也一樣。

福山讓人們發言，人們都把頭低了下去。

此時，陪馬保成的還有福祿，三個人每人脖子上吊著一個大牌子。八爺站了一會就站不住了。鳳仙看見八爺的臉開始發黃，臉上流下了豆大的汗珠子，鳳仙從地上爬起，趕快跑了過去。

福山說：「怎麼？站不住了。」

八爺於是就伏在了鳳仙的身上。

福山說：「說你不行，你還真做開勁了。」

八爺把鳳仙一推，想自己站穩，然而一陣暈眩使他又一次倒伏在了鳳仙的身上。

鳳仙說：「福山，你也是個人嘛，你看我的人成啥樣子了，你怎麼這麼狠毒呢，八爺他幹啥了，你一個沒處去的叫化子，求到八爺的跟前，杜家堡收留了你，才使你有了今天，你怎麼恩將仇報呢。」

鳳仙的話不多，但句句戳在福山的心尖上，把個福山氣得鼻孔朝天。這還了得，民兵們上去把鳳仙的頭髮拽到了後邊，幾個人過去一頓拳打腳踢。

鳳仙被打得一下跪倒在了地上。她的鼻子裏流著血，兩隻手拄著地，她猛然站了起來，頭髮披著，像一頭母獅子，兩隻紅紅的眼睛緊緊盯著福山，一頭撞了過去。福山往邊上一閃，鳳仙跑得猛，一頭撞到了牆上。鳳仙的頭上流出了血，汩汩的，人一下就癱軟在了地上。

這時，人群躁動了起來，福山望著眼前的一切，感覺到了人們的憤怒。

杜家堡到底是以杜姓人為主的，而八爺又是杜姓人家的主心骨，這些，福山心裏清楚。他說道：

「把人趕快抬回去，散會。」

人們就把八爺和鳳仙抬了回去，馬保成則被幾個民兵押到公社去了。

福山覺得沒趣，就一個人往食堂走去。

食堂的小二樓是專門招待上面領導的地方，有一間會議室和一個餐廳，還有專供領導住宿的兩間客房。

福山一來，巴學義就把他領上了小二樓，給他端上來兩碟子小炒，熱了一壺酒。

福山說：「儉省一點。國家正在困難時期，我們當幹部的也要勒緊褲腰帶了幹革命。」

巴學義說：「當然，當然要儉省一點。」可他心裏想，你福山嘴上說的和心裏想的完全是兩碼事情，你說東我往西才恰好合你的心思。說著，他又給福山端上來一盤炒雞蛋和一盤辣子肉絲。

福山說：「行了，行了。」說完，他喝了一口酒，問道：「春花來後幹得怎麼樣？」

「幹得不錯。年輕人嘛，手快腦子活，比這裏面哪一個都強。」巴學義說道。

「那就好，那就好，把善於學習又勤快又能幹的人才選拔到食堂來，把食堂的工作再抓好一點。」福山喝著酒，吃了一塊雞蛋，打了長長的一個飽嗝後說道。

巴學義說：「劉書記，讓春花陪陪你來嗎？」

「不了，不了，今天我們弟兄兩人喝一會酒。」說著，他端起酒杯又往嘴裏倒了一口。

巴學義沒想到劉書記今天還有這個好心情，還會將他稱為兄弟，要和他一起喝酒。他趕快把凳子往前挪了挪，說道：「我先敬書記一杯。」

「好，我就領了。」福山說著，脖子一揚那酒就進了肚裏。

兩人沒有劃拳，就這樣默默地喝著酒，兩個人心裏都很清楚，下面食堂裏人們吃著些煮著樹葉的糊糊，飯裏沒有多少麵粉，若讓社員們知道他倆在這裏喝酒，那些人們不反了天才怪呢。

「食堂再有多少糧食？」福山問道。

「不多了。但細水長流，每人每天二兩糧食還免強能維持到夏糧下來。」巴學義低著頭說道。

「這樣下去群眾對我們意見太大，能不能想辦法讓社員們吃得再好一點？」福山一邊說一邊夾了一口菜。

「啥辦法都想完了，我看只有先把大隊那匹馬宰了讓大家吃。」巴學義皺了一下眉頭說道。

「那匹黑兒馬是隊上惟一的一匹馬，人們犁地馱運糧食，婚事上接個親，這黑兒馬還能頂大事呢。」福山說道。

「我看再管不了那麼多了，先解決眼前的困難，等以後情況好一點了再買一匹嘛。」巴學義皺著眉頭說道。

「我再考慮一下，實在沒有辦法了再說。」福山說道。

巴學義說：「再不說這不高興的事了，劉書記一天勞神費心的，今天就都說些輕鬆愉快的事。我看把春花叫過來，我們一塊喝。」

巴學義於是就「春花，春花」地喊了起來。

福山說：「不要這麼驚天動地的，下去了悄悄叫上來。」

巴學義於是趕快走了出去。

春花走了進來，說道：「劉書記叫我嗎？」

福山說道：「過來我們一塊喝一會酒。」

春花說：「我不會喝。」

「哎——，怎麼不會喝呢，現在的女人啥不會，不會的點一下就會了。」說著，福山就抓住了春花的手。

巴學義說：「陪劉書記高興，高興。」

春花就坐了下來，她說道：「社員們喝著些菜湯湯，你們在蒼蠅的脖子上取項圈，吃肉喝酒，虧良心呢。」

巴學義說：「革命的分工不同，你說人人都想當毛主席，他能當上嗎？劉書記操的是全大隊人的心，這能和一般社員比嗎？」

福山說：「不說了，不說了。春花你說一下到這裏來習慣不習慣？」

春花說：「多謝劉書記和巴管理員的關照。」

福山說：「不說那些了，不說那些了，為了辦好食堂好好地幹。食堂是毛主席讓我們辦的一件新生事物，要多加愛護和培養。」

福山說著這話，眼睛已經開始往春花的兩個奶子上舔吐。

巴學義看到這個樣子說道：「劉書記讓春花陪你，我到食堂裏轉轉。」

「今天你就也坐下，我們說一會話。」福山笑著說。

春花朝兩人看了一眼，說道：「劉書記你和巴管理員坐，我先忙去了。」說著她抬起屁股走了出去。

石斌領著人們白天黑夜的挖山填壩，剛開始取土比較近，後來則運土越來越遠了，一車土要拉上幾百米才能到大壩上。大壩雖然很寬，但隨著時間的推移，人們還是能夠感覺到大壩往上升的。

姜宏波說：「再不能這樣只圖快，而不注意質量了，這樣下去會出大事的。」

石斌說：「你說怎麼辦？」

「我的意見還是一面填土，一面往庫裏進水，讓水好好地泡泡庫底。」姜宏波還是堅持他原先的觀點，他接著說道：「另外，把旱平川的人家都往高處搬遷，再不能住在低凹處了，否則，水庫一旦決口後果不堪設想。」

石斌說：「你這人怎麼一天到晚盡說些沒屁眼的話呢，為什麼不往好處想一想？」

姜宏波笑著說道：「石營長，你說我盡說些沒屁眼的話，我還真有點杞人憂天，這山上的土一直從底下往裏挖，萬一塌了方怎麼辦？」

「你怎麼這麼多的萬一呢？這一點我早就想到了，這山這麼平緩，又不是個陡坎子，絕對不會塌方，就是有塌方，事先也能跑得及嗎？」石斌說道。

姜宏波於是再沒什麼話說了，過了一會他說道：「我的意思還是要注意安全，否則，會出大事的。」

石斌聽了這話，變了臉說道：「我說你嘛，右派就是右派，思想就是和別人不一樣，思想右得很呀。你要多向這些民工們學習，好好接受改造，只有徹底脫胎換骨，你才會有個好前途。」

石斌一邊說一邊坐在一塊石頭上，點了一支煙，煙霧在眼前繚繞，他望著眼前川流不息的人們，心裏充滿了對美好理想的憧憬。

石斌想，水庫建成後，整個旱平川的氣候會發生巨大的變化，他和縣委領導粗粗估計了一下，那時雨水多了，可以用挖魚鱗坑植樹或者用培育牧草間作林木治理荒坡六千八百畝；用築穀坊、閘攔水壩，治理山溝二百五十畝；用打壩淤地治理河灘八百畝；用修梯田、裏切外墊、修邊壘岸、起高墊低等辦法，整修耕地一千畝。以上這些工程兩年就可完成。這些工程完成後，旱平川一萬六千多畝山頭、山坡上，就都有了覆蓋。到了那時候，在山裏，在溝裏，在一望無際的戈壁平川裏，就將有核桃樹五十五萬株，花椒樹五千株，蘋果樹一萬兩千株，梨樹五千株，葡萄樹四百五十株，山桃、山杏等就更多了。到了那個時候，原來童山禿嶺、戈壁荒灘的舊面貌，就真正變成花果山、水簾洞、米糧川的美麗面貌了。

想到這裏他自言自語地說道，應該把麗萍叫來，讓她感受感受這火熱的勞動場面。

正在這時，他看到一群民工正往一處跑，他於是走了過去，只見一個民工面如白紙，緊閉著雙眼倒在地上。他撥開人群，向前走去，在這個民工的跟前蹲了下來。他把指頭壓在這個民工的鼻子下面的人中上，那民工慢慢地蘇醒了過來，他端來一杯水，讓那個民工喝了下去。

原來這民工是餓暈的，這些日子這種事情多了。他想，這有什麼大驚小怪的，怎麼圍了這麼多人，這些民工總是找機會磨洋工。

就在此時，石斌突然聽到「轟」地一聲響，這聲音沉沉悶悶，像是放了一聲悶炮。

他往聲音響的地方望去，只見塵土捲起巨大的霧團翻滾著，昏沉沉的黃土擦著地面向這面湧來。人們被這巨大的聲音嚇呆了，稍微停了一會都往出事的地點跑去。

石斌望著這突如其來的變故，心想，不好！兩條腿不由自主地打起了擺子。原來，山體滑坡了，山上的土整個兒湧了下來，把下面挖土抬土的人整個兒埋了起來。人們紛紛跑上前去。因為不敢用鐵鍬挖，恐害怕傷了埋在土下面的人，人們都用兩隻手刨著土。上百雙手瘋狂地刨著，石斌也走上前去用手刨土。

這時，石斌的手突然觸到了一隻腳，隨後一個人被刨了出來。這是水娃子，被一些鬆軟的土掩埋了。水娃子因為被埋得淺且時間不長，挖出來後躺了一會，喝了點水，很快就緩了過來。只是腿上擦破了一點皮。

人們繼續刨，繼續挖，由於用手刨耽誤時間，整整挖出了三十六具屍體，傷了的四十多個人全部被送到了縣醫院裏。

這次山體滑坡，對於工地上餓了肚子的人們在心理上的打擊確實不小。民工們各個喪著個臉，沒精打采的，長時間處於低迷和憂傷的狀態之中。

縣委書記王祥第二天到了工地上，他是專門來給這三十六個人開追悼會來的。追悼會開得很隆重，拉著長長的條幅，擺了很多的花圈。王祥說道：「要奮鬥就會有犧牲，死人的事是經常發生的，不要因為死了人就動搖，就停下我們前進的步伐，我們無產階級要有一種大無畏的精神，要讓高山低頭，要叫河水讓路，哪怕犧牲一半人，我們也要把水送到董志源。」

饑餓的民工們目光呆滯，都不說話望著王書記的臉。

王祥往人群中掃了一眼，盯著和民工們一起坐在地上的姜宏波說道：「你這個工地技術員是怎麼當的，你的責任心到哪裡去了。」

姜宏波灰黃的臉上沒有表情，他只是把臉上的土抹了一把，他沒有把責任推給石斌，而是將頭低了下去。

他不想推卸責任，因為在這個原則問題上，他沒有堅持，以致給國家和人民造成了這麼大的損失與痛苦。

王祥厲聲喝道：「姜宏波站起來！」

姜宏波被這突如其來的喊聲驚了一下，趕快站了起來，幾個民兵過來把他的胳膊擰了過去，使勁地用腳踢著他的小腿肚子。

姜宏波往下蹲了一下，上來一個人就把他的頭髮揪了起來。

「打，往死裏打。我們這幾個弟兄的死，就是這個右派分子給害的。」幾個民兵說道。

又上來兩個民兵把姜宏波一架，用拳頭往他的肋條骨上死命地砸了起來。

姜宏波疼得一下喊出了聲。

王祥此時不吭聲，他自己不打，但他可以通過別人的手把這個人民的敵人好好教訓教訓。

姜宏波此時臉一陣紅一陣白，嘴裏吐出一口血來，他想往下蹲一會，可他的兩條胳膊還被民兵押著。

王祥說道：「放開他吧。」

幾個民工趕快過來把姜宏波放了開來，一個民兵又在他的屁股上狠狠地踢了一腳。

姜宏波往前跑了兩步，然後他坐在了地上。他兩隻手拄著大地，把頭低了下去。

這時，他的鼻子裏流著血，眼鏡子被打到了地上，臉上青一塊紫一塊，這是民兵們剛才在他把頭低下去的一瞬間，用拳頭打的。

姜宏波不想說話，他知道這次工地出事，人們心裏有氣，就讓他們出出氣吧，誰讓他是個右派分子呢？

一個民工將他從地上慢慢扶了起來，他抬起頭望了一眼塗抹了很多雲彩灰色的天空。空中飛著一隻鷹，它緩緩地盤旋著，和天上的太陽一起望著這蒼茫的山嶺和原野。

二

杜家堡殺了那匹黑色的兒馬，讓饑餓的人們整整想了三天三夜。中午，食堂的窗戶一開，排成長隊的人們就往前面擠，然而，到了跟前把菜糊糊打到粗瓷盆裏，攪來撥去只有幾縷肉絲絲，可那香味兒還是揪著人們的胃，令人們興奮不已。

鳳仙打來了菜糊糊，按順序舀到每一個人的碗裏。八爺分得最多，下來是引洮兒，再下來就是她和水蓮。

此時的引洮兒已等不及了，涎水整個兒往下流，可他不會說話，只是嘴裏嗚哩哇啦地在響。一家人每次看到這個樣子都想，這娃會不會是個傻子？可誰也不願意挑明，這是杜家人惟一留下的一個種。

八爺吃得最快，他端起碗，往肚子裏直灌。吃完菜糊糊，八爺一根鮮紅的長舌頭就在碗裏舔來舔去。

鳳仙想，多虧春花每天能從食堂裏帶回來些吃的，不然，這一家人早就沒命了。

八爺吃完了自己的菜糊糊，就看著引洮兒吃。引洮兒吃得很慢，連鼻涕涎水一塊兒往嘴裏吸，細嚼慢嚥，發出的聲音又讓八爺饞得流下了口水。

鳳仙知道八爺的飯量大，鳳仙說：「八爺，我給你扒上點。」

八爺沒吭氣，只是把嘴唇用舌頭舔了一下。

鳳仙把碗裏的半碗菜糊糊推給了八爺。

八爺說：「你吃吧，你還沒吃飽呢。」

鳳仙說：「你飯量大，不像我們隨便吃上些就飽了。」

水蓮此時也把自己碗裏的半碗菜糊糊推給了八爺。

水蓮說道：「爺爺你吃吧，我也吃不上。」

八爺聽到此話心裏很難受。心想，我這麼大的飯量，把一家人都連累了。

八爺說：「水蓮，爺爺飽了，你自己吃吧。」

八爺知道，每天快打飯的時候，娃娃們就跑了過來，望著那個打飯的臉盆發呆，水蓮她肯定餓呢。他再餓也不能吃了水蓮的。

鳳仙說：「再不吃就涼了，給爺爺分上點，剩下的你全吃了吧。」

鳳仙端起水蓮的飯碗，給八爺扒了點。

鳳仙知道八爺整個兒腫了，這些日子那腫就從腳往上爬，使他現在腫得連眼睛都睜不開了。

鳳仙知道八爺是家裏的一根梁，無論如何不能讓八爺倒下。

鳳仙從口袋裏掏出一個洋芋，這是春花早上悄悄拿著來的。她給八爺掰了一半，另一半分給了引洮兒和水蓮。

八爺說：「怎麼全分給我們了，你怎麼不吃？」

鳳仙說：「我已經吃了。」

實際上鳳仙根本沒有吃，她只是想讓八爺和引洮兒多吃點，這家裏將來要靠這一老一少的呢。吃完飯，就又要上工了。鳳仙對八爺說：「你這個樣子再能去嗎？」

「能行。」八爺扛著鐵鍬走了出去。

太陽像一個蔫不唧兒的紅皮蘿蔔吊在了天的中央，微風輕拂著，給人們鼓著精神。到這時節了，人們被餓得軟軟的沒了骨頭，但不去上工不行。不去的話，一是掙不上工分，二是飯就要被罰扣了，所以說，人們還是強打著精神往地裏走。

八爺想，這年月咋了？老天爺怎麼說變臉就變臉，好端端的一個人說不行就不行了。

八爺還是挺著，每天他都能踏著點兒上工下工。

鳳仙說：「八爺，你再別去了，在家躺著。」

八爺說：「沒事。挺過這一段，新糧食下來就好了。」

然而，快到嘴的糧食在微風的吹拂下，不願到了人們的手裏。

但是，八爺手快，不待人們看見，麥穗兒已經揪到了手裏。他用兩個手指頭搓磨著，一會兒手心裏就有了半把的剛灌了一點漿的麥粒子。

八爺就是這麼變著戲法往前走，他不願打攪任何人，他先要讓肚子裏進去些糧食。

八爺望著泛著深綠的麥子笑了。他想，我一個種了大半輩子的莊稼人，到老了都不會種莊稼了，讓一些年輕娃娃們說三道四的指教開人了。

人們這是去修路，隊上的人們準備在村子與田地之間修一條春上運肥、夏裏運麥的路。

人們走到地邊上，人就軟了，於是，人們三三兩兩就躺在了地邊上。

八爺拿出了煙袋，煙鍋子伸到裏面挖了一鍋子，然後點燃了草繩就吸了起來。嫋嫋的青煙在八爺眼前晃動著。八爺望著遠方，遠方那道山崖，就是當年他和鳳仙初來杜家堡時經過的地方。

八爺自言自語地說道：「萬物是真的，人假的，一點沒錯。」幾十年的風風雨雨把人一眨眼變成了個老笤帚疙瘩，可那道山崖還在那裏巍然挺立著。

八爺吸了煙，就跟著人們一起鏟土平地。

八爺鏟得很細心，也很在行，高處的土好像有意識留著為填低窪處的，不多也不少。他鏟一會土伸一下腰，八爺感到人在這無邊無際的旱平川中是那樣的渺小，可人們還要與天鬥，與地鬥，這不是笑話嘛，人怎麼能鬥過天呢？

八爺自從被開除了黨籍之後，心一下變得平和的多了，話也越來越少了。他不願和外面的任何人說話，他感到他是一個孤獨的人，一個失去了靈魂的軀殼，沒了原先的精氣神。

這時，他聽到身邊一個人唱起了花兒：

肚子飽了（哈）想你呢，
餓了時想饃饃呢——

這話不錯。杜家堡現在到處悄無聲息，晚上天黑後的寂靜好似這裏已沒有了人家，沒有了生命，只有扯著嗓子吼的風聲。

八爺鏟了一會兒土就覺得頭上滲出了汗，汗水從心裏流出，他就感到很空虛。

他手扶著地埂坐了下去，他想休息一會就會好的，果然，坐了一會頭上的汗再不出了，他於是又站了起來。

八爺的肚子裏咕嚕嚕地叫，他想，到哪找吃的去呢，堅持吧，堅持到下工就會有了吃的。

他不明白這食堂有什麼好，為什麼毛主席他老人家要讓人們大辦食堂。剛開始的那幾個月還覺得食堂裏伙食新鮮，花樣多，可以放開肚皮了吃，怎麼一轉眼的功夫就把人餓得不行了？大隊讓把黑兒馬殺了，人們只喝了幾頓肉湯湯，可隊裏就那麼幾匹馬，幾頭牛，吃完了再吃啥？八爺想，走一天算一天吧，到了哪個站再說哪裡的話。

趙麗萍到三峽關門水庫是發生了山體大滑坡之後的一個下午。那天早上天藍藍的，只有一縷白雲飄浮在空中。早上起來，省人民醫院派了一輛車拉了他們五個大夫直奔關門水庫，他們在車上帶了各種檢查身體的儀器，和一些簡單的治療器械。

這是省委臨時做出的決定，因為，引洮工程各工區都發生了糧食緊張，民工們三三兩兩開始逃跑，另外，工地上的民工也一批批的病倒了，這些人一病倒就起不來了。

雖然是臨時的決定，可趙麗萍還是激動萬分，人說千里姻緣一線牽，這一次是不是老天爺有意識安排讓她和石斌相會呢？這時，石斌的形象開始在她眼前晃動，一米七八的個頭，寬寬的肩膀，濃濃的眉毛下一對圓圓的大眼睛。在趙麗萍的印象裏，石斌剛毅果斷，思維敏捷，而且口齒伶俐，總之，在她的印象裏這是一個十全十美的男人。她歡騰的心隨著車的顛簸向前飛駛而去，她望了一眼窗外，麥子黃了，一塊塊金黃的麥子翻著波浪，散發出陣陣馨香。從學校畢業後，她從來沒有這麼高興過，今天放眼窗外，她真想從這裏飛出去，展翅飛在萬里碧空，好好欣賞一下這美麗的大自然。在學校的時候，她就立志到農村去，到邊疆去，到祖國最需要的地方去。她不是像別人只是嘴上說說而已，她當時真的想到缺醫少藥的偏僻山區為那裏的人們好好工作。然而，當她來到甘肅以後，並不是她想像的那麼簡單，這裏缺醫少藥，但更重要的是人們觀念保守落後。人們的眼裏總是感覺到他們這些上過大學的學生，思想上資產階級思想太濃，所以說，醫院裏寧可用一個家庭出身好的衛校生，也絕不用一些出身不好的大學生。但是，大學生裏大多數家庭出身不好，或者是多多少少有些問題的，不是父母解放後在歷次運動中受到過衝擊，就是家庭解放前是地主富農資本家。這樣就使得這些大學生在單位上處處受到排擠，於是都與領導關係不太融洽。雖然，趙麗萍家庭出身為城市貧民，但醫院裏把他們這些大學生都劃了等號，她來到單位後心裏始終有一種說不上的壓抑。

車是下午四點到達關門水庫的，見了石斌她真想跑過去好好親吻一下他，可石斌卻緊縮著眉頭心事重重，一打問原來這裏前兩天山體滑坡死了三十六個民工。

她依在石斌的懷裏說道：「石斌，事情已經過去了，再不要死鑽牛角尖了，這樣會影響了你的工作和自己的身體。」

石斌苦笑了一下。他望著趙麗萍美麗的眼睛，心想她還是個孩子，她根本不懂得男人。

趙麗萍和醫院來的人給每個民工細緻地檢查身體，整整檢查了三天，他們每天一直檢查到晚上十點才要休息。

臨走的那天早上，醫院讓趙麗萍進行總結發言，她將檢查的人，一個一個詳細地進行介紹，最後歸結到一點，那就是嚴重的營養不良和過度的勞累造成了民工們今天的大量死亡。

這個結論最後他們整理成文，向省上做了詳細的彙報。

趙麗萍來後第四天就走了。她走的前一個傍晚，她與石斌談了整整半個晚上，憑直覺她感覺到石斌是個事業心很強的人，為了他的事業，為了能把洮河水引到旱平川，他準備要在這裏做出最大的犧牲。

然而就是這次分別，卻讓她與石斌一下子拉開了距離。

省上接到他們給民工檢查身體的結果後，省委一個主要領導拍著桌子說道：「一派胡言亂語，完全是地地道道的右派言論。」

省上專門派人進行調查，接著把她這個寫了反動總結的人隔離審查，寫檢查，坐禁閉。

趙麗萍被這突然的變故擊倒了，她真想下個決心死了算了。民工們營養不良，勞累過度，這是科學，是千真萬確的事實呀，怎麼能是右派言論呢？她想不通，她實在想不通啊！可想不通有什麼辦法，他們醫院幾個男大夫由於說了引洮工程上民工的浮腫是由於營養不良，還被逮捕法辦抓進了監獄。

此時的趙麗萍感到非常的委屈，而且是那樣的自卑，她再也不想去找石斌了，因為她覺得自己與石斌已經不合適了，她不能影響了石斌的前途，可是過去的一切卻成了永遠揮之不去的記憶。這時候她越是不想去見石斌，可不知怎麼卻又多麼希望石斌能來看她，她要給石斌好好解釋一下所發生的一切。

然而，石斌一直沒有來看她，她好像完全斷了他的一切消息。

「斷了也好，斷了也好。」她自言自語地說道。

她此時不想連累任何人。可說歸說，她總是忘不了過去的一切，她一個人靜靜地躺在床上。她的大腦飛快地轉動，她感到這世界怎麼如此兇險，處處好像佈滿了陷阱，稍不留意就會掉了進去。

她盼著石斌來，但她也害怕石斌來，這種矛盾的心情讓她輾轉反側，久久不能入睡。

趙麗萍感到很孤獨，自己怎麼能有反黨反社會主義的右派言論呢？她說得全是事實，沒有一句假話呀？這怎麼能是反黨言論？醫院裏那些平日來來往往的人們此時見了她就像躲瘟神一樣，她的委屈、憂憤就像要快爆發了的火山燒得她坐立不安。

幾天沒有吃飯的趙麗萍快倒了，她的嘴唇上起了泡，乾巴巴的，眼窩子整個兒陷了進去。她整個兒支持不住了，突然的厄運，亂七八糟的流言蜚語，一股腦兒全往她身上潑了過來。

石斌對這一切是全然不知的。他想，麗萍她怎麼再沒有來信，他一連發去了幾封信，怎麼沒有一點回音，他心急如焚，可水庫上又抽不開身，他真是乾著急沒辦法。

一天中午下工回來，有兩個穿著中山裝的男人來找他，他就把那兩人讓進了屋裏。兩個人自我介紹他們是省人民醫院的，想要瞭解一下趙麗萍的情況。

石斌說：「麗萍她怎麼了？」

「上次她到關門水庫來給民工檢查身體，散佈了很多右派言論，她的行為已經滑到了敵人一邊，我們想瞭解一下她在你這裏說了什麼沒有？」其中一個稍胖一點的男人說道。

石斌說：「什麼？她散佈右派言論？不可能，不可能，絕對不可能。」

石斌就在這兩個人跟前說趙麗萍怎麼好，怎麼好，她是個充滿熱情有火一樣心腸的好人。

那兩個人走時說道：「希望你能夠和這樣一個有嚴重右派思想的人劃清界限，有情況和我們及時聯繫。」

三

春花早已想到了這一時刻。每天她到食堂裏來，就加入到忙忙碌碌的工作中去，食堂裏沒了麵，大隊就讓人們捋來城籽子讓人們吃。

春花把城籽子磨成的細粉裏稍加一點麵粉，她做得很細心，慢慢地揉搓著。

這時，巴學義到了她的跟前。

巴學義說：「春花你的手真白。」

春花沒吭聲，她知道這巴學義也不是個好東西。

巴學義厚著臉皮過來說道：「春花，你咋不吭聲。」說著就用手摸了一下她的下巴。

春花說：「巴管理員，不要動手動腳的。」

巴學義把嘴往她跟前一湊，說道：「動手動腳咋了。」說著他就把一隻手往春花的胸前摸了一把。

春花臉紅了一下，說道：「你怎麼越來越上人的頭呢？」

巴學義知道春花是福山的人，於是悻悻地走了出去。

春花將堿籽子做的饃饃一個個放到蒸籠裏，然後蓋上鍋蓋，就蒸到了火上。

春花想，到這時節了，巴學義還有心調情。她雖然每天給爸媽和水蓮引洮兒拿點吃的，可這一大家子人，分到每一個人的口裏就沒有多少了。

她每天望著爸媽的臉，她就想哭。

多少個夜裏，她一個人在被窩裏偷偷地哭泣，她明知道福山是為了玩她才讓她到食堂來的，可她為了這一大家子人，她來了，她主動去找福山到食堂裏來了。莊裏的人們見了她，都非常羨慕，羨慕她的命好，能幹上這麼好的工作。

隊上的人們心裏想，食堂裏的人想吃啥就吃啥，可她到了這裏才知道，食堂裏的飯都是有數的，沒有人們想像的那麼容易吃。

她每天也是兩個堿籽子做成的饃饃，每頓一勺子菜糊糊，可她還是可以多吃點飯桶上的麵糊糊和蒸籠上粘的饃饃底子。

每次打完飯，她都要用手指頭把飯桶上的麵糊糊刮下來送進嘴裏。她覺得她比來食堂以前有勁了，臉上也顯出了紅紅的一片。可是，家裏人每天每人二兩麵，主要用菜和草根來填肚子。她覺得水蓮越來越瘦了，那眼睛大的有點嚇人。

她知道爸媽心疼引洮兒，把好吃的全給了引洮兒，可水蓮卻那麼懂事，吃的喝的從來不和引洮兒爭。

她在身上裝了一個菜疙瘩，她想看著水蓮把這菜疙瘩全部吃下去。

春花從食堂往回走，人們就盯著她。當她從兩個女人身邊過去後，她聽到一個人說：「你看她多妖，她的那個比你我的值錢，不然她能到食堂去嗎？」

她沒有吭聲，人們說得沒錯，她就是憑著這張臉蛋和身段到食堂去的，不然的話，這種好事能輪到她嗎？

到了家她把從食堂拿來的吃的交給了鳳仙，然後由鳳仙一個人一個人地分給大家。

她把水蓮叫到了她的屋裏，她掏出了那個菜疙瘩。這是一個拳頭一樣大的菜疙瘩，它發出的香味讓水蓮流下了涎水。

水蓮說：「嬸嬸，我不要，給爺爺吃吧。」

春花摸著水蓮的臉說道：「這是我今天專門給我的水蓮拿來的，吃吧。」

水蓮伸出手接了菜疙瘩，然後，雙手捧著就吃了起來。

菜疙瘩的香味彌漫了水蓮，水蓮咽下一口唾沫，她好似能夠感覺到香味進了她的血管，流遍了她的全身。

水蓮笑了，她的笑似剛剛出水的芙蓉，是那樣的甜美。

春花望著水蓮的笑容也笑了。她知道水蓮在這個家裏活得不容易。每次從食堂打來飯，鳳仙先要照顧好八爺，然後是引洮兒，其次才是水蓮。水蓮每天除了要照顧好引洮兒，還要和奶奶鳳仙一塊兒去挖野菜。

水蓮吃完了菜疙瘩，這是她這些日子吃得最好的一次。她將嘴用手抹了抹，對春花說道：「嬸嬸真好。」

春花把水蓮摟到懷裏，眼淚就湧了出來，心想，這年景怎麼把人餓成了這個樣子。人們說水蓮長得和春花像，春花卻覺得她倆相貌上有點一樣外，可水蓮比她心細，而且這娃疼人。水蓮年紀很小，可她知道疼爺爺奶奶，知道照顧好引洮兒。春花想，在這一點上我是遠遠不如水蓮的。

水蓮說：「嬸嬸沒啥事，我就過去了。」

春花說：「去吧，以後餓了就來找嬸嬸。」

水蓮走後，春花就陷入了深深的自責之中。她想，我不是一個好女人。自從福山佔有了她之後，她經常有這個想法，她覺得她對不起水娃子，對不起這個家。可是沒辦法，一家人就全靠著她了，她不這麼做，這個家就會整個兒垮掉的。村裏每天都在死人，每天都有人往外逃，雖然，民兵們抓來了一些人，可跑的還是往外跑，都想逃出一條命來。

姜宏波躺在工地醫院的病床上，一直昏迷不醒，把水娃子急得頭上往外直冒汗。

「大夫，怎麼樣？」水娃子問道。

「還沒有醒來。」一個穿著白大褂的大夫說道。

幾個民工說道：「眼鏡子要有個三長兩短，你水娃子要受一輩子的抱怨。」

水娃子沒有吭聲。

關門水庫工地上，每天天麻麻亮時，幾個突擊手先放炮將砂石土塊炸鬆，上工後，人們再將這些土運到大壩上。

這天早上，姜宏波和幾個人點了炮後，就趕快躲到了一個坎子底下。炮一聲一聲地在響，姜宏波突然發現水娃子怎麼不見了。姜宏波就往回去找，這時他忽然看見水娃子從濃濃的煙霧中跑了出來。

此時，天上砂石飛揚，一個有西瓜般大的石塊在天上打著旋兒向水娃子砸來。水娃子此時還不知道危險就在他的身後，他餓得已沒了力氣，慢慢地往前跑著，說是遲，那是快，姜宏波一個箭步上去把水娃子推了開來，而他自己則因跑得太快，絆倒在了地上，被一個土塊重重地打昏在了地上。

事情發生後，民工們趕快把姜宏波抬到工地醫院。醫院是五間小平房，裏面支著一個一個的單人床，床上地下躺滿了各種病人。這些病人大多是由於營養不良，身體虛弱浮腫而起不來的。

這時，姜宏波睜開了眼睛，他往四周望了望，說道：「這是哪裡？」

水娃子笑著說道：「眼鏡子，你終於醒了，你可把人嚇壞了。這是醫院，你受傷了。」

姜宏波望著人們笑了笑。

民工們就把今天早上發生的事情告訴了姜宏波。

這件事情很快讓工地通訊員知道了，他就去向石斌請示。

石斌說：「這件事情可以反映報導，但必須換個名字。不然的話一個右派救了一個反動富裕中農的兒子，這就是我們為地富反壞右唱讚歌了。」

通訊員於是就來瞭解姜宏波當時救人時的細節。

姜宏波說：「沒什麼瞭解的。事情很簡單，當時我發現水娃子點了炮後怎麼沒有回來，於是就迎上前去，看見天上飛旋著一個石塊向水娃子砸來，我過去就把他搡了一把，沒有什麼大不了的，你要是當時在場也會這麼幹的。」

通訊員聽了，沒說什麼，就走了出去。

此時，民工們都上工去了，醫院裏顯得很寧靜。姜宏波在這靜悄悄的時間裏，大腦顯得異常的活躍。他想起了胡靜，胡靜在學校裏的時候，就和她的名字一樣溫柔恬靜，自從他在肅反運動中對她同情以後，她對他表現出了一種從來沒有過的溫柔。那些日子裏，每當夜幕降臨以後，他倆就一起在校園那條小路上散步，他倆談理想，談人生，談未來的事業。她說：「不論你到了哪裡，我都要和你永遠在一起。」這句話，讓他激動不已，至今好似還在自己的耳邊久久不願離去。但是，才過去了短短的一年多時間，她就變了，組織上的關心幫助，無產階級和資產階級鬥爭的說教讓她變得面目全非了。那個雪天，她來到他身邊的時候，他好像不認識她了。她怎麼那樣的絕情，那麼的冷漠，那樣的不給他以絲毫餘地。

這時，水娃子走了進來。

水娃子看著他的臉說道：「眼鏡子，好些了沒有？」

姜宏波起來靠在床上說道：「好多了，沒事。」

水娃子端來一碗包穀麵糊糊說道：「吃上點，肚子裏有了貨，心裏就踏實。」

姜宏波接過碗喝了幾口。現在工地上每人一天四兩糧，一天要勞動十五六個小時，頓頓喝的是包穀麵糊糊，民工裏有逃跑的，有病倒的，有突然暴死的，這對工程的進度有了很大影響。然而，上面卻把任務一層一層地往下壓，時間逼得越來越緊，這就使得工程質量越來越得不到保證。姜宏波躺在床上，心裏焦急萬分，在整個大壩工程上，如果稍有疏忽，出現一個小小的漏洞，後果將不堪設想。

姜宏波吃完麵糊糊，伸出長長的舌頭將碗舔淨。他說：「我要出院。」

「什麼？」水娃子說道。

「在這裏我心裏急。」姜宏波望了一眼遠方。

「還是個受苦的命，老天爺讓你休息幾天，你就好好休息，身體養好了再上工。」水娃子說道。

這時，石斌走了進來，說道：「好些了沒有？」

「好多了，我想立即出院。」姜宏波說道。

「不急，不急，休息好了再上工。」石斌說道。

石斌嘴上雖然這麼說，可他心裏巴不得姜宏波馬上就去上工呢。這個右派能著呢，這兩天沒了這個人，讓他跑上跑下不知操了多少心。

第六章

一

紅軍爺用工資在三十里外的縣城去買白砂糖。這時的白砂糖雖然不貴，可有定量，有優待證的人每人每月半斤。原先，這些都是尕四虎給買的，紅軍爺每次讓他把煙、酒、白砂糖和油，所有的東西統統都買來。然而，尕四虎吃了有毒的草根讓毒死後，這些事情只有紅軍爺自己去幹了。

紅軍爺和半瘋半傻的翠珍肚子餓了就用手指頭取出幾粒白砂糖舔著吃。

這天，天上湧起烏雲，頃刻間便黑了半邊天際。

紅軍爺走一會，就在路邊上坐一會，由於餓得慌，胃裏像有無數個小鼠東竄西跳，但他看見天霎時間變黑了，黑雲團像一群黑犛牛般奔了過來，他趕快站起身來往縣城走去。

買了白砂糖，紅軍爺又買了幾塊糟豆腐，他先用兩個手指頭抓著吃了點白砂糖，心裏甜蜜蜜的，然後，他就把白砂糖包了起來，抓了塊糟豆腐吃。越吃他越想吃，越想吃小鼠在心裏越抓撓的兇，不一會兒一瓶子糟豆腐就都到了他的肚子裏。

紅軍爺每次到縣城去買東西，都要買些糟豆腐吃。因為，其他的東西不是要這個票就是要那個票。

紅軍爺吃了糟豆腐，伸出舌頭把嘴舔了舔，心裏就很高興。

這時，他突然看到一個眉眼兒俊俏的女人正伸出一隻手，向一個穿著幹部服的男人討要。紅軍爺心裏就酸酸的，很難受。他想，這年代把人逼著已沒了一點羞恥，國家怎麼成了這個樣子。

紅軍爺於是就往回走。這時，天上已有零星的雨點飄落了下來。回來的路上因為肚子裏有了貨，風吹著，心裏就感到很舒暢。

他突然看到一個石頭背後躺著一個人，肚子鼓的像吹了氣，高高地隆了起來，一隻手緊緊抓著路邊的一塊石頭，頭歪著搭拉在肩膀上。

他知道這是一個死人，在通往縣城的這條路上和縣城裏到處都有這種死人。

他並沒有感到害怕，這年月活人和死人在一個世界裏，到處是荒草、枯枝和簌簌的冷風，捲起的黃葉在地上跑動，灑落在人們的身上。

他想到兩年前，也是這條路，每逢趕集時人來人往，才短短的兩年時間，天還是這個天，地也還是這個地，怎麼一下子變得面目全非了呢？

紅軍爺買來白砂糖，他給翠珍用開水泡了滿滿一碗。他先用舌頭舔了舔，然後把碗遞給翠珍。

翠珍沒有喝，她只想用手指頭蘸著吃白砂糖。

紅軍爺知道翠珍雖然瘋傻了，可她知道餓。紅軍爺每次從食堂打來菜糊糊，就把稠一些的留給翠珍吃，翠珍吃了東西，她就顯得和正常人一樣了，慢慢地和紅軍爺說話，去給紅軍爺補破襪子。

紅軍爺說：「翠珍的病是餓出來的。」

不管這話是否當真，但翠珍吃了東西心裏就亮清，這就讓杜家堡的人感到很奇怪。

春花雖然能從食堂帶點吃的，但必然有限，於是，八爺突然就有了一個大膽的想法，六六三十六計，走為上計，往新疆跑。可村裏雖有三戶人家跑了，但大多數人還是沒跑掉，反倒被抓了回來，抓回來的人被民兵們還活活給打死了一個。

八爺想，把水娃子叫回來一塊跑。

八爺有了這個想法，就想把這件事情做得既圓滿又周全。他要讓人給水娃子帶個話，趕快回來。然而，隊裏的事情多，忙著一直沒有這麼一個合適的機會。

姜宏波的傷還沒有完全好，他就急著出了院。出院後他沒有去宿舍，而是徑直上了大壩工地。這時，大壩上紅旗招展，廣播裏正播放省委的緊急通知。

通知裏首先說明關門水庫自開工以來，在省委和工程局黨委的正確領導下，廣大群眾發揮了衝天的幹勁，已取得了巨大的成績。截止去年底，大壩工程土石已完成了三十四萬七千四百立方米，土石方填築已完成五萬三千六百立方米，截水牆混凝土工程兩千八百立方米正在緊張施工，聯建工程清基土石方開挖一百四十七萬一千立方米，混凝土澆築一萬七千立方米，幹砌及漿砌片三萬三千八百立方米，其中已完成清基土石方六十四萬兩千九百立方米。為了確保達到十月一日通水漫惠河，十二月一日過紅山的要求，必須將大壩及聯建工程相應提前到八月一日蓄水，十月一日蓄水基本完成，十月底掃尾。

姜宏波聽到這裏，心中突然有了一種恐慌和不安，這些日子來每天廣播裏整天喊著「搶曙光，奪太陽，搶晴天，趕陰天，月亮底下當白天。」人們白天黑夜加班加點地在大壩上幹，只圖了進度，忽視了質量，一旦出了問題，將會給國家和人民帶來難以估量的損失和災難。

他想勸一勸石營長，可這是上面的指示。另外，他一個右派分子的話有誰會去聽，正如批判他的時候有一個人發言說過，姜宏波是螳臂擋車，自不量力。但是他想，我必須要把實話講出來，就是螳臂擋車，也要讓人們對工程質量引起一點注意。

「傷好了？」姜宏波聽到問他，抬頭一看原來是石斌。

「好了。」姜宏波兩腿一並立在了石斌面前。

石斌的後面牆上用斗大的字寫著一首詩〈兩隻巨手提江河〉：

一鏟能鏟千層嶺，
一擔能挑兩座山。
一炮能翻萬丈崖，
一鑽能通九道灣。
兩隻巨手提江河，
霎時掛在高山尖。

石斌說：「剛才的廣播你聽見了吧，省上對我們的進度還不滿意，已經給我們下了最後的期限。」

姜宏波說：「不管怎麼加快工程進度，首先要保證工程質量。」

石斌說道：「現在的形勢發展越來越快，我的思想都快跟不上了。你那右派分子的想法更是太右太右，趕快想辦法，看怎樣才能按期完成任務。」

石斌現在心裏非常清楚，各大隊運不來糧食，上面又不給供應糧食要讓自己解決，工地上的伙食眼看著越來越差。民工們每天都有跑的，雖然民兵給抓回來了幾個，可還是剎不住逃跑的風。讓人餓著肚子，每天還要勞動十五六個小時，死的死，病的病，他們怎麼能不跑呢？另外，每天每個工棚裏都躺滿了病號，這個樣子進度怎麼能夠上去呢？

原先每次民兵們抓來逃跑的民工，先是讓民兵一頓猛打，然後讓跪在工地上批判鬥爭，而每次批判鬥爭都要讓姜宏波陪著。這樣做的結果是，姜宏波測量土方的一些事情又得讓別人去幹，但是，別人去幹石斌又不放心，於是，姜宏波陪鬥的事情就少了一點。

姜宏波和石斌分手後，就看見水娃子和幾個民工往車上裝土。

這時，水娃子也見了姜宏波。

水娃子從老遠就喊：「眼鏡子，出院了嗎？」

姜宏波笑了笑。他喜歡這些年輕人，說話直來直去，從不拐彎抹角，雖然文化水平不高，可年輕人們那種說幹就幹的熱情時時影響著他。

姜宏波走了過去，幾個民兵過來你一拳，我一掌地拍打著他。有個民工說道：「我咋不病，咋沒你那個福氣在醫院裏躺幾天呢？」

姜宏波知道這是玩笑話，也是實話。民工們除過天陰下雨可以休息之外，一般來說除過幾個小時的睡覺在工棚裏，其餘的時間連吃飯都在工地上。

水娃子光著膀子，沒穿鞋。這裏的民工大多數都不穿鞋，因為一雙鞋穿不上一個月就不能穿了，穿破了再沒錢買。

水娃子說：「眼鏡子，趁這個機會不多休息兩天，急著出來幹啥？」

姜宏波笑了笑，他接過一輛推土的木輪車。

記得小時候，他和父親就是推著木輪車給八路軍送糧食。那時候，他和父親都是雞叫的時節起來，父親推，他在前面拉，他們走的是山路，山路彎彎，他們那時不知怎麼從來不知道累的。那時候他就知道八路軍共產黨和國民黨部隊一樣也是打小日本的，所以，他幼小的心裏早早埋下了對共產黨的崇敬之情。他在大學裏就要求入了黨，本想著今生今世把這一腔的熱血完全報效給祖國，沒想到還沒出大學校門就被開除了黨籍，劃成了右派分子。姜宏波因為在醫院裏休息了幾天，加上伙食比工地要好，所以，他感到今天推起車來特別的輕鬆。他說：「水娃子，你改進的這推車比原先的要輕快多了。」

水娃子說：「我這車子加了滾珠軸承，而且我每天早晚都要加油，所以，比原先推著要好。」

姜宏波說：「水娃子，你也不回家看一下媳婦去，媳婦要怨你了。」

水娃子說：「我本想準備最近回去，看來上面工期限得緊，又不給請假了，看十一過後能不能回去。」

二

福山對食堂的伙食也開始發愁了。眼看新麥子就要上場，可就在這青黃不接的時候，村裏一個連一個的死人，而且一家一家的死，年輕力壯的青壯年由於飯量大，身體壯，沒了吃的更會突然地死去，看到這種情況他心裏也有點害怕，雖說這些人的死不是這個病就是那個病，但說到底還是把人餓得太兇了。可他又不敢向公社要糧，因為去年畝產一萬八千斤麥子的衛星是他放的，再要糧不就成了自己打自己的嘴巴嗎？

福山於是就去找巴學義。

巴學義說：「那就再殺牲口吧。」

福山說：「現在隊上就那麼三頭牛，四頭毛驢了，殺了牲口秋上犁地、明年春耕怎麼辦？」

巴學義說：「走一步，算一步，已經到這個時候了，不能再考慮那麼多了。」

福山沉吟片刻咬了一下牙說道：「好，再殺一頭牛。」

決心下了，可一莊子人除了福山和巴學義外都餓得沒了力氣，人們只有眼睜睜看著，連這黃眼圈牛都沒了辦法。

剛開始黃眼圈牛還沒有發現人們的陰謀，老老實實讓人們捆綁，可到了後面牛覺得越來越不對勁了。它看到一個個饑餓的眼睛在吸它的魂，嘴裏流著涎水。黃眼圈牛把頭猛地一摔，四蹄亂蹬一下站了起來，紅紅的眼睛盯著周圍的人們。人們於是衝向前去，抓牛角的抓牛角，牽牛鼻子的牽牛鼻子，黃眼圈看到這些越發怒了。它把兩角一揮，左頂右挑，四蹄放展就從人群中衝了出去。

人們揮舞著繩子追趕著，吆喝著讓它回來，可黃眼圈挾著一股牛氣誰也不看，直往村外奔去。人們坐在地下呼呼喘著粗氣，福山氣得跺著腳大聲罵道：「一群窩囊蛋，連屌個牛都沒辦法。」

福山說：「牛殺不了就殺驢。」

圈裏的牲口見了剛才的陣勢，都有點驚慌失措。

人們進來要抓驢時，驢都往一處躲，待人們衝向前去，驢就從人孔間飛快地穿了過去。這樣幾個來回，驢沒抓住，人們卻被累壞了。抓驢的幾個人臉色發青，大口大口地喘著粗氣。

福山說道：「罷了，罷了，都是些沒吃肉的命，回家抱娃娃去。」

人們心裏想，你說得好你抓去，你一天吃香的喝辣的，我們吃著些啥。可人們不敢說，反對領導就是反對共產黨，社會主義和資本主義兩條路線鬥爭的利劍時時在他們頭上高高地懸著。

牛沒吃成，驢沒吃成，反倒把一頭黃眼圈牛給弄跑了，再也沒有回來。杜家堡人失望到了極點。然而，人們看到那快要成熟的莊稼，心裏又燃起了生活的希望。到了春夏之交的這個時候，萬木蔥綠，大地煥發出了勃勃的生機。於是，女人們紛紛到地裏去挖野菜，抓蝗蟲，找一些小蟲子來充饑。

八爺對鳳仙說：「我一點也幫不了你，把你連累了。」

鳳仙說：「八爺，你說這話就見外了，你是這家裏的頂樑柱，有你在，就有我在，再別把你我分得這麼清了。」

八爺說：「這家裏全靠你和春花了，不是你們兩個，我可能早就不行了。」

鳳仙說：「我看你腫的消了點沒有？」

鳳仙說著就把八爺的褲腿往上拉了拉，那腿明亮明亮的，像要冒出水來。鳳仙用手指頭一按，一按一個窩，鳳仙心裏就有點害怕。

八爺說：「沒事。」

鳳仙眼圈紅了，說道：「人都成了這個樣子，還說沒事。」

八爺說：「糧食下來了，好好吃上幾頓就下去了。」

八爺說到這裏望了一眼隨風飄浮的麥浪。今年的麥子雖然讓蝗蟲騷擾了一下，可人們用火燒，用掃帚打，抓著吃蝗蟲，麥子這時候還是長得這麼好，麥穗頭長成了個棒槌。可他心想，杜家堡這幾年雨水多了，不似往日的乾旱少雨；麥苗壯了，比起解放前年年是豐收的年景，可是社員們的碗裏吃食卻為啥一年不如一年了？

鳳仙說：「這麼大年紀了，脾性一點沒改，嘴上從不說個軟話。」

鳳仙像教訓水娃子一樣說著八爺，八爺就抿著嘴笑。

八爺和鳳仙一輩子都是這樣過來的，磕磕絆絆了多少年。八爺別看在外面天不怕地不怕，可到了家裏，鳳仙咋說他就咋聽，像一個百依百順的孩子。人們就說八爺是個怕老婆。八爺說，怕老婆好，不當怕老婆你就吃不上順心飯。

八爺看了一下天，說道：「莊稼下來我們吃個啥呢？」

鳳仙說：「油潑辣子蒜的長麵條。」

八爺說：「放開肚子了吃一頓，好好過個饞癮。」

鳳仙笑著說：「你說的是夢話。食堂裏能隨你的心給你做嘛，不可能。」

八爺說：「糧食都讓當官的給吃了。老百姓們吃食堂，便宜讓有權有勢的人給佔了。」

鳳仙說：「再不要這麼說了，你這張嘴惹得把黨籍都給開除了，命也差些讓閻王爺要了去，你這話讓那些人們聽見，你又不得活了。」

八爺笑了笑說道：「我這話是說給你聽的。」

鳳仙說：「給我以後也不要說了，說慣了嘴，漏出一聲半聲又是事情。」

八爺說：「我把引洮兒抱著出去轉一轉。」

鳳仙說：「你連你自己都顧不住了，還抱引洮兒呢。」

八爺走出了家門，就向場邊上一處朝陽的牆邊走去。這裏牆上寫著：無雨大增產，大旱大豐收。牆下坐著很多人，個個手裏拄著棍，臉腫得眼睛眯在了一起。

八爺在一處空缺處蹲了下來，幾個人見八爺過來都點了點頭。

在這荒月裏，每天都有一些男人到這裏來曬太陽，女人們則到地裏去挖野菜。這些男人們都眯著眼睛，等到太陽偏西時又往家中走去。然而，一些人蹲在那裏不知什麼時候已經死去，只有等到人們全部走完，才知道誰已經悄悄地到了另外一個世界。

八爺每天都到這裏來，和大家說上幾句話，就靜靜地呆在那裏曬太陽。此時，八爺就會看到太陽像一個烤熟的紅洋芋，軟塌塌的，沒了一點精氣。

八爺感到這年間啥都軟了。人軟了，驢乏了，女人們生不下尕娃了。過去的日子裏，杜家堡天天有喜事，女人們敞開肚子生娃，一個連著一個，自從吃了食堂之後，杜家堡只有個別大隊領導家裏女人生娃，一般社員家裏的女人不是子宮脫垂就是沒有了春潮，誰還再能生娃娃呢。

八爺想到，狼刨泉旺的那些年，女人們生娃，草驢兒下駒，老母豬生崽，杜家堡到處都能夠感受到一種從來沒有過的勃勃生機。而如今，一個莊子一下子就死了，到處漂浮著腐屍的臭氣，到處是死氣沈沈，連個雞鳴狗叫的聲音也聽不到了。

福山和巴學義把倉庫裏的糧食偷出來，裝進地窖，剛脫了個光溜溜鑽進被窩和老婆胡彩蘭睡覺，突然聽見劉尕寶在喊：「劉書記——，劉書記——。」

福山說道：「這狗日的發現了。」

福山剛要答應，胡彩蘭捂著他的嘴說道：「別管，把覺睡。別不打自招，把心放坦然些。」

福山於是將光身子往胡彩蘭的身上靠了靠，斜著身子聽外面的動靜。福山每晚都是光身子睡覺的，他感覺這樣睡覺才踏實，而且陰陽容易結合，更能顯出男人的本色。

這時，門外劉尕寶將大門環子敲得啪啪響，說道：「劉書記，賊把倉庫的糧食偷了。」

福山拖著嗓音說道：「知道了——。」

福山將褲子套在光腿子上，披了件衣裳就往外走。胡彩蘭說：「把帽子戴上，小心著了涼。」

福山和巴學義做的事，他心裏清楚，可他還是有點慌張，是不是讓人們看出破綻了？他趕快就開了門，讓劉尕寶進來。

劉尕寶說：「我們剛才巡邏到倉庫邊上，白天寫了反動標語的地方，我們多看了一眼，只見窗子開著，進去一看，守倉庫的兩個人被綁了，倉庫裏的糧食果然全讓賊娃子偷走了。」

「守倉庫的沒看清人？」福山故意問道。他將褲兜裏裝著的那張反動標語「十個社員九個賊，不偷大隊再偷誰？若要社員不做賊，誰的土地分給誰」用手捏了一把。

「那兩個說，人是啥時候進來倉庫的都不知道，正在睡夢裏一人的頭上就被套了一個破麻布口袋，緊接著他們的手就被人綁了，一個人嘴裏還塞了一隻臭襪子。」劉尕寶說道。

福山說：「過去看一下。」

說著兩個人就走了出去。

杜家堡被一張灰色的大網籠罩著，巷道裏刮著絲絲的冷風，到處是猙獰可怖的黑暗，福山跟在尕寶後面只能聽見兩個人的腳步聲。

他倆來到倉庫，倉庫裏點著一盞煤油燈，跳動的燈火一閃一閃的。那兩個守倉庫的見福山進來，說道：「劉書記——。」

福山吊著個臉，沒吭聲，只是把鼻子哼了一下。

尕寶把煤油燈掌上，拿過來一照，裝糧食的木櫃裏糧食全被挖完了，只剩下零零星星的幾個麥粒子。

福山說：「心狠啊，全偷光了。」

尕寶說：「你到外面看來，跟前沒有牲口的蹄印，看來人來得不少。」

福山想，這巴學義就是心狠膽子大，偷上些夠我們吃就行了，沒想到他找來的人做得這麼乾淨利索。他說道：「我們這倉庫裏面有人守，外面又有民兵巡邏，是誰膽子這麼大，吃了豹子膽了。這是全杜家堡食堂的糧食，沒了這些糧食，食堂就要斷頓，這怎麼辦呢？」

福山嘴上這麼說，心裏還是七上八下。可不這樣不行，他不在下面偷上點，他一家人就要挨餓，他餓了肚子，他再能跑前跑後為社員們服務嘛。

第二天早上，民兵們又到各處查看，但竊賊沒有留下糧食的一點蛛絲馬跡。糧食被偷的消息很快傳遍了整個杜家堡，在饑餓中煎熬的人們被驚得目瞪口呆了。福山為了穩住人們的情緒，就讓人們到麥地裏揪青麥穗子，然後去搓還沒有完全成熟的麥穗子。

八爺是吃新麥子的高手，他和人們在民兵的看押下，把一個個麥穗子往袋子裏揪，趁人不注意以極快的速度把麥子揉搓下來，吃到嘴裏。

八爺一邊揪一邊望著旱平川上翻滾的麥浪，這裏原先周圍是一道道山樑，川裏是一片又一片荒蕪的裸露的土地，看不見一點綠色。可那些年月，他卻在這裏紮下了根，而今天有了這麼好的地，人們卻吃不上飯了。他想不通，這幾年風調雨順，雨水一年比一年多，怎麼卻餓死那麼多人呢？這到底是為什麼？

揪了一塊地之後，福山讓人們停了下來。

於是，以後的伙食裏再不是乾蘿蔔裏撒上點麵的糊糊，而是野菜裡加雜著些綠綠的麥粒子。

三

石斌自從趙麗萍離開關門水庫後，趙麗萍再沒與他通信，使得他心中焦急萬分，心中始終有一種恐慌和忐忑不安。

他想，是不是麗萍出什麼事了？他連續發了幾封信也沒有收到她的一封回信，他就越發感到事情有點不妙，於是他就托人到蘭州打問趙麗萍的消息。

托的人把打問的消息帶來，使他驚得不敢相信自己的耳朵。

「麗萍她怎麼能有右派言論呢？不可能，不可能。」然而，緊接著組織上派人來他才相信這是千真萬確的事實。

組織上來人是在一個陽光明媚的下午。那天，天藍藍的，沒有一絲風，太陽火辣辣地蒸烤著大地。石斌剛進辦公室，通訊員就領來了兩個人，其中一個姓黃的問道：「你就是石營長嗎？」

「是。你們是？」石斌說道。

「我們是省水利廳組織部的，今天我們來主要談一下你與趙麗萍的關係問題。」還是那個姓黃的同志說道。

「我和趙麗萍是戀愛關係，麗萍她怎麼了？」石斌問道。

「她沒有給你流露過思想嗎？她是一個漏網的右派分子，希望你能和她劃清界限。」另外一個姓張的同志說道。

「不可能，不可能，絕對不可能。」石斌激動地站了起來。

「怎麼不可能？這是事實，是千真萬確的事實，請你看一下她的右派言論，並希望你能配合組織上進行揭發。」黃同志把一疊關於趙麗萍右派言論的材料遞給了石斌。

石斌很快地看完了這些材料。材料上說，由於我們土改不徹底、肅反不徹底、反右不徹底，在各個單位又出現了一些新右派，他們瘋狂地攻擊三面紅旗。但是，他越看越覺得牛頭不對馬嘴。他想，沒有什麼右派言論啊，她說的全都是事實，工地上的食堂由於下面各大隊把糧食不能運來，民工們由於吃不飽，不斷有人死亡，所以每天都有民工在逃跑。診斷出這裏的民工為缺乏營養是正確的，這是確鑿無疑的事實，沒有說謊啊。另外，工地上沒白天沒黑夜地幹，民工們休息不好，就是這樣的。這些怎麼能是右派言論呢？可他不敢說，在這些組織幹部面前稍有一句差錯的話，可能就會影響了自己的一生。

這時，兩個人同時站了起來，姓黃的說道：「石斌同志好好想一想，你是一個組織上重點培養的對象。道路是自己選擇的，不能勉強，但我給你提醒一句，識時務者為俊傑，與趙麗萍能否徹底劃清界限，直接關係著你的命運和前途。」黃同志說完，兩個人就匆匆走了出去。

組織上的人走後，石斌反復地思考著黃同志臨走時的那句話。最後的這句話說明他如果不與趙麗萍斷了關係，他以後的提升，工作的變遷都會受到影響。此時的石斌腦海裏，一會兒是趙麗萍那溫柔多情的眼睛，一會兒又是他事業有成被人們擁戴著的情景。

這是一次痛苦的抉擇，一面是與趙麗萍徹底劃清界限，一面是繼續領導紅色獨立營戰天鬥地。抉擇是痛苦的，也是撕心裂肺的，這讓石斌整整失眠了三天三夜。石斌最後選擇了他的前途。因為，他害怕失去現在的權利，完成不了他夢寐以求的理想。

他把要與趙麗萍劃清界限，斷絕一切關係的信寄到了省水利廳組織部。

信發走後，他心裏一片空白，他好像看到麗萍質問他對她說的那些甜言蜜語，追問他講的那些海誓山盟。然而，他沒有辦法啊，如果在這個大是大非問題上稍有一點含糊，他要改變旱平川面貌的理想就會化為泡影，誰能讓已滑到右派分子反動派對立面的男人去當營長改天換地呢？

他想到這裏煩躁地說道：「不想了，不想了。」於是，他乾脆就從辦公室走了出去。

在石斌辦公室不遠的地方就是三峽關門水庫大壩，壩上的紅旗被風吹得刷刷地響，人流穿梭，挖土的，刨土的，運土的，夯土的，廣播裏唱著「社會主義好，社會主義好，社會主義國家人民地位高」的雄壯歌曲。

石斌看到這沸騰的勞動場面，自言自語地說道：「什麼堅貞不渝的愛情，在這種現實中純粹是扯淡。革命和不革命被一道清晰的分水嶺分了開來，不容你有半點遲疑的選擇。」

石斌越是不願意想，趙麗萍的影子越是在他眼前晃動。麗萍那柔情似水的姿態，和那如一朵花般的笑容，令他內疚，讓他心碎，使他不能解脫開來全身心地投入工作。

上面對工期催得越來越緊，工地上糧食越來越少，每天都有病死和逃跑的民工，這一切亂七八糟的事情把石斌搞得一下子病倒了。

石斌就住在了工地醫院裏。那天，他在辦公室暈倒以後，人們把他往醫院送，他死活不願意去，可他到醫院後大夫告訴他，他的這個病是由於精神壓力太大造成的，讓他好好休息幾天。

躺在病床上，他才感到有一種放鬆的感覺。營裏的政委和下面連裏的領導都來看他，讓他好好養病，讓他對大壩工作放下心來，他們保證一定要將修建大壩的工作幹好。

石斌想道，我怎麼能完全放下心來呢？但是，離開了崗位到底有了一種輕鬆感，這種輕鬆感是以前完全沒有過的。於是，他又想到了趙麗萍，這是一個多麼好的姑娘，聰明、活潑而又善良，她一笑臉上一朵花，兩個水靈靈的眼睛始終是甜蜜蜜的，走起路來像一個上下飛舞的歡跳的小蝴蝶。然而，他不得不做出這樣的選擇，因為在這個形勢下，擺在他面前的只有兩條路，是革命還是不革命。他多麼想安慰一下麗萍，讓麗萍原諒他，可他再也沒有勇氣去給她寫信了。

他從病房裏出來，在過道的鏡子裏照了一下自己的臉，一個蒼白的臉上，眼窩深深地陷了下去。他說：「這是我嗎？我怎麼會成了這個樣子。」

他感到他是一個小人，一個虛偽的小人，他一下子覺得沒了往日的勇氣和力量。一個姑娘，一個孤立無援的姑娘，被她心愛的人在她最需要的時候給拋棄了。

他慢慢地走到了醫院的院子裏，這院子不大，裏面種了五顏六色各種各樣的花。他呼吸了一口外面的空氣，空氣很新鮮，有一股奶油的香味。

石斌沒參軍時，在私學裏念過幾年書，後來到了部隊裏邊打仗邊學習。到了引洮工地以後，他工作再忙從來也沒有放鬆過學習。他感到自己所處的時代是一個飛速發展的時代，一天不學習思想就會掉隊。他想，麗萍和姜宏波一樣，都是書念得太多了，把人整個兒念愚了，分不清什麼是革命的什麼是不革命的。他想到這裏好似在心中捋出了個頭緒，他感到與趙麗萍斷，早斷比遲斷好，他們兩個人說到底也不是一條道上的車，與其日後分道揚鑣，不如今日痛下決心。想到這裏，他的心裏好似一下舒暢多了，身子骨也輕快了，他把胳膊舒展了一下，往後面伸了一下自己的懶腰。

杜家堡的麥子說黃一下子全都黃了。天黃一時，人老一年，金燦燦的麥浪打著滾兒在天底下招搖，風一吹來，麥浪起伏波動，一直往遠處延伸。麥地裏隔一段有一個荷槍實彈的民兵守著，讓人們只能站在遠處流著涎水。然而，饑餓了的人們看到天底下那一塊塊隨風擺動的麥浪，看到那沉甸甸的麥穗頭，心裏還是那個高興啊！總算熬到這一天了。然而，隊裏人太少，割了十天麥子，才割了小小的不多幾畝地。

早上起來，稀稀拉拉的人們手裏提著繩子，拿著鐮刀就往地裏走，但是，到了地裏人就整個兒軟了。人們到底是餓了半年多肚子，身上已沒有一點力氣，那麥子就割得很慢。

隊上年輕力壯的男勞力全上了關門水庫，只有這些女人和一些老人在割著麥子。

八爺看著麥子已經熟得灑落在地上，他心裏就急，可他沒有辦法，只有拼命地和幾個女人們一起搶收麥子。八爺背了兩把鐮刀，還帶了磨刀石，他下鐮的速度很快，「刷刷刷」就是一大片，可八爺割一會就要休息一下。他抬頭看了看天，太陽白光光的，地上像燒紅了的鐵，這個時辰正是割麥子的時辰，手起刀過麥落，一連串的動作，都是實打實的力氣活。八爺覺得他在將渾身的力氣往外擠，可不擠不行呀，杜家堡人就盼著麥子黃的這一天。八爺先割下一把麥子，把兩股麥穗一搭，挽成一個腰子，然後，割倒一片麥子，放到腰子上，用腰子紮成麥捆。

這時，天上的太陽像一個火球在頭上烤著，熱浪碰到地面又往上衝了上來，夾雜著地下散發出的悶熱濕氣薰烤著人們的臉，八爺就感到酷熱難耐得很。然而，八爺知道莊稼人嘛，天底下的苦命人，在這龍口奪食的時節爬也要爬到地裏來。

鳳仙看八爺吃力的樣子，就說：「八爺，你幹不動就先去歇一會了再幹。」

八爺沒吭聲。自從被開除了黨籍，差點還被槍斃之後，八爺的話少了，有時候一天也說不上三句話，一天到晚吊著個呆瓜子臉。人們把麥地包圍了起來，從四面八方往中間割，割完一塊再往另一塊地裏進軍。

杜家堡這地方地多得人種不完，可每畝地產量很低。豐收年間，麥子多得人們吃不完，但遇了天旱不下雨的年間，只有吃往年留下的陳糧。福山報產量時，就是把地的畝數報少，把糧食產量誇大，來做文章的。而這幾年一年報得產量比一年高，一年征得公購糧比一年又多。這兩年又吃了食堂，家家戶戶的餘糧都被搜了去，已經翻不出一粒麥子了。

八爺想，今年麥子長得這麼好，這是他到杜家堡後從來沒見過的一年。然而，龍口奪食的今天，整個杜家堡就這麼幾個老弱病殘的勞力。八爺於是心裏就冒開了火，他又加快了割麥子的步伐，可他割了幾下胳膊就抬不起來了。

麥子在人們的包圍下又割了一大片，到底人太軟了，也太少了，整整一個早上才割了三畝地的麥子。

中午，食堂把飯送到了地裏，這時菜糊糊飯裏的麵水多了，裏面還有了許多胡蘿蔔，人們就吃得很舒心。

可吃完飯人們又割麥子的時候，八爺看到狼娃山頂突然湧出了一片黑雲團，這黑雲團翻滾著扭動著，齜牙咧嘴的往這面慢慢移了過來。

八爺驚得半天嘴都合不攏了。不好，這黑雲不好，八爺剛來旱平川的那一年就遇到過這樣的黑雲。可八爺不敢說，這年間啥話都不能說，一說就是壞分子的造謠破壞，一說就是地富反壞右的倡狂反撲。

鳳仙看八爺驚恐的樣子說道：「八爺，咋了？」

八爺說道：「你看。」

八爺指著狼娃山上滾滾而來的黑雲團。

鳳仙抬起頭，只見那黑雲團像一個龐大的巨獸慢慢地往這面蠕動著。這時人們都抬起頭來看這個黑雲團。

黑雲壓著地面過來了，隨著黑雲的過來先是狂嘯的風從地面上吹過，緊接著，雞蛋大的冰雹就從天上鋪天蓋地砸了下來，人們趕快躲進跟前溝裏的一個窯洞。

冰雹劈裏啪啦往下砸了足有十來分鐘，人們眼睜睜看著快到嘴的麥子全被砸到了地裏。

八爺跪了下來，渾身顫動著，他捧著泥漿裏的麥子眼淚嘩啦啦地往下流。他咬緊牙關免得自己叫出聲來，心裏發狂似地很想在泥地上打滾，很想拽住黑雲團將它撕碎。他痛苦的臉變了形，抽搐著，然而，眼睛裏卻是瘋狂和無奈。

「天哪！老天爺要我杜家堡人的命呢。」鳳仙和其他女人們也號啕大哭了起來。

一場冰雹在短短的時間裏，讓杜家堡人的天給塌了下來。

福山此時也急了，食堂整整讓人們勒緊褲腰帶盼了半年多，沒想到，盼來的糧食卻讓冰雹給打了。

福山就讓人們到地裏去掃糧食，去揀麥穗頭，但杜家堡的地撒了整整一山一窪，根本掃不過來。他於是就向公社做了彙報。公社李書記說：「不要怕，首先你這個大隊書記在這個時候要挺直腰板，要堅持住。思想上有糧就有糧，思想上有糧了，天有多大災，地就會有多大產，這就是辯證法，把這個辯證法教給社員群眾。」

福山說：「杜家堡食堂都已經沒糧了，能不能給我們借些，明年豐收了我們再還。」

李書記說：「好說，好說。我這就讓其他大隊給你們撥過去些，不用還了，人民公社就是共產主義的大家庭，以後他們有了困難，你們也可以幫助他們嘛。」

果然，第二天就有一輛馬車拉著麥子到了杜家堡，福山就讓把糧食裝進了倉庫。

福山心想，這麼一點糧食，杜家堡人吃不上十天就完了。可他想，走一天算一天吧。

麥子被冰雹打了，洋芋和玉米也被冰雹打爛了樹秧和葉子。洋芋和玉米東倒西歪地躺在地裏，人們把它們一個個扶起來培上土，杜家堡人於是又站了起來。

太陽像生了場大病，在東邊的地平線上慢慢爬了上去，它臉色灰白，憔悴著沒了原先的一點精氣。

麥子沒有了，公社就讓杜家堡人種六十豆。這種六十豆，就是六十天可以成熟的一種豆子。於是，人們就又往地裏背糞，翻地，用人拉杠子種地。

杜家堡的地離村邊很遠，原先一般由馬和驢進行馱糞，人只在裝糞、倒糞時勞動一下子就可以了。可是，現在隊裏的牲口都讓人吃了，只有用人一背簍一背簍地往地裏背。

八爺背著糞往地裏走，心想，這麼幾個人啥時候才能把糞背到地裏。背到地裏後，還要翻地，播種，到那時候地都曬乾了，種上能長出六十豆嗎？

果然，人們背了兩天糞，才背了小小的三塊地，地皮子就乾了。於是，人們為了趕墒情，就一邊翻地一邊播種。

連續曬了五天，地就不能種了，補種六十豆也就只補了這麼小小的三塊地。此時，人們才深深地感覺到修這三峽關門水庫對他們的生產影響太大了。如果隊裏那些小夥子不要到水庫上去，就可以多播多割幾十畝麥子，如果有那些小夥子種這些地就要輕鬆的多了，可有了那些小夥子杜家堡食堂的菜糊糊還夠吃嗎？也許要更淡更清了。

第七章

一

杜家堡人辛辛苦苦了一年，本想著吃個飽肚子，眼看著莊稼就要到了口，卻被一場突如其來的冰雹給打蔫了。麥粒子打到了泥裏，包穀、洋芋爬在了地上，人一下就像丟了魂，一個個呆若木雞。人們想到，公社雖然讓各大隊給杜家堡支援了些糧食，可讓這百十口人在一個大鍋裏攪，一天每人吃二兩糧食也吃不上一個月，那麼還有十多個月的日子怎麼過呢？

越是糧食緊張，人們心裏越是急慌，人的胃口也越大的嚇人，這些日子食堂裏伙食好了點，清水洋芋疙瘩裏攪上包穀麵糊糊，家家戶戶用木盆打來，上下六七口人，七勺八碗，豬兒搶食一般，頓頓連碗都舔得精精光光。

八爺心中焦急萬分，這一莊子人若整個兒倒了怎麼辦？可他一個被開除了黨籍的富裕中農急也白急，就是他有解決杜家堡人吃飽肚子的錦囊妙計，可有誰會去聽他的呢？

八爺於是就去找紅軍爺。八爺一進門，紅軍爺就知道他又在操心社員們今年的日子怎麼過。

紅軍爺說：「把你開除了黨籍，撤了你的隊長，差點還要了你的命，可你愛操心的這個性格一點兒也沒有變。」

八爺笑著說：「老天爺要杜家堡人的命呢，我不能不急。」

紅軍爺說：「那你說怎麼辦？」

八爺用紙捲了個煙棒子慢慢地吸著，然後，將一股青煙緩緩地吐了出來，他盯著紅軍爺說道：「能不能讓國家給我們這個災區給點救濟糧。」

紅軍爺說：「這不可能。一來福山要打腫臉充胖子，不肯往上面伸手；二來全國上下正處在困難時期。」

八爺搓著手說道：「那你說怎麼辦？」

紅軍爺說：「到這一步了只有自己想辦法，趁現在還沒到荒月，多捋點堿籽子，多曬些乾野菜。」

八爺說：「這話你給福山說了沒有？」

「說有什麼用，福山現在想的不是如何讓社員們不要餓肚子，而是想他怎麼通過李書記調到公社去呢。」紅軍爺說道。

「有這個話嗎？」八爺問道。

「有。你看福山最近往公社跑得多勤。」紅軍爺說到這裏停了一下，然後繼續說道：「可他走不了，他在杜家堡沾了一屁股的屎，他若一抬屁股，那一屁股的屎就會顯露出來了。」

八爺驚訝地問道：「福山貪污了？杜家堡都是些窮得叮噹響的人家，屎腫了有多少肉呢。」

「哎——，你不知道，這個人辦法大了，他和巴學義兩個人在杜家堡人身上咂的血多了，不然家家死人，個個餓得不能動彈，你看他們兩家都肥頭大耳朵的。」紅軍爺說道。

八爺說：「難道人們就沒個辦法把這兩個壞尿拉下來。」

紅軍爺說：「他早考慮到了這一點，你看他把縣上、公社的領導巴結得多好，目前來說，誰對他也沒有辦法。」

八爺低下了頭，他真後悔當年真不該讓這麼個人到杜家堡來落戶。

紅軍爺問道：「你腫得好些了沒有？」

八爺說：「這段日子稍微好些了，看這個樣子今年我過不去。」

紅軍爺說：「我這裏有些白砂糖你拿上了去吃。」

八爺說：「你給我的東西太多了，我今天不拿。」

紅軍爺把白砂糖硬塞到了八爺的手裏，說道：「一家人不要說兩家人的話，我也沒啥幫你的，這些糖你就拿上。」

八爺從紅軍爺家出來，他上了一道高坎，坎上面有一個窯洞，他記得剛到杜家堡時，他和鳳仙就住在這個窯洞裏。當時是個天然的舊洞，他用刀子修理後變成這個樣子的。他想到，那年月他怎麼那麼有勁，凶得真像一頭豹子，他一手能提起一個碾場的碌碡，兩隻手抓住樹幹能爬到樹尖尖上，一晚上和鳳仙在那個窯洞龍騰虎躍，能整得被窩呼呼直冒風聲。那個年月，他吃著不飽做著不乏，身上有用不完的力氣。可現在到底不行了，他有時餓得連腿子都提不起來。他記得那時候他在地裏用鐵鍬砍死了一個野豬，他和鳳仙燃起熊熊的大火烤著吃，他一個人就吃了一條豬大腿，還喝了一斤火辣辣的燒酒。

八爺站在崖坎上看著那連綿起伏的群山，望著一眼看不到邊的旱平川，發出一聲深深的哀歎：「老天爺要收人了。」

八爺慢慢往家中走去，他對鳳仙說：「趁現在還在秋天，趕快挖點野菜曬乾，看來今年比去年還難過。」

鳳仙說：「這日子怎麼越過越過不下去了呢？」

秋天的風刮得緊讓人感到很是淒涼，杜家堡一部分人開始逃出去要飯，另一部分人則在田間地頭找著挖苦苦菜，捋一些可以吃的菜籽。由於家家戶戶都在儲備野菜，所以莊子周圍野菜根本挖不上了。這樣人們就往更遠的地方跑，有時跑一天也挖不了多少野菜，捋不了多少城籽子，但人們還是瘋了般地四處去找去尋。

杜家堡本來已經沒有多少人了，去年又到關門水庫去了那麼多人。然而，這個時節大隊裏不是到山上平整土地，就是到田間去挖坎修路。今天這個事，明天又是那個事，肚子吃不飽的人們就感到心裏很煩。可是沒有辦法，不上工就沒有工分，掙不了工分，就影響明年的吃飯。

民兵連長劉尕寶因為沒到關門水庫上去，這樣他就成了現在隊上最強壯的勞力。可劉尕寶是個懶散人，做事情也沒個上進心，一天到晚混在一幫女人的中間。加上劉尕寶天生的喜好湯湯水水，女人們就一天拿他來開玩笑。

女人們開玩笑是很大膽的。有一次一個女人說道：「尕寶，你這麼大了也不娶個媳婦，你晚上不急嗎？」

劉尕寶別看在那些四類分子跟前兇得很，可他在女人們跟前就沒了骨頭。他聽到這話臉就紅了。

女人們看他這個樣子就更加的放肆。

有一次幾個女人扒了劉尕寶的褲子，將一根細細的草棍棍往他的牛眼眼裏塞，把他疼得亂喊亂叫，女人們於是把他放了開來，個個笑得前仰後合。

福山早就想給他說個女人，可這尕寶吃喝嫖賭的名聲沒人願意把自己的女兒嫁給他。實際上劉尕寶的心裏早就有人了，他也喜歡春花。但是春花是水娃子的媳婦。於是他就深深地陷入了一種自戀當中，當他爬在別的女人身上時，眼前卻晃動著春花的音容笑貌，晚上一個人睡時，他想著春花，手卻不安分地在那根肉棍上下活動。

尕寶每次去打飯，都要想盡一切辦法去看看春花。他好象一天見不到春花的笑，心裏就難受。春花笑，他就笑；春花悲傷，他也憂愁。所以，他的情緒好壞不在於他自己，而是隨著春花的情緒而上下波動著。

王祥與陳新的矛盾在對八爺處理的事上已顯露出來，而完全的公開，是在五九年反右傾運動當中。這時節，中央反的是彭德懷、黃克誠、張聞天、周小舟右傾機會主義反黨集團，省上自從五八年甘肅省二屆二次黨代表會上將孫殿才、陳成義、梁大鈞訂為反黨集團骨幹批判後，全省到處都在抓反黨分子，這時候又接著反右傾機會主義在全省上下大抓右傾機會主義分子。於是，到了年底縣委把各公社、大隊一些基層幹部劃為右傾機會主義分子在縣上集訓。

陳新知道這些所謂的右傾機會主義分子，都是我們黨在基層的一些事實求是的基層幹部。他們不過指出了大躍進在農村中由於急躁冒進、虛報浮誇而造成的一些錯誤，他們並沒有反對共產黨，並沒有反對社會主義建設，而是要讓我們黨的社會主義建設更加實事求是。

陳新去找王祥說：「王書記，我想和你談點事情。」

王祥把頭一偏說道：「什麼事情，快說。」

陳新知道王祥為了平時和他在工作中的一些矛盾，這時還在氣頭上。

陳新說：「王書記，我覺得集訓的這些基層幹部大多數都是很好的，是我們黨在基層非常優秀的一些幹部，至於有些小的毛病，那沒有什麼關係，可以讓他們在工作中改正嘛。」

王祥說：「你是這樣看的嘛，如果你是這樣看的，那麼你就和他們站在一起去了，這就是右傾機會主義。」

陳新並沒有生氣，說道：「王書記，我問一個問題，馬克思主義的原則是什麼，是不是實事求是，如果是的話，他們說的有些話我們是不是應該聽一聽。他們指出我們縣委虛報浮誇，這個我們搞了沒有？」

王祥說：「你這是地地道道的右傾機會主義，我們搞工作完全實，鼓不起人們的幹勁；完全虛，是唯心主義；我們馬克思主義者就要七分實，三分虛，這樣既能鼓起人們的幹勁，又能實事求是地扎實工作。對於這一點，你不是不清楚。」

陳新聽了這話突然嚴肅地說道：「一個完全的馬克思主義者必須百分之百的實，不能有絲毫的虛，正因為有了這三分的虛，才使得我們的工作虛無縹緲，給國家和人民造成了這麼大的損失。」

王祥轉身往辦公室走去，他將陳新的言論整理成材料寄到了省委，省委的處理很迅速，不上半個月就下文件將陳新定為右傾機會主義分子。

陳新被劃為右傾機會主義分子後，就下放到關門水庫進行勞動改造。

陳新到了三峽關門水庫，石斌就安排他去管大壩上的材料。汽車將鋼筋、水泥運來，陳新看著給裝進倉庫裏，工地上用的材料他又分發給領料的民工。別看這麼個簡單工作，幹起來還真不容易。陳新每天穿著一身破工作服，一天到晚忙忙碌碌，進進出出。人們都不知道他就是陳縣長，這裏只有石斌一個人知道。

姜宏波經常去找陳新。

陳新一見姜宏波就說：「眼鏡子，最近再想媳婦了沒有？」

姜宏波就說：「老陳頭，你再別提這事了，我是想在你這兒找個滾珠軸承，我們吊索上的那個壞了。」

陳新說：「到裏面去挑，你看哪個合適就拿上去。」

陳新對其他民工來要東西是很認真的，一是一，二是二，絕不馬虎，可他對姜宏波卻很大方，他知道這些知識份子無事不登三寶殿，如果來要什麼東西，肯定是萬不得已才來他這裏的，所以，姜宏波每次來要他儘量滿足。這樣兩人的關係就很融洽，也很說得來。

陳新與姜宏波接觸得多了，就對右派分子有了新的看法，過去他的思想裏，右派分子就是反對共產黨，反對社會主義的一些人，可現在他感覺到，所謂的右派分子是一些說了實話的一些知識份子。他想，這可能與他有了與這些人同樣的遭遇後而得出的結論。

姜宏波找好了軸承後，就坐下來問陳新，說道：「老陳頭，你沒來工地以前幹啥工作？」

陳新說：「種莊稼嘛。」

「不像，不像。」姜宏波盯著他說道。

「那麼你看我原來是幹什麼的？」陳新問道。

「看不出。但肯定原先不是種莊稼的。」姜宏波說道。

陳新「哈、哈、哈」地笑道：「看不出你這個眼鏡子還會琢磨人的。」

「那你以前是幹啥的？」

「打鬼子的。」

「八路軍？」

「是抗日聯軍。我在日本人眼皮子底下玩了八年貓捉老鼠的遊戲。」

「在哪裡？」

「在我東北老家。」

陳新就給姜宏波說他當年如何炸日本人的火車，怎麼打扮成老百姓搶日本人的槍，又怎樣鑽進日本人的兵營裏進行偷襲等等。

姜宏波聽著聽著就對陳新刮目相看了，他覺得這個老陳頭不是個一般人物，讓這麼一個人物在這裏管材料，真可以說是大材小用了。

姜宏波說：「怎麼讓你現在管這些破材料，管這些材料誰不能管。你沒有找一下組織？」

陳新說：「這工作對我最合適。現在用的是胡吹亂謅的，不用扎扎實實工作的。」話一出口陳新突然感覺到說漏了嘴，說道：「不說了，不說了。」

姜宏波站起來說道：「老陳頭，那我走了。」說著他拿上軸承就走了出去。

姜宏波是去換索道上一個壞了的軸承。在關門水庫工地上，喜歡動手動腦筋搞革新的有兩個人，一個是水娃子，另一個就是姜宏波。水娃子雖然沒有多少文化，可他肯鑽，肯想，所以工地上的機械壞了，都是他看著給修理。姜宏波因為有文化，所以，他在技術革新上就比水娃子上了一個檔次，他是站在理論的高度來看問題的。

姜宏波修好索道之後，他就和民工們一起去推車運土。他穿著一雙黃球鞋，腿子上套著藍褲子，身上穿著一件紅色的背心，臉曬得黑黑的，眼窩深深陷了進去，如果他臉上不跨一副黃邊近視眼鏡子，人們還真看不出他是一個清華大學水利系畢業的高材生。

姜宏波推著車，鼓著勁一路小跑，倒了土回來的路上他就望著天，他感到這天真美，一道一道紅色的雲彩，周圍鑲著金邊，像一條條美麗的彩帶飄浮在天宇上。記得當年考大學的時候，爸爸問他你準備報考哪所學校，他毫不猶豫地回答：「清華大學。」爸爸又問他學什麼專業，他說：「水利專業。」他想為什麼當時他的信念是那麼堅定，他的理想那麼專一。因為，他高中的語文老師告訴他們，中國人關鍵的問題是要解決好一個「水」字，如果水的問題解決了，中國的問題就解決了。後來他就問老師，「中國哪所大學水利系最好。」老師肯定地對他回答：「清華大學。」當時他對清華大學並不瞭解，可就因為這一句話，他把自己的全部理想的寶押到了清華大學水利系。到了這所高等學府，他感到高中語文老師說得沒錯，水木清華天下第一，真是名不虛傳，他在這所學校裏如魚得水，學到了很多原來不知道的東西。沒想到時勢真是不可預測，他過去嚮往的民主自由，像一團浮雲那樣的虛無縹緲，他被打成了右派分子。他與其他被打成右派的同學比較，處理是最輕的，給分配了工作，每月還有三十元錢的生活費。但他始終認為他沒有犯什麼錯誤，當時他說得沒錯。自己當時一腔的熱血，完全是為了國家，為了人民的事業，他相信黨和國家最終會給自己做出一個正確結論的。

二

秋日的太陽並沒有因為有了收穫而感到絲毫的興奮，人們每天在食堂裏打的還是些菜糊糊，只是這段時間菜糊糊越發清了，清得讓人們好似在往肚子裏灌清水湯湯。這天，臨近下午收工，人們看到劉尕寶被幾個人用繩索捆著往大隊部拉去。

劉尕寶的臉上青一塊紫一塊，嘴邊上還流著血，但他一踏上杜家堡的土地就把頭高高地昂了起來。

原來，尕寶前幾天被福山派到石家窪去借糧，走到路上一個女人向他伸出了手，他看到這種情景就淫邪地笑。那個女人是向他要饃的，可他口袋裏只有一個蘿蔔，那女人給他點了點頭，拉著他就進了跟前的一塊包穀地。劉尕寶望了一眼那骨瘦如柴的女人，看那女人還有三分姿色，於是就迫不及待地把那個女人壓倒在了身下。走的時候那女人給他指了她的家，讓他有時間再到她那裏去。他於是今天從食堂拿了個饃就去找那個女人，沒想到她和那個女人在家裏正幹得熱火朝天，女人的男人突然闖了進來。那女人的男人也是修引洮工程的。那女人見他男人進來了，馬上變了臉，將尕寶又撕又扯，兩口子就把他給捆了起來送到了公社。李書記一看是這種屬於人民內部矛盾的事情，就不想管。他想，這種事情農村裏多得很，男女之間各取所需，沒法管，於是他就讓公社民兵把尕寶押上送到了杜家堡，交給了福山。公社民兵走後，福山就給尕寶松了綁。

福山說道：「尕寶，這災荒年間，哪裡找不上個女人，你還勁頭大得很，跑到石家窪嫖粉去了。」

尕寶把牙齒咬得喀嚓嚓地響，說道：「我沒想到這女人是這麼個騷貨，看我哪一天不收拾了她。」

福山說：「算了。以後想女人了，找尕爸來，你想要什麼女人我就給你找什麼女人，可以後你要聽尕爸的話。」

尕寶說：「尕爸，你比我的爸還親呢，我尕寶在陽間世上就是尕爸的一隻狗，你讓我咬誰，我就咬誰，你讓我舔誰的屁股，我就舔誰的屁股。」

福山哈哈笑道：「這話說得多難聽。」

尕寶說：「話雖然難聽，可理端著呢。」

福山說：「這世道活人就像在刀刃上滾肉，稍不留意就要栽跟頭，你以後可千萬要注意，摘了你民兵連長的帽子，你還能吃肉喝酒嗎？到那個時候你連西北風都喝不上。」

尕寶點著頭說道：「這話是實話，老天爺這兩年收了多少人，光我們杜家堡沒一個家裏不死兩三個人的，再說我的飯量又這麼大，不餓死才怪呢。」

福山說：「現在杜家堡的刀把子掌握在我們劉家人的手裏，杜家人不服氣得很，事事處處在盯著我們，想找我們的茬，我們要經常互相通氣。你是我的大侄子，是我最可靠的人，你可要為我爭氣呀。」

福山一段語重心長的話，說得尕寶受寵若驚，眼淚嘩嘩啦啦流了出來。

尕寶說：「尕爸你說，你讓我做啥呢，我給你辦。」

福山說：「這莊子裏對我們劉家人威脅最大的人你說是誰？」

尕寶說：「到這個時候了，都是求我們的人，誰對我們會有威脅呢？」

福山說道：「你錯了，杜八雖然被開除了黨籍，可他心並沒有死，那黨員的帽子是人給的，說不定哪一天這人重新會抓刀把子的，到了那個時候你我的日子就不好過了。」

尕寶說：「這還不好辦，勺把子底下收緊點，三天就會餓斷了他的筋。」

福山說：「這我知道，關鍵你要把他的精神打垮，讓他在思想上再也不會產生野心。」

尕寶說：「我下去給他開一次鬥爭會，看他再老實不老實。」

福山說：「慢慢來，心別急，心急吃不上熱豆腐，整這個人不能用快刀子，要用木刀子慢慢鋸才能讓他服軟。」

尕寶說：「我知道了。」說著他從凳子上起來就要走。

福山說：「你看莊子裏哪個女人好？」

尕寶說：「當然是春花。」

福山說：「再有誰？」

尕寶想了一下說道：「別的我一個也看不上，都是些蘿蔔身材鍋貼臉，沒一個好的。」

福山想，這狗日的還想吃尕爸心上的肉呢。說道：「那你走吧。」

尕寶說道：「我走了，書記。」說著，甩著手就往家裏走去。

杜家堡人看尕寶又從大隊部一搖一晃地走了出來，都裝著沒看見。這年間，個個餓得前心貼到了後脊樑上，誰還有心思操別人的閒心。

尕寶嘴裏吱吱唔唔哼著歌往食堂走去。

巴學義見了尕寶說道：「劉連長，今天怎麼有空到食堂來了？」

尕寶說：「沒什麼事，過來和你坐一坐。」說著眼睛就往四面尋視。

巴學義知道尕寶是看春花來了。

巴學義說：「想吃啥？」

尕寶掀開籠一看都是些堿籽子做得黑黑的硬饃，把嘴呲了一下。

巴學義說：「來，我給你取。」他進去從裏間取了一個白麵饅頭走了出來。

尕寶見了饃臉就笑成了一朵花，說道：「好啊，好吃的都讓你們給吃了，還說沒糧食。」

巴學義說：「好心變成了驢肝花，這個饃你就別吃了。」

尕寶於是就嬉皮笑臉地說道：「開了個玩笑，看把你還認起真來了。」

巴學義把饃塞到尕寶的手裏說道：「你們這些民兵，打人，搶東西，砸社員家裏的東西，老百姓恨死你們了。」

尕寶說：「你們食堂坑、蒙、拐、騙、嫖五毒俱全，社員們把你們叫飯廳、花廳、法庭，我們兩家差不多。」

巴學義聽後哈哈笑道：「這就叫紅眼病，你和我在社員們的眼睛裏都沒一個好東西。」

這時，尕寶見春花從門前走過，就喊：「春花。」

春花往飯廳一瞅，見是尕寶，就說：「尕寶哥，你怎麼來了？」

尕寶說：「看你來了。」

春花說：「別一天油嘴滑舌的，再油嘴滑舌讓你打一輩子的光棍。」

尕寶說：「三天不見，我們的春花越發水靈了，過來讓哥捏一下。」說著他就用長滿黑毛的手去捏春花的臉蛋。

春花一把打掉尕寶的手說道：「娃娃家怎麼學成了沒大沒小。」說著就往門外走去。

尕寶笑了笑，對著春花的後背說道：「也罷，先留著，總有一天哥哥要吃你的水蜜桃。」

尕寶說：「我走了。」

巴學義說：「劉連長，以後多到我們這裏來。」

尕寶說：「少不了。」說著，就仰著頭，甩著胳膊往外走去。

巴學義心想，我的姑爺，你可再千萬別來了，再多來幾趟，連我吃的都沒有了。

由於各大隊的糧食被強行徵購，三峽關門水庫工地上送來的糧食越來越少，於是民工們的伙食越來越差了，另外，民工們大多數住在陰暗潮濕的窯洞裏，各個身上都有了病，所以，逃跑的民工就越來越多了。

水娃子本來也想跑，可是，當他想到石斌對他的信任，他也能在這裏發揮一些技術革新的專長，於是，他就在這裏一直堅持著。

工地上民兵巡邏的越來越緊，過去只在晚上巡邏，現在白天各路口也有民兵把守著。民兵們抓住逃跑的民工先是吊在樑上打，然後放下來用火烤，進行批判鬥爭。

石斌說：「在戰場上最可恥的是逃兵，最可怕的也是逃兵。」他要求所有的連排級幹部都下到民工中去，與民工同吃同住同勞動。

石斌也下到杜家堡排與水娃子他們住在了一起。

石斌雖然比水娃子大幾歲，可他也是農村出身，所以來後和大家很快融到了一起。

水娃子說：「石營長，我們這房裏又臭又髒你就住你那裏去吧。」

石斌說：「水娃子，我也是個莊稼人，沒什麼不習慣的。」

然而，石斌到底是營長，他住在這裏人們感到非常彆扭。

過了幾天，水娃子說道：「石營長，我說你還是回去吧，以後我們一定聽你的，不然你在這裏大家都感到不自然。」

石斌住了幾天，也覺得人們把他的洗臉、打水、洗腳樣樣都關心到了家，反倒生活上處處給大家增添了麻煩，借水娃子的話他就原搬回了自己的宿舍。

石斌在與水娃子接觸的短短時間裏，感到水娃子這個年輕人有理想，有魄力，是個人才，可就是八爺成了反動富裕中農，成了全公社非常扎眼的人物，不然他真想把這個年輕人提拔一下。

團裏對營裏的壓力越來越大，石斌又把這些壓力層層往下壓，於是白天黑夜工地上都是吵吵嚷嚷的。水娃子每天十五六個小時的緊張勞動，肚子一天餓得咕嚕嚕地叫，往哪裡一躺眼睛就合到了一起，就是開會的時候坐一會也就睡著了。水娃子感到身體越來越吃不消了。水娃子想，爸爸和媽媽不知道現在怎麼樣？春花她現在生活的如何？雖然，村上每次來人他都要搶著問幾句，可總是心裏不放心。他想晚上跑回去看一看，可工地上民兵巡邏的那麼緊，他沒法跑回家。

有一天下午，一塊來工地的年輕人們開玩笑，說道：「你們春花給劉書記不知給了什麼好處，別人給劉書記舔尻子也進不了食堂，你們春花怎麼一會兒到廣播站，一會兒又到了食堂，好事怎麼都攤到了她一個人的頭上？」

水娃子對說話的年輕人說道：「你小子說話要負責任呢，別胡說！」

那年輕人就說：「你媳婦早成了人家書記貼身的尕汗蹋，我胡說什麼了，這個誰不知道。」

水娃子聽到這話又氣又惱，臉紅成了個關公，他「呼」地一下站了起來，撲上去抓住那年輕人的衣裳，朝那驚慌的臉上就是一拳頭。

人們聽了那個年輕人的話，本來都笑得前仰後合，一看水娃子惱了，就都往前把水娃子拉了開來。

水娃子原來覺得春花到了食堂，家裏人可以多少補貼一點，沒想到人們竟說出了這個閒話。他想，無風不起浪，是不是真有其事呢？

水娃子有了這個疑心，想回家的念頭就越來越重了，可巡邏的民兵們都拿著槍，回去了再別想回到這裏來。

石斌看水娃子這些日子整天悶悶不樂，知道他心裏有事。

「水娃子，啥事把你一天到晚這麼愁的。」

「石營長，沒啥事，只是想家裏人。」

「再別想了，等水庫蓄滿了水，讓你們全回家。」

「多會才能蓄滿了水？」

「我們從九月一日開始進水，爭取十月一日蓄滿，到時候這裏成了集發電、養殖、灌溉為一體的水庫後，我們排上隊，唱著歌一塊進杜家堡。」

石斌說到這裏有點興奮，把水娃子拉上在大壩上一起看了起來。大壩前面的石崖上去年冬天寫的標語還赫然在目：地凍三尺厚，心熱十丈高。

正在這時，有個民工給石斌送來一封信，石斌撕開一看，臉色一下大變，由於水娃子在跟前，他說道：「水娃子，我先到辦公室去一下。」

到了辦公室他把信展開又看了起來，看著看著眼角就流下了眼淚。原來這是趙麗萍給他來的一封絕筆信。

趙麗萍在信中寫道：

親愛的石斌：（請讓我再這樣稱呼你一次）

你好！

組織上給我談了你要與我劃清界限再不與我相見的話，我當時真不敢相信自己的耳朵，我不相信我心愛的人竟會說出這種絕情的話來。我當時心如刀絞，把枕頭都哭濕了，整整在床上病了三天。就是在這三天中，我把一切都想通了，人都是自私的，包括我自己也一樣，我為什麼非要讓你與我來往，和你結合，而毀了你的一生呢？你有你的前途，你有你自己的事業。在我們這個國家，如果你與我這個所謂的有嚴重右派言論的人結合，就等於你自己斷送了你的政治生命，而且會影響我們的子女。可你還年輕，正是一個男人在事業上要起步的時候，你能為了一個女人而毀了你的事業嗎？不能。你能為了我們的結合，而讓我們的孩子從一生下來就背上這沉重的黑鍋嗎？不能。這一點我完全理解你的選擇。

當我認識了你以後，我感到我的天空藍了，我準備為你獻出我的一切，我也準備做你的一個好妻子，為你洗衣、做飯、鋪被窩，還想為你生一個活潑可愛的小寶寶。可是，這個社會不讓你我結合，我們只有情沒有緣，願我們來世有個能讓有情人不為政治而分離的社會，我還是願成為你的一個好妻子。

祝你

工作順利！事業有成！

你的麗萍

（當你收到我的這封信後，我已經到了另外一個世界，再見！）

當石斌讀到最後一句的時候，他的眼淚再也抑制不住了，淚水如泉水般噴了出來。他抱住頭哽咽著，自言自語地說道：「我還是個人嗎？她沒有出事的時候，我海誓山盟，說了那麼多好聽的話，她到了難處，我怎麼能再往她脆弱的心上捅刀子呢，是我殺了她，是我殺了她呀！」

然而，石斌是冷靜的，也是堅強的，他想在這個時候一定要挺住，不然水庫工程就會受到影響。他把眼淚擦乾後，又往工地走去。

三

紅軍爺聽說陳縣長被打成了右傾機會主義分子，心想，這麼好的人都是右傾機會主義分子，可見上級機關把事情做錯了。他說：「我要去找毛主席說去，陳縣長心中時刻想著我們老百姓，這是一個真正的共產黨員，是一個人民的好縣長，他怎麼能是右傾機會主義分子呢？」他想，陳縣長肯定是被人陷害了，是不是被那個王書記陷害了，那個王祥一看就不是個好東西，鷹鉤鼻子三角眼，我要找毛主席告狀去。

說歸說，想歸想，可紅軍爺細細一琢磨這幾年的吹牛皮，放衛星，強征公購糧，人們現在連飯都吃不上了。他想，毛主席這幾年是不是也頭腦發熱了？是不是當上主席忘了過去同甘共苦打天下的功臣啦？是不是忘了過去共產黨依靠農民的疾苦了？他想，不管怎麼我得先看看陳縣長去，可他不知道陳縣長現在到底在哪裡？

在一個風和日麗的清晨，紅軍爺背了個書包去了縣城。那天早上，天上刮著微微的風，太陽照在地上好似刷了一層白油漆，泛著淡淡的白光。

去縣城的路上人走得很少，只有個別衣裳襤褸面黃肌瘦的饑民拄著棍往縣城方向慢慢移動。

紅軍爺向遠處望去，天底下一片蒼茫，龜裂的土地上長著稀稀拉拉的幾棵玉米。紅軍爺記得這條路上往年樹木蔥郁，莊稼黑油油的一眼望不到邊，可今日路的兩邊已沒有了一棵樹木，看來都是大煉鋼鐵被砍伐完了。

紅軍爺到了縣上，縣街道兩邊男男女女的人們都用一種奇異的眼神盯著他。他看見了一個男人，這男人骯髒的頭髮披在肩上，身上單單的一件油光光的破衣裹在身上，下面的褲子只遮住了下身，這男人好像從來沒有洗過臉，只有嘴邊上的一圈被舔得紅紅的。從這人兩個眼睛滴溜溜地轉動，還可以看出這是個活物。

這男人過來伸出了手，紅軍爺只帶了一個餅，紅軍爺掰了四分之一給了這個男人，沒想到他的這一舉動引得滿街的男男女女都跪了過來，紛紛伸出了手，有些人乾脆抓住了紅軍爺拿的書包要搶。

這時，從縣政府裏走出一個門衛拉動槍栓，大聲喝斥，這些人才放開手走了開來。

紅軍爺就走上前去問門衛：「同志，請問陳新縣長在嗎？」

那個門衛把紅軍爺打量了一下說道：「你是陳新縣長的什麼人？」

紅軍爺就拿出了他的優待證。

那個門衛看了看他的優待證，笑嘻嘻地說道：「老同志，您還是個老紅軍？」然後，他悄悄對紅軍爺說道：「陳縣長被下放到關門水庫工地去了。」

紅軍爺說：「這裏往關門水庫有車嗎？」

那個門衛說：「每天早上發的班車沒有了，可每天都有往那面送貨的卡車。」說著，他往東面指了一下說道：「那個車就是去關門水庫的。」

紅軍爺就往門衛指的一輛卡車走去。

這時，卡車司機正好從商店裏買了一包煙走了過來。

紅軍爺說：「師傅，你到關門水庫去嗎？」

那個司機打量了一下紅軍爺。他看這老人雖然長得瘦，可是，兩眼炯炯，語言不俗，不是個一般人物。司機說道：「我是到關門水庫去，你到水庫有事嗎？」

紅軍爺說：「我到水庫找個人。」

「上車吧。」司機說著就讓紅軍爺坐在了駕駛室。

紅軍爺上了卡車就和司機聊了起來。紅軍爺當了半輩子老師，口齒伶俐，非常健談，這司機聽著就很高興。

司機說：「我們跑長途的，最害怕乘客上來後睡大覺，像你這樣愛說話的乘客我們最歡迎了。」

紅軍爺問道：「你知道不知道陳縣長在工地幹什麼工作？」

司機說：「您找陳縣長嗎？他下放後在水庫工地管材料，我天天和他打交道，怎麼能不知道呢。」司機說到這裏又問：「你是陳縣長的什麼人？」

「老朋友。」紅軍爺說道。

「好，你把我的車坐對了，我這就去倉庫送東西，正好能把你拉到他跟前。」司機說道。

「那太好了。」紅軍爺聽後很高興。

兩人一路說著話，不上三個小時就到了關門水庫工地。車在一個雙扇鐵門前停了下來，紅軍爺從車窗裏看見，過來給開門的正是陳新縣長。

「陳縣長。」紅軍爺在車上就喊了起來。

陳新感到莫名其妙，他到這裏來後一般人都不知道，這是誰在喊他呢？

紅軍爺從車上下來，走過去一把抓住了陳新的手。陳新一看是紅軍爺，也很興奮，說道：「什麼風把您老人家給吹來了？」

紅軍爺說：「東風，一路的東風。」紅軍爺指了一下大卡車。

陳新說：「紅軍爺你最近可好？」

紅軍爺說：「我每個月有補助，有工資，可社員們這兩年苦呀！」

紅軍爺說到這裏眼淚流了下來。

陳新說：「社員們現在吃的是什麼？」

紅軍爺說：「今年杜家堡的莊稼全讓冰雹給打了，雖然其他大隊支援了些糧食，到底太少了。現在，每人每天二兩麵的定量，其他夾著吃的全是野菜和堿籽子，好多人都吃開了觀音土，得了浮腫病，屙不下來屎，餓死憋死的人每家每戶都有。」

陳新聽到這些眼裏也流下了眼淚，說道：「我們沒有做好工作，讓老百姓受苦了。」

紅軍爺說：「這和你沒關係，你已經不在其位了。」

陳新說：「不，我在位的時候，讓人們大煉鋼鐵，辦食堂，迎合上面的意圖虛報產量，強征公購糧，今天的這種情況，與我在位時關係很大，我們對老百姓有罪呢。」

紅軍爺說：「村裏面年輕勞力不是大煉鋼鐵，就是去修引洮工程，種莊稼的人太少。上面天天說要重視農業，沒有了勞力農業沒法重視。另外，讓人們吃食堂，剛開始的時候吃飯不要錢，隨便過路的人都到食堂裏吃飯，吃完飯連個謝話都沒有，沒計畫地亂糟踏。這兩年不是這個事就是那個事，一年四季沒個休息天，人們吃得又多，把村裏的底子全吃完了，遇了這災荒年根本沒有了辦法。」

陳新說：「你給王書記說一下搬到縣上去，國家對你們這些老紅軍有明文照顧的規定。」

紅軍爺說：「你這話說到哪裡去了，我在最困難的時候，是杜家堡人救了我，杜家堡人遇到了困難，我怎麼能離開他們呢？」

陳新說：「你說得對。我們共產黨員是與人民血肉相連的，任何時候都不能忘了人民群眾。人民群眾今天有困難，說明我們的工作沒有做好；人民群眾對我們有意見，說明我們肯定犯了錯誤。我始終認為，我們共產黨人做得是否正確，關鍵要讓人民群眾給我們打分，現在人民群眾大量死亡，說明我們已經犯了嚴重的錯誤。」

紅軍爺說：「你準備下一步怎麼辦？」

陳新說：「我雖然被罷免了職務，但我還是一個共產黨員。」

紅軍爺說：「我對你的做法完全支持，但在這種形勢下，千萬要注意自己的安全和身體。」

陳新說：「我認為我做得對的，我會一直堅持下去。當人民群眾最需要我們的時候，我們連為人民群眾說一句實話的勇氣都沒有，還算什麼共產黨員。」

紅軍爺說：「你準備怎麼辦？」

陳新說：「我準備給中央和省委寫信，一是要求中央現在趕快搶救人命，二是儘快恢復農業生產，三是儘快下馬勞民傷財的引洮工程。」

紅軍爺望著陳新剛毅的臉，點了點頭，舉起手給陳新敬了個禮。這時，碧藍碧藍的天上，一隻雄鷹盤旋著，往上慢慢升騰，向太陽升起的地方飛去。

杜家堡食堂為了將各大隊支援的糧食細水長流，從八月份開始就給每人每天只供應二兩的麵食。人們每天三頓飯都是清水裏面煮野菜或草根，再在裏面撒上一把麵。於是，身體剛有點好轉的人們，又開始浮腫起來。

八爺飯量大，雖然春花每天可以帶點吃的，可對於一大家子人來說，攤到八爺的頭上還是少得可憐。饑餓的八爺就到田野裏去抓各種動物回來燒著吃，這裏有黃老鼠，有螞蚱，有青蛙，有屎殼郎等等。八爺抓來的每種動物回來燒熟後首先自己先嚐，嚐後認為沒有毒，再給水蓮、引洮兒和鳳仙吃。

八爺悄悄對鳳仙說：「今年比去年更難過，我看得往外逃命。」

鳳仙說：「得把水娃子叫回來，不然你我兩個跑了，把孩子影響呢。」

八爺說：「水娃子沒法叫，恐怕等不及了。」

鳳仙說：「要跑我們這一家人得一塊跑，不然走一個其他人就不好走了。」

八爺說：「這事必須做得穩妥一點，否則走不了抓回來就不得活了，你看村裏跑了八戶人家只跑成功了三戶，那五戶人讓民兵抓回來連扣飯帶打都快給折騰死完了。」

鳳仙說：「你給水娃子寫個信，就說你病得厲害請個假，不然水娃子來不了。」

八爺說：「我今天就讓紅軍爺給水娃子寫信，說我病了，讓他趕快回來。」

鳳仙想了想說道：「這事是不是再好好考慮一下，現在天氣一天天涼了，是不是堅持到明年春上再走。」

八爺說：「害怕等不到那一天了。」

鳳仙說：「現在怎麼說也能挖點野菜吃，等明年春上天氣暖和一點出門好一點。」

八爺聽後再沒吭聲。

八爺正這麼說著話，突然聽到門外有福山的聲音，果然是福山走了進來。

福山進了大門就喊道：「八爺——。」

八爺想，這人怎麼今天想起來找我了。

鳳仙趕快迎了出去，說道：「劉書記來了？」

福山說：「八爺在不在家？」

鳳仙說：「在，到屋裏來。」

福山就走了進去。

福山見八爺坐在炕上，說道：「八爺，最近可好？」

八爺心想，黃鼠狼給雞拜年沒安好心，這人今天來不知又有啥事。

福山進來果然有事，他是想讓八爺到其他大隊給食堂借點糧去。他對八爺說：「八爺又得麻煩你到外面跑一趟了。」

八爺說：「這年間你們這些當領導的都借不上，我到哪裡去借呢？」

福山說：「到周圍幾個大隊跑一趟吧，你八爺有面子，出面跑一趟不會空跑。」

八爺苦笑了一下，說道：「我一個富裕中農有啥面子呢？」

福山說：「不管怎麼說，你八爺在地方上幫了一輩子人，這點面子還有呢。」

八爺說：「今日裏再不能與過去比了，現在各大隊情況差不多，讓我跑一趟沒問題，但我能不能借上糧，不敢保證。」

福山聽八爺願意去，心裏很高興。他說：「去吧，一天給你補助十五分工，如要借上糧每天給你按三十分劃。別人一天十分，給你劃三十分，這個待遇不錯吧。」

八爺於是就去了。

八爺先去了石家窪。八爺當高級社社長的時候，石家窪的大隊書記年年到杜家堡來借糧食，八爺當時都給他借了。八爺想，若在這個人的跟前借不上糧，別的地方就別去了。

當八爺提出要借糧食時，這位書記把眉頭皺了起來，心想，不給八爺借，與情與理都說不過去；若借了，大隊裏餓了肚子的人們知道後，還不把我給吃了。但他又想，八爺輕易不給人下話，今天雖然是奉命到他們這兒來的，但這點面子怎麼說也得給八爺。

石家窪的大隊書記說：「八爺，我給你多借不了，今年石家窪每人每天攤不上三兩原糧。八爺的面子大，你既然開了口，我就借你二十斤，這是我個人的糧，你看怎麼樣？」

八爺說：「這就好得很。」

這位書記說：「你先到別的地方再跑一跑，我隨後給你送來。」

八爺於是就又到別的大隊去借，轉了三天再沒借到一顆糧食，這就讓八爺很傷心。八爺想，當年我在荒月裏救過多少人，而如今向人借糧卻這麼難。

八爺回來後，石家窪的書記把二十斤糧食送了來。福山見了糧食說道：「就這麼一點呀？」但他還是給八爺每天劃了三十分的工分。

八爺對鳳仙說：「我這是給福山借糧著呢，這些糧食能到了社員們的嘴裏嗎？」

鳳仙說：「引洮兒這兩天飯量大得和大人一樣，餓得一晚上鬧著吃，你看這怎麼辦呢？」

八爺說：「我就少吃些，讓娃娃吃飽。我已經是一個有今天沒明天的棺材瓤子了，吃好吃壞沒關係，讓娃娃吃好，娃娃精神了我杜家人就有了希望。」

鳳仙說：「引洮兒是我們杜家人的希望，可你也要吃好，不能有個三長兩短。」說到這裏她長長歎了一口氣，「哎——，還是我這個女人沒本事，讓你們爺孫受罪了。」

八爺說：「這世道怎麼一年不如一年了，活活的要人的命呢。」

第八章

一

陳新果然給中央和省委寫了信。這封信很快就被轉到了縣上，信上加上了省委的批示，批示的內容是：這封信是右傾機會主義分子對社會主義的極大污蔑，也是階級敵人的倡狂反撲，信的作者是戴著紅帽子的地富反壞右的代表，對這樣的敵人，必須狠狠打擊，決不能心慈手軟。

王祥馬上通知縣公安局，將陳新抓了起來。

那天，陳新剛往倉庫收了貨，點了一支煙坐了下來，從外面衝進來四個彪形大漢。還沒等陳新回過神來，這四個人上來把陳新的胳膊一下擰了過去，朝他的臉上狠狠一拳，又往他的腹部猛踢了一腳。陳新本能地將腰一彎，「哎喲」地叫了一聲，嘴裏就冒出了血來。接著這四個人放開他，你一拳我一腳地把他打趴在了地上。

陳新本想問個究竟，可根本沒有說話的機會。一個人上來，抓住他的頭髮把他從地上提起，將他的頭往牆上猛碰幾下，然後把他一把推到了車上。

陳新在車上就什麼也不知道了，他暈暈忽忽地被拉到了省城監獄。

陳新醒來的時候，已到了第二天的中午。當他睜開眼睛，一道刺眼的陽光射得他睜不開眼來。他將眼睛眯了一會，當他再睜開眼睛，他突然看見了一個眉清目秀的年輕人，這人戴著一副寬邊眼鏡，從相貌上看是個典型的念書人。

這時，他才看到他躺在一間大約有十多平方米房子的地上，地上鋪著麥草。年輕人坐在他的旁邊，給他灌了一口涼開水。

年輕人問道：「老同志，你是從哪來的？」

陳新在舊社會當過地下黨，本能地有一種警覺。他說：「你是幹什麼的？」

年輕人笑著說：「我是一個大學生。」

「你不上學去，怎麼也到了這裏？」陳新說道。

「我叫黃健，蘭州大學二年級的學生，我回老家看到家鄉餓死了人，村子裏都有人吃人的，回來後我給省委寫了信反映情況，沒想到說我是現行反革命，把我抓了起來。」年輕人笑著說道，他顯得很平靜。

陳新想，這也是一個說了實話，向上級領導反映了情況的人，可是，這些實際情況是與毛主席的「人民公社好」針鋒相對的。陳新就把自己的情況給黃健大概講了講。

黃健說道：「這社會怎麼成了這個樣子，乾脆不讓人說實話，我不是親自到家鄉去，在農村看見或聽到家鄉的人們一戶戶的餓死，我真不敢相信那是事實。我們的報紙上天天是形勢大好，喜鵲多得很，報喜不報憂，村裏人餓死了也不敢向外面說，你我都是烏鴉，都說了實話，這話人們不愛聽，現在成了現行反革命。」

陳新沒有吭聲，他覺得這些人把他們送進監獄，沒有好事，弄不好要把命搭到這裏。

陳新對這個年輕人印象很好，這是一個好苗子。他想，我們的國家如果都能用這樣一些有理想、有抱負，敢於說實話，真正關心老百姓疾苦的人，我們的國家何愁沒有希望，我們的黨何愁不能發展壯大。然而，現在只重家庭出身，一些見風使舵，只顧個人得失，而不關心人民群眾死活的幹部在臺上耀武揚威，這個國家怎麼能夠好呢？這是我們國家的悲劇，是我們中華民族的悲劇，也是我們這一代人的悲劇。

黃健又給陳新喂了一口水，說道：「你前天進來時，把我嚇壞了，滿身的血，我摸了一下你的嘴，呼吸弱得很，我以為你不行了，今天看你的氣色還好。」

陳新說：「沒事，休息幾天就好了。」

黃健說：「他們把我們抓進來，不知道怎麼處理呢？」

陳新說：「進來了，就不會有好事。」

黃健說：「只要不槍斃，我出去後還去上學。」

陳新想，到底是個年輕人，思想太簡單，還想去上學呢？但他不願意打擊這個年輕人。這些充滿希望、充滿幻想的人，比直接面對殘酷現實的人，活得要愉快。

「你今年多大了？」

「二十了，剛過的生日。」

「有沒有對象？」

「還沒有。我不想談得那麼早，等將來大學畢業以後再說。」

「你準備以後幹什麼？」
「我是蘭大數學系的，我想出去後當一名數學老師。」
「你這個學數學的能為老百姓呼喊不容易呀。」
「我們老師說，學數學的人重實際。」
「重實際好啊，我們現在正是缺這樣一些重實際的年輕人。」
「陳縣長，我覺得你這人特別好，沒一點架子。」
「到了監獄裏再哪有什麼架子呢？」
「我想你這個人原先當縣長的時候，肯定也沒有架子，不然不會為了老百姓而丟了官，又被送到了這裏。」
「年輕人，做人就要做個清清白白的人，不媚上，不貪財，不戀色，不欺下。我們共產黨人做任何事情先要想到人民，離開這個出發點，就不是唯物論者，不是馬克思主義者，遲早要受到懲罰和報應的。只要心裏始終想著人民群眾，人民群眾在困難的時候，能為人民群眾說一句公道話，這樣的幹部，人民群眾永遠會懷念的。」
「你說的這種幹部只有讓人民群眾自己選舉出來，現在上面往下放的幹部他們只會眼睛往上瞅，迷信權利，崇拜聖君，以至自上而下一呼百喏，層層只對上級負責，哪裡會想到人民群眾。現在下面大量死人，他們為了保住自己的烏紗帽，還閉著眼睛跟著上面胡吹亂侃。」黃健說到這裏想了一下繼續說道：「哪一天人民群眾能夠根據自己的意願，選舉和任免自己的父母官那該多好啊！」
陳新聽了這個年輕人的話，心想，這個年輕人思想原來並不簡單，是個好苗子，但他的這種思想在這個時節是非常危險的。他說：「你是一個有良心、有知識的年輕人。」

黃健此時心裏非常激動，他想，陳縣長是一個好幹部，好黨員，這樣的人遭到如此摧殘，說明我們的國家出問題了，但他始終不明白這問題到底出在了哪裡？

這時，房門被打開了，走進來一個人說道：「陳新，出來一下。」

黃健就把陳新從麥草上扶起。

陳新對黃健笑了笑，就一瘸一拐隨著那人走了出去。

陳新被帶進了一間審訊室。這裏已經有三個人坐在上面，房子中間有一個板凳。

陳新知道這板凳是留給他坐的，他就過去坐了下來。

「姓名？」

「陳新。」

「年齡？」

「四十八歲。」

「職業？」

「原來是縣長，現在是關門水庫材料保管員。」

先是這機械的問話。過了一會，陳新突然聽道：「陳新，你談談你為什麼要寫這封信？」上面一個穿白襯衣的中年人問道。

陳新說：「我是一個共產黨員，人民群眾大量死亡，我感到心裏急，我想寫信讓上面引起注意，趕快搶救人命。」

中年人說：「到這個時候了，你怎麼還在污蔑我們社會主義祖國。哪裡不死人，毛主席說過，死人的事是經常發生的。怎麼在你們這些反革命分子的眼裏，我們社會主義祖國始終是漆黑一團，你怎麼不看看社會主義的光明面呢？」

陳新說道：「社會主義的光明面我怎麼沒看見。在這個信上我主要談怎麼趕快想辦法搶救人命。」

這時上面的一個女人說道：「陳新，不要強詞奪理，你這封信完全是對社會主義祖國的攻擊，不要口口聲聲為了人民群眾，你是怎麼個貨色你自己心裏清楚。」

陳新不想與這女人爭辯，他把頭低下去看了一下自己的腳，因為，這腳那天被一個人用皮鞋狠狠踩了幾下，這時一陣陣鑽心的疼痛。

中年人問道：「你寫這封信和別人商量過沒有？」

「沒有。」

「給誰告訴過沒有？」

「也沒有。」

「真的沒有？」

「真的沒有。」

「聽說杜家堡的紅軍爺在你寫信以前到你那裏去過？」

「他來看過我。」

「他來後沒有對你說什麼？」

「沒有。」

「你可要老老實實坦白交待。黨的政策是坦白從寬，抗拒從嚴。」

「我知道。」

「你再有什麼話沒有？」

「我想讓你們趕快向上級反映，到農村救人，農民群眾死得太慘了！」

「頑固不化。」還是那個女人的聲音。

那個中年人說道：「回去後把你寫信的動機以及與什麼人進行了商量，詳細寫出來。」

陳新回去後，那個年輕人黃健已不在了那裏，聽說被判了十五年徒刑，轉到下面勞改農場去了。

杜家堡食堂的伙食已看不見一點麵星星了，餓急了的人們就去吃觀音土。雖然脹死了許多人，可人們不願就這樣死去，求生的本能，讓人們無所畏懼了，人們還是去吃。

觀音土是一種淡黃色的土，融滑細綿，挖回來加熱後，吃進嘴裏有一種沙塵的感覺。這種東西少量吃只能填肚，沒有一點營養，但吃得多了就屙不出屎來，會把人活活地憋死。

八爺將這種油黃發亮的泥挖回來，每次吃飯時給家中每人分一點。有一天，八爺將觀音土挖來，每人吃了一點後，其餘的他就藏了起來。沒想到八爺藏時，讓水蓮給看見了。八爺和鳳仙走後，水蓮就把觀音土取出來吃了一口，綿綿的，沒有一點味道。於是，她又掰了一塊放進嘴裏，她本想再不吃了，可饑餓的欲望迫使她把那塊觀音土全吃進了肚裏。

八爺回來一看，嚇壞了。

他問水蓮，「是不是你吃了？」

水蓮點了點頭。

八爺說：「我的娃呀——。」

八爺趕快去找紅軍爺。紅軍爺說：「誰也沒有辦法，趕快往醫院送。」說著他掏出錢，塞到了八爺的手裏。

八爺趕快把水蓮送到了公社醫院。醫院裏已住滿了病人，水蓮只能在走廊裏一張小單人床上躺著。此時的水蓮肚子硬得像個石塊，胃裏鼓鼓的。

大夫說：「我們這裏沒有做手術的設備，但是，我們可以儘量給治療，可是吃了這麼多觀音土恐怕有生命危險，你們要有思想準備。」

八爺臉色發白，抓住大夫的手說道：「大夫，我給你下跪了，你一定想辦法救了我的這個孫女。」

八爺的臉上淚水撲簌簌地流了下來，說著就給大夫跪了下去。

大夫趕快把八爺扶了起來，說道：「老大爺起來吧，我們一定想辦法救你的孫女。」

八爺老淚縱橫顫巍巍地說道：「大夫，你可要救活我的水蓮呀——，我的這娃活得可憐啊。」

然而，水蓮還是沒有被救了過來。

水蓮臨死的時候，臉憋得發青，她緊緊地抓著八爺的手。

八爺哭了，哭得嗚嗚咽咽，如山鳴海嘯，他一個山一樣的漢子竟連一個小孫女都養不活，讓她走了。

水蓮走後，八爺顯得越發老了，佈滿縐紋的臉上一對眼睛沒有了一點光彩。

八爺想，中國人太多了，老天爺要收人呢。不然好好的一個國家，怎麼一陣大煉鋼鐵，一陣食堂化，一陣又是引洮工程，天天放衛星，人一天也沒清閒過。引洮工程是為了我們杜家堡有水吃，可那大煉鋼鐵純粹是胡扯雞巴蛋。另外，原來自己家裏吃飯，都有個精打細算，可到了食堂裏攪到一個大鍋裏，人連野菜和樹葉子都吃不上了。可他不敢說，只能想，說了會招來大禍，他被開除了黨籍就是這張嘴給害的。

八爺想不明白，毛主席這麼個大聖人怎麼也說開謊話了。

八爺想到這裏不敢想了，從上到下，謊話連篇，指鹿為馬，沒一個人敢站出來為老百姓說一句公道話。

杜家堡現在家家都死了人，村外的墳地裏，新墳堆一個連著一個，整個兒連成了一片，全是這兩年埋的，水蓮就埋在了杜家人墳地的邊上。

就在水蓮被埋了的第二天，人們突然告訴八爺，水蓮的墳讓人挖了。

八爺看墳裏已經空空蕩蕩，人已經被挖走了。八爺把此事趕快告訴了福山。

福山就讓民兵到各家各戶去搜。

民兵們走到各家各戶，家家炕上躺的都是些形同骷髏的病人。人們精神麻木地望著這些進進出出的人們。

水蓮的屍體沒有被搜到，她已經被誰藏了起來。這些日子，杜家堡這樣的事情經常發生，誰家埋了人，第二天就沒了，被人藏起來吃了。

八爺沒有再去多想，死的人已經死了，活的人再怎麼活下去呢？

福山發現水蓮被人吃純屬於偶然。那天晚上，他經過八爺家的後院，突然嗅到了一種奇異的香味，他於是就走進了八爺的家。進去這個院子，只有鳳仙一個人，他就覺得很奇怪。

他坐在房檐下的凳子上問道：「老嫂子，怎麼你一個人？」

鳳仙裝著沒聽見。

福山從鳳仙的眼神中看出，她神情有點慌亂，不時朝炕洞門上望一眼。

福山就起來朝窗子下面的炕洞走去，鳳仙一下堵在了他的眼前。

福山撥開了她的手說道：「這麼香，偷著吃啥好吃的呢。」

說著，他就爬在炕洞門前。他看見炕洞裏的馬糞冒著黑煙，此時一股刺鼻的香味進了他的腸胃，他將胳膊一抹，猛得撥了一下馬糞。

不看還好，一看把他嚇了一跳，炕洞裏「突」地一下跳出了兩隻人的小腳，黑黑的。

福山轉過頭來，鳳仙這時卻顯得異常的平靜。

「你怎麼吃人呢？」

「我不吃人吃啥呢，你們當幹部的有肉有酒，你們知道我們社員吃的啥嗎？八爺和引洮兒已經三天沒吃一口飯了。」

福山讓民兵把馬糞撥了出來。一個黑焦黑焦的娃娃一下滾到了人們的腳下。

鳳仙一看，熱氣騰騰中這被烤焦的娃娃突然變成了一堆焦脆脆的洋芋疙瘩，她的口水流了下來，盯著那堆冒著熱氣的黑肉疙瘩，一下跳了過去。她「噗，噗，噗」地吹打著燙得發麻的手，用嘴咬住了那娃娃大腿上的一塊肉。

鳳仙的瘋狂把福山驚得往後退了一步，然後對周圍的民兵喊道：「趕快把這瘋婆子抓住！」滿臉黑灰的鳳仙被幾個民兵抱住，死命拉了開來，她一下嚎啕大哭了，她哭得聲淚俱下。她嗚咽著說道：「我的水蓮呀——，奶奶對不住你，嗚——，啊呀。」她的哭反倒使福山為難了。

福山說：「你跟我走。」

鳳仙抽噎著，擦了一把臉，把衣裳一整，就木然地跟著他到了大隊部。福山命令民兵把鳳仙押到公社去。

這時，只見紅軍爺急急忙忙拄著拐棍走了進來。

紅軍爺說：「福山，把鳳仙放了，她也是餓著沒了辦法。」

「放了？沒那麼便宜。」

「把她放了，你我到這一步也會這樣的。」

「不放！還吃死人呢。」福山瞪著眼睛說道。

紅軍爺抓住福山的手流下了眼淚，他說道：「福山，你看一下社員們餓成啥了，吃草根的，吃死人的，人們已經餓瘋了，你不想辦法趕快救人，還把人往公社送，你的心讓狗吃了嘛？」

福山說：「沒有糧食我拿什麼救人呢？」

「你把人放了，快把倉庫打開用籽種救人。」

「你說了個啥？把倉庫打開，用籽種救人？你和我長了幾個頭。」

「這與你沒有關係，是我紅軍爺讓幹的，我負這個責任。」

福山被這青筋暴突的手抓著，心裏七上八下。他望了一眼紅軍爺眼窩深陷的那張臉，心動了一下。但他想，吃人肉的事是瞞不住的，若讓上面知道了我這個書記再當不當。

「不行！這人不能放。」福山對站立的民兵說道：「把人帶走。」

民兵們聽到這話，趕快把鳳仙往公社押去。

福山轉過頭來，對紅軍爺說道：「你白活了這一把年紀，虧你還想得出來，把籽種分了，你讓我要挨槍子兒呢。」

紅軍爺聽到這話罵道：「畜生！」說著，他舉起拐棍就朝福山打去。幾個民兵上來把紅軍爺拉了開來。

紅軍爺早已餓得沒了力氣，這樣一氣一折騰，他一下暈了過去。

福山派人用架子車拉上紅軍爺往縣醫院送去，可紅軍爺早已餓得不行了，他這一氣一急，沒走到縣醫院就斷了氣。紅軍爺睜著眼，他空洞洞的眼睛望著那貧瘠乾旱的旱平川，看著在最困難的時候留他救他養育他的杜家堡的父老鄉親。

原來，鳳仙是把水蓮的屍體與另外一家孩子的屍體換了，準備救八爺和引洮兒的命。公社感到這事也不好辦，就給鳳仙和吃了水蓮的那一家人戴了壞分子的帽子原送到了杜家堡進行監督勞動改造。

杜家堡吃人肉的事很快就傳遍了旱平川，然而這樣的事情各大隊都有，饑餓的人們聽了反倒受了啟發，於是很多人家都在偷著吃死人，吃了肉把骨頭磨成粉再吃。剛開始人們去吃路邊上倒下去的外鄉人，後來乾脆各家互相換著去吃，有些膽子大的就去路上把逃難的活人誘到家裏殺了吃。然而，吃了死人的人渾身像著了火一樣，口幹舌躁，坐臥不安，很多人由於吃多了死人，又被這火燒得吐著舌頭痛苦地死去。

福山感到鳳仙給他臉上抹了黑，她一被押回到大隊，他就讓全大隊對她進行了批判鬥爭。

「你是人還是畜生，怎麼拿自己孫女換著吃人呢。」福山說道。

鳳仙望了一眼福山說道：「是畜生的不是我，是你們這些吸老百姓血的王八蛋。」鳳仙此時口齒伶俐，她什麼也不怕了。

福山在杜家堡還沒遇到過這樣的茬子，他說：「你還有理，吃人還吃著有理了，你給大家說說你吃了幾個人。」

鳳仙此時有點站不住了，她已經有兩天沒吃飯，她沒力氣與福山爭辯，她給福山招招手。福山以為她要說什麼就走了過去，她突然伸出手猛地往福山的臉上抓去。

福山被鳳仙的長指甲抓了臉惱羞成怒，揪住鳳仙的頭髮就是兩拳。

鳳仙被打得往後退了一步，她猛地撲到福山的身上就用兩隻手胡亂地往福山的臉上亂抓亂掐。

尕寶看到鳳仙還真來勁了，上去一把將她拉了開來。

福山看群眾躁動了起來，鬥爭會沒法進行，就對尕寶說：「把這瘋婆子押下去。」

鳳仙回家後跪在地下，抱著水蓮脫下的衣裳號啕大哭，引得八爺也哭了起來。她哭一會笑一會，嘴裏喃喃地說道：「我的娃，奶奶對不住你！」「我的娃，奶奶對不住你！」

鳳仙呆癡的目光望著前方，她是看八爺和引洮兒都要快餓死了，才做出這件事的。但她再沒有辦法呀，在她做出這件事情之前，她整整哭了一個晚上，然而，饑餓就像一個窮兇極惡的魔鬼一樣讓人們一個個死去。她不能讓八爺死，她不能讓引洮兒死。她的嘴裏還在不斷地念叨著：「我的娃，奶奶對不住你，奶奶對不住你！」

這話輕輕地在鳳仙嘴裏吐出，讓八爺似乎看到了那一蹦一跳活潑、可愛的水蓮，她那水靈靈的眼睛，她那一笑臉上深深的兩個小酒窩，和那乖巧的一張八哥嘴。

八爺的眼睛濕潤了，「嗚嗚嗚」地號啕大哭了起來。兩個衰老的人兒相擁在一起，整整哭了大半個晚上。

到了後半夜，八爺睏得不行就睡著了。鳳仙從屋裏走到院子裏，她望了一眼冰冷的月亮，月亮顯得那樣的麻木，她把頭髮整了整，然後憋足勁，一頭撞在了堂屋的石柱子上，再也沒有起來。

八爺第二天早上睜開眼睛，太陽光線從窗戶縫裏鑽了進來，在牆壁上映出很多明晃晃的小光斑。他感到怎麼這麼靜，往炕上一摸，發現鳳仙不在了，於是他就從炕上下來，走到院子裏，只見鳳仙倒在柱子邊上，周圍流了一大灘血。鳳仙死得很難看，亂蓬蓬的頭髮拖在地上，一個乳頭露在外面，臉歪到了一邊，懷裏還抱著水蓮穿過的那件衣裳，上面染上了紅紅的血。

八爺和春花將鳳仙埋在了自己家中的院子裏，他們是害怕將亡人埋到墳地裏被別人給吃了。八爺已經沒了力氣，他給鳳仙穿上了她最喜歡穿的花襖襖，將她的的屍體放進洋芋窖裏，然後用土慢慢地填了起來。這樣八爺的院子裏就多了一個圓鼓鼓像饅頭一樣的土包，土包看起來不大可它卻像一架山一樣地昭示著杜家堡人邁不過去的一道深坎。

月斜涼吹，一派空明，八爺的家裏更加幽邃、空寂了。八爺到了晚上就伏在院中饅頭一樣的土包上，眼裏含著冰霜，心裏長歎一聲。多少個日子裏，鳳仙在這個家裏忙完外面忙家裏，她全是為了這個家啊，可為什麼跟著自己一輩子心愛的人就這麼說沒有就沒有了呢。八爺想，過去的日子裏自己是慢待了鳳仙，沒了這個人此時他才看出了鳳仙在這個家裏的份量。

二

八爺躺在炕上，兩個空洞洞的眼睛望著窗外那個被雲層遮蔽了的月亮。他軟弱的已經沒了力氣，不是春花每天給他點吃的，他這麼大的飯量，早已隨鳳仙去了。他的嘴裏不斷地念叨著：「水娃子，水娃子，你咋還不回來啥！」

而這時水娃子剛接到八爺的信，當天晚上就從關門水庫逃了回來。

天上的星星一閃一閃的，月光灑在原野上，泛著一層白光好像潑了一地的牛乳，輕輕地蕩漾著。水娃子進了村，只有風呼呼地吹著，到處是一片破敗的景象，整個杜家堡死一般的沉寂。他順著巷道往家裏走，雖然已有半年多沒有回家了，可他對這裏的一草一木太熟悉了，他離家這麼遠，都能聞到八爺抽煙的煙渣子味道。這時，他突然聽到大隊部裏有春花的聲音，他的心猛地一揪。他悄悄地走到大隊部的門上往裏一看，果然見窗戶上晃動著春花和一個男人的身影。水娃子一下從牆上翻了過去，他躡著腳往房門走去，他忽然聽到春花說：「以後我每天拿兩個饃，行不行？」

「行。」福山正在哼哧哼哧使勁地大動。

福山忽然說道：「你不是在食堂吃了嗎，還在我這裏要饃幹啥？」

「我爸全身都腫了，引洮兒也快餓死了。」春花說道。

「他腫了與你有啥關係？杜八這老不死的，死了才好呢。」福山說道。

春花把福山一把從身上推了下來說道：「你這人怎麼這麼說話呢。」

福山把春花一把拉到懷裏說道：「我的命蛋蛋，我答應你還不行嗎？」

水娃子聽到這裏怒從心起，一腳把門踢了開來，上去一把將福山從炕上拉了下來，在那光身子上一頓拳打腳踢。他看到春花正要穿衣服，跳上炕把被子一掀，上去就給了春花兩個耳光。然後，又從炕上跳下來說道：「我殺了你！」

福山剛想往後跑，水娃子轉身往那人臉上又是一拳。

福山轉過身往水娃子肚子上猛頂了過去，水娃子往邊上一閃，揪住他的頭髮就往炕跟前拉了過去。

「我殺了你！」

福山嘴裏流著血，跪了下去說道：「大侄子饒了我吧，不是我你們一家人早餓死了。」

「我殺了你！」水娃子從桌子上拿起一把明晃晃的刀，嘴裏還是重複著那句話。

春花看到這情景撲了過去，大聲喊道：「水娃子你瘋了，萬萬殺不得人。」

水娃子把刀子一揮，福山的一隻血淋淋的耳朵掉了下來，然後，他把刀子一扔就走了出去，他趕快回了家。

八爺見水娃子來了，從炕上爬了起來說道：「來得好，趕快收拾東西跑。」

水娃子抱上引洮兒，和八爺在院中的土包前給鳳仙磕了個頭，然後鎖上大門就往村外跑去。

八爺從村裏出來，腫脹的腿也不疼了，兩個人抱著引洮兒順著大路慌慌張張地往縣城的方向跑去。

八爺走著走著就走不動了。

八爺說：「水娃子，你抱上引洮兒走，我走不動了。」

水娃子說：「爸，我把你背上。」

說著，水娃子蹲下來就把八爺背到了身上。

這時，後面幾個人往天上放著槍，一路吼著追了上來。

八爺說：「水娃子，你犯事了，你跑，別管我們。」

水娃子說：「爸——。」

八爺說：「再別耽擱了，快跑。」

八爺把水娃子一推，然後他抱著引洮兒坐了下來。

後面的民兵們追了上來，尕寶提著一杆槍吼道：「水娃子呢？」

八爺說：「水娃子不是到關門水庫去了嗎？」

尕寶說：「留下一個人把這老傢伙看著，其他人給我追。」

尕寶往山根前跑去，他突然看見前面有個人影正在一道溝邊上，他端起槍來猶豫了一下，但他最終還是扳動了槍機，「叭」的一聲響，在寂靜的夜晚裏格外的清脆，只見那黑影一頭栽向那深不見底的溝壑。

尕寶心想不好，闖了禍了，他慌慌張張胡亂往天上放了幾槍，然後對後面上來的民兵說道：「水娃子不知跑到哪裡去了，不追了，回。」

八爺又被押回了杜家堡，而水娃子自此以後再也沒有回來。有些人說尕寶用槍把水娃子打死在了山溝裏，可是誰也沒有見過水娃子的屍體。有些人說水娃子後來逃到了新疆，總之，水娃子再也沒有回來。

旱平川荒涼淒黯，極目望去，一片蒼茫。在夜色的蒼冥裏和荒原的景物上有一種叫不破的寂靜。幾棵枯枝敗草在風中搖曳著，帶著一種憤怒，而又無可奈何。

福山頭上纏著紗布，左耳朵處紗布裏滲出一些血來。他手裏掄著一根棍，朝被捆綁了的八爺腿上抽去，八爺咬著牙疼得呻喚了一聲就跪了下來。

福山說：「老不死的你還想跑？」

春花跑過來抓住了福山的胳膊，又哭又拽，猛地在他胳膊上咬了一口。

福山疼得把棍扔在了地下，罵道：「把這婆娘給我打。」

尕寶過來一把揪住春花胸前的衣裳，伸開巴掌往她臉上左右搧了起來。

周圍圍觀的人們都不敢吭聲，饑餓的臉上早已沒了一點表情。

八爺說：「放開她，打死我吧。」

尕寶停下了手說道：「你想死嗎？」說著他從福山手裏接過那根棍舉了起來，說道：「我滅了你這個老不死的。」

福山看尕寶要給他闖禍了，說道：「尕寶，再別打，讓他站起來交待。」

兩個民兵過去把八爺從地下拉了起來。

八爺站不住又坐在了地下，他指著福山說道：「姓劉的，你這麼幹壞事，老天爺饒不了你。」

尕寶看了一眼福山，走過去一腳把八爺蹬翻在地，然後用腳往八爺肚子上猛踹了一腳。

八爺口中流出了血，他慢慢地抬起了頭，用手指了一下福山，口中沒有說出話，又倒在了地上。這時，從人群中走出幾個人，把八爺抬上往家走去。

八爺回去後，先是吐出了些血水，緊接著他的嘴裏吐出了一疙瘩草來。這草在他的嘴邊上吊著，引得他「哇，哇，哇」地嘔吐了起來，接著他的嘴裏開始大口大口地往外噴血，整整吐了一大臉盆。

八爺當天晚上就死了，他死得很痛苦，扭曲著臉，一雙眼睛圓睜著，齜牙咧嘴，很可怕。

八爺是第二天下午被杜家人送入墳地的。這時的人們若是臨死以前能說出「大躍進萬歲」「人民公社好」，或說了「三面紅旗萬歲」的，大隊就會派人幫著把人抬埋掉，若是說了餓得不行了的人，福山則說，「新社會能餓人嗎，這是對社會主義的污蔑。」於是他堅決不讓生產隊的人管。可八爺是杜家人的一杆旗，八爺死了杜家人能活動的都來幫著送葬。

太陽往狼娃窩慢慢落了下去，它的光線照著新掩埋的墳土，泛出一絲淡淡的黃色。這時，幾隻烏鴉從天上飛過，它們叫得那麼讓人驚悸，叫得那麼讓人心寒，它們搧動著黑黑的翅膀，它們的身下是一個一個新添的墳堆，整個兒連成了連綿起伏的丘陵，讓八爺覺得躺在這裏一點也不感到寂寞。

水庫工地的伙食越來越差，雖然石斌用兩輛卡車跑省城採購東西，但由於市場上各類吃的東西脫銷，根本買不到一點吃的了。然而，上面的蓄水工期卻催得越來越緊，這就使得石斌的壓力越來越大。一方面是民工們吃不飽，大量地開始逃跑，另一方面上面高壓，他又要往下壓任務大幹快幹。於是，石斌動員廣播、宣傳欄一切宣傳工具一天到晚緊鑼密鼓地宣傳，讓「社會主義好，社會主義好」的歌聲響徹天空。

另外，石斌在工地上狠抓兩條路線的鬥爭。批判右傾保守，批判消極怠工，批判少慢差費，並把一些逃跑的民工拉到工地上進行鬥爭。每次批判鬥爭，都要讓姜宏波上去陪鬥，這個右派雖然是個死老虎，但石斌想，鬥爭民工，如果沒有姜宏波陪鬥，這場鬥爭的性質就變了。但若讓姜宏波在場，批判鬥爭的性質就非常分明，這就是無產階級與資產階級的鬥爭。

石斌用這種鬥爭的形式促工地生產，還真有效果，餓著肚子的人們搖搖晃晃地就到工地上大幹快幹。

石斌親自將《甘肅日報》上的一首民歌摘下來寫到黑板上：

手執鋼鍁駕火箭，
駕起青龍上雲端，
三山五嶽聽我令，
玉皇下馬我上鞍。

他用大幅標語在工地大壩上寫道：頭可斷，血可流，水不到董志原不甘休！

人們在這種火熱的場面跟前被薰燃了，好像感覺不到民工們每天吃的還不到半斤糧的伙食。

石斌鬥完了姜宏波，下來後他還得找姜宏波。他對姜宏波說道：「這是鬥爭的需要，你如果不上鬥爭會，人們就會說我鬥爭民工，而讓右派分子逍遙法外了，就會說我是階級立場問題。」

姜宏波聽到這話只是淡淡的一笑，他感到這些人們太可笑了，活得太可憐了。他也感到這些搞政治的人，都長著一陰一陽的兩張臉皮，哪裡有什麼原則，完全是為了個人的需要。

姜宏波在空閒的時候就會想到胡靜，雖然，那次雪中相見對他的打擊太大了，可他一閉上眼睛就會想到胡靜那溫柔多情的一面，他知道這是現實政策把人逼到了這個份上。他感到這個社會真是可怕，魑魅魍魎，假戲真做，每個人都以多種面孔在社會上演著戲。說實話的人倒楣，講假話的人升天，是非顛倒，人妖不分，人們在一種虛無縹緲的空想中生活著。他覺得他是愛胡靜的，那小小的嘴巴，那一雙水汪汪的大眼睛，不知怎麼就會跳到他的眼前來。他想忘掉這一切，不知為什麼卻始終揮之不去。

當把洮河水往水庫裏開始引蓄以後，姜宏波一直揑著一把汗。雖然，只引下來了一小部分洮河水，讓慢慢地往水庫裏灌，但他覺得水庫大壩上面沒有洩洪道、洩洪閘，大壩後面又沒有消力池和洩洪渠，水庫大壩又是突擊填出來的，一旦決口，下游是整個旱平川，會給國家和人民造成無法挽回的損失。他多次提醒石斌，把一個個建議給石斌提後，石斌請示了上級，省上領導明確答覆，兩條腿走路，一邊上馬建水庫，一邊去修洩洪道。然而，現在已經開始往水庫裏蓄水了，但根本沒有防洪洩洪的應急措施。

這天，天上無風，只有幾縷白雲淡淡地掛在天上，姜宏波一上大壩，看見到處紅旗招展，運土的民工有抬的，有用小車推的，有往索道的筐裏裝的，還有些民工用鐵鍬把土撒開，鋪平。姜宏波往水庫看了一眼，只見水已將庫底蓋住了，沒有發現有什麼異常。他想，是不是自己多慮了，人說無知者無畏，自己知道得太多，在這個世界上總感到在如履薄冰。

這時，石斌看姜宏波從對面走了過來。石斌見了他說道：「姜技術員，我說沒問題吧，你還硬說要小心呢，你說這是不是杞人憂天。」石斌興奮地對他說道。

姜宏波抹了一把落滿土的臉笑了笑，他不想過早地下結論，他說道：「石營長，不管有沒有問題，庫上面的洩洪道和洩洪閘，以及庫後面的消力池和洩洪渠得先修好，庫上面的施工可以先停一下。」

石斌說：「你怎麼是個烏鴉嘴，每次見我不知說個吉利點的話，盡往壞處想。」

姜宏波並著兩隻腳，把勾著的頭抬起，說道：「不怕一萬，就怕萬一。」

「哪來的那麼多萬一。」石斌想了想說道：「我準備馬上修洩洪道。」

姜宏波說：「修洩洪設施關係到下游人民群眾的生命和安全，必須快修，修好前再不能往水庫裏進水了。」

石斌想，真是不養娃娃的不知道疼的，上面領導要「十一」務必將水庫蓄滿，要給國慶獻禮，我已經夠慎重的了，先慢慢進水，將庫底滲泡，這小子怎麼這麼多事，不愧是個右派分子，就是和人民群眾對問題的看法不一樣。我們認為是好的，他則認為是不好；我們認為形勢大好，他則始終認為是漆黑一團。

石斌說：「知道了，你測量你的土方去，再別在這裏閑轉悠了。」

姜宏波聽石斌的口氣，知道這人生氣了，轉身就往山那邊走了過去。

運土的人們把從山上挖的土源源不斷地往大壩上運，饑餓的民工低著頭，彎著腰，架子車晃晃悠悠，運土的速度越來越緩慢。

姜宏波飯量小，不似別的人餓得那麼厲害。他雖然是右派，但到底是國家幹部，穿得雖然舊，但乾乾淨淨，不像這些民工們穿得又髒又破，臉好像從來沒有洗過，土蒼蒼的。民工們機械地推著土，呆癡的目光好似漫無目的。過去姜宏波一到來，民工們就會眼鏡子長眼鏡子短的與他開玩笑，可如今人們餓得都不願意說話了。

姜宏波接過一個人的小車推了起來，他拼著全身力氣往前走，要不是他戴著眼鏡子，人們誰也不會想到他是一個大學生，誰也不會想到他是這裏唯一的一個懂水利的專家。

三

福山被水娃子割了左耳朵，他感到又羞又恨，他覺得這些日子怎麼這麼倒楣呢？他就找了個算命的給算了一下。算命的說：「你遇上了白虎。」

福山說：「沒有啊？」

算命的說：「你是不是好著一個女人。」

福山不好意思地說：「有一個。」

算命的說：「那女的是不是個光板子。」

福山就想到了春花，說道：「是。」

「那就是白虎，沒毛的白虎，白虎只有遇了青龍才是天生的一對。這女人剋男人呢，你不倒楣誰倒楣。」

「啥是青龍？」

「就是渾身長著黑毛的男人。」

「那你說怎麼辦？」

「趕快離開這個女人，不然你還要倒大霉呢。」

「倒什麼大霉呢？」

「你已經遇了血光之災，幸好還沒喪命，你再執迷不悟，怕要有喪命的危險。」

福山是很迷信的，聽到這話，心裏就很害怕，回來後他就說給了胡彩蘭。胡彩蘭說道：「這話一點沒錯，和那白虎染了的男人哪個有好結果，你看二子怎麼樣，她的男人水娃子怎麼樣，你染了她丟了耳朵，你還想丟了命不成。」

於是，第二天胡彩蘭就衝進食堂去找春花。

胡彩蘭見了春花，上去就揪住了她的頭髮，罵道：「臭婊子，白虎。你害死了你的男人，還要害我的男人幹啥？」

春花於是也抓住了胡彩蘭的頭髮。胡彩蘭一天又是雞，又是羊，吃得都是好吃的，而春花則在食堂吃著一些菜糊糊，大多麵食給了家裏人，她哪裡是胡彩蘭的對手，被胡彩蘭揪住頭髮往牆上一陣猛碰，巴學義趕過來時，春花已被碰得頭破血流了。

巴學義把兩人拉了開來，對胡彩蘭說道：「嫂子，有話好好說，你這樣不好。」

胡彩蘭說：「有啥不好的，這個狐狸精搶了我的男人，還說我不好。」說著她對巴學義說：「你也不是個好東西，不是你，這狐狸精能在你這裏勾引我的男人。」

巴學義厚著臉皮說道：「嫂子，別生氣，你怎麼罵著罵著又罵開我了。」說著，他把胡彩蘭哄出門外，說道：「嫂子，再別吵了，你讓劉書記在這村裏再做不做人了。」

胡彩蘭聽到這話就說：「巴管理員，我這人又不是難纏人，他們的事情我早就知道，我想，哪個貓不饞腥，哪個男人不愛女人，我那個人也就好著這麼個湯湯水水。人嘛，一輩子就這麼個事情，沒想到這白虎害得我男人接二連三的倒楣，我還靠這個人呢，他若有個三長兩短的，我再怎麼過呀。」

胡彩蘭說著說著就一把鼻涕一把眼淚的哭了起來。

巴學義哄她出了食堂門，就說：「嫂子，再別吵了，我回去把春花好好教育教育。」說著，巴學義就關了食堂門。巴學義打來水，給春花洗了臉，然後說道：「春花，想開些，這是全莊子有名的母老虎，惹不起，可我們躲得起，石頭大了我們以後走路就繞著走。」

巴學義早就想沾春花的便宜，可中間插了個福山，他心裏就有點怯，這時他正好可以獻點殷情。春花聽他這麼說，一下撲在巴學義的懷裏大哭了起來。

八爺走了，水娃子又沒有個音訊，這都是為了她的緣故。如今她又被胡彩蘭揪住頭髮一頓痛打。多少個日日夜夜裏她是為了這個家，才讓別人的唾沫星子往臉上唾，但沒有人理解她。她想，這個人有啥活頭，還不如死了的痛快。「嗚嗚，嗚——，啊呀——。」她的哭如山鳴海嘯，她的哭又似扯人心肺的悲曲，讓一食堂的人跟著她哭了起來。她哭著哭著突然想道，她死了引洮兒怎麼辦，那可是杜家人惟一的一根獨苗苗。她記得八爺臨死時給她的交代，無論如何要保了杜家人的這條根啊！想到引洮兒她慢慢抬起頭來，她突然將巴學義一把推了開來，把衣裳一整就往家中走去。

奔騰的洮河被抽出了一個帶子，在出水口打了個結，然後蜿蜒著伸向群山，進入了三峽關門水庫。水進入水庫後立即安靜了下來，她像一個嬌羞的女子悄悄地躺了下來。她躺得姿勢是那樣的嫵媚，那樣的風騷，不一會兒那一個個石窟佛像就掩在了她的石榴裙下，那被炸斷了的雄器和那千奇百怪的各種石頭造型，以及倒掛的一株株蒼松沒入了她的身體。風兒輕輕地撫著她的臉，她好像醉了，懶洋洋地伸了一下腰肢，就困倦地睡著了。

上級將蓄滿水庫的日期定得越來越緊，石斌只有一邊蓄水，一邊繼續施工加高大壩。石斌望著這緩緩往上升的水，心中的激動就像那澎湃的洮河水奔騰不息。

石斌想，旱平川多少年來，因為沒有水，人老幾輩沒有一個人好好洗過個身子。早上從水窖裏打上來水，一家人按年齡大小輪流洗臉，然後再用這洗臉水洗洋芋，洗了洋芋的水澄清後再洗腳，然後再把洗了腳的水去餵豬、餵羊、餵雞。可今日好了，這一水庫的水，別說洗身子，就是一天到晚在這水中泡著，也永遠泡不完。他想著想著就笑了，旱平川在他手裏要變成魚米鄉了，人老幾輩的夢想就要在他手裏實現了，他是多麼的榮耀而又自豪。為了這個水庫，他已有一年多沒有回家了，等蓄滿了水，他要像一個凱旋的英雄一樣衣錦還鄉。

他望了望天，天是藍藍的，藍得像一塊純淨的寶石。寶石中央那耀眼的太陽，射出的光輝是那麼浩大，灑向人間，灑到這碧波蕩漾的水庫裏。他想，到時候人們在水庫裏養魚、養蝦，還可以在裏面走輪船。我們再建一個發電站，旱平川不僅種麥子、洋芋和包穀，我們還要種水稻。那時候，家家戶戶電燈電話，天天吃的是白米魚蝦。

石斌想著，想著，就走到了山下面，人們正在緊張地挖土，運土，他知道人們是餓著肚子幹的，沒辦法呀，一天半斤糧這比村上人們吃的糧要高得多了。他向人們打了個招呼就往山上爬去，他要在山上俯瞰整個水庫拍一張照片，給報社寄去。他已經想好了，水庫修好後，他要在這裏建一個碑，紀念建水庫時被塌方掩埋、飛石砸死、放炮炸死的那些無名英雄。

石斌上了山頂，山頂上風很緊，往遠處望去，整個旱平川盡收眼底，是那麼的寥廓，那樣的蒼茫，而水庫則顯得很小，像躺在母親懷裏的一個嬰兒，像鑲嵌在旱平川這個巨人脖子上的一顆璀璨的明珠。

石斌再也不願意找姜宏波了，過去建壩時，有些事不得不去找他，可大壩已快建好了，他再也不願聽這個右派分子無休無止的嘮嘮叨叨。

他從他的經歷中得出，每一個人正如毛主席所說的，各種思想無不打上階級的烙印。右派就是右派，就是在工作中也無不時時帶著右派思想，這些人總是站在群眾火熱的鬥爭之外品頭論足，這也看不慣，那也看不慣，就是到了今天，姜宏波還在大放厥詞散佈他的右派言論。

就在這個時候，他忽然看見姜宏波也尾隨他爬上了山，他想，這個老右派不知道又是啥事。

姜宏波穿著一件補丁落補丁的絨衣，下面的褲子很單，雖然破可洗得很白。他吃力地爬著山，瘦削的臉上一對大大的眼睛藏在近視眼鏡後面不時地往上看著，他上來一邊喘著粗氣一邊說道：「石營長，再不能往庫裏進水了，得觀察一段時間，另外，下游的洩洪渠得趕快啟動，否則，一旦出事後果不堪設想。」

石斌說：「哪來那麼多否則，你怎麼不知道說些好聽的，儘是這麼些奇談怪論，你這思想多會才能改造過來，多會才能跟上形勢的發展。我們在戰略上要藐視敵人，在戰術上必須重視敵人，這些你懂嗎？」

姜宏波不想多說，他眼巴巴地盯著石斌說道：「石營長，你說在戰術上要重視敵人，那麼，再不能進水了，你怎麼還將水進得這麼猛。」

石斌說：「這是省上的決定。」

姜宏波說：「你是工地指揮，你可以提你的意見和看法嘛。」

石斌說：「姜宏波，你掂量清楚些，你在對誰說話。」

姜宏波把兩腳一併，低著頭說道：「石營長，我求求你了，趕快把水停下來，再不能往庫裏進水了。」姜宏波說這話時，幾乎快要哭出聲來。

石斌把眉頭皺了皺，說道：「我給上級反映，但不知人家聽不聽。」

姜宏波說：「趕快反映，越快越好。」

石斌想這姜宏波啥事都玄玄乎乎，但他經姜宏波這樣一說，心裏也有點害怕了。石斌和姜宏波下了山，就趕快坐上車去了引洮上山工程水利局。在他的一再要求下，往水庫進水暫時停了下來。

姜宏波對石斌說：「石營長，水庫裏已有這麼多的水了，這段時間壩上每天都要有人巡邏。」

石斌說：「你怎麼這麼多事呀，給你個鼻子，你還真上開了眼睛，把你能得很。」

姜宏波聽到這話就不吭聲了。他每次受到石斌的訓斥，就不想管水庫的事了，可他又丟下了一個不安分的心，對水庫就是放心不下，於是他就又去管，就又去挨罵。這次，他又想我管那麼多事幹啥？可他想這可是人命關天的大事，水庫的安全關係著多少人的生命，我絕對不能對此視而不見。

第九章

一

春花這些日子忙完了食堂忙家裏，又拉扯引洮兒，巴學義就對她有了意見。

巴學義說：「你一天到晚像丟了魂一樣，把食堂當成你住的店了，想來就來，想走就走，這個樣子你就別來了。」

巴學義說這話是福山的意思，福山讓巴學義趕快把春花開回家去。福山嘴上說春花是個白虎星不吉利，實際上他看出巴學義想嘗這個鮮，他玩過的女人他不允許任何人再去碰她。

春花盯著巴學義說道：「巴管理員，你讓我幹啥都行，別讓我回家行嗎？」

巴學義說：「你也知道這是誰的意思，我也沒有辦法，我不讓你走，他就要讓我走，我在這裏就待不下去。」巴學義想了想說道：「你先回去，沒吃的了就到我這裏來取。」

春花感到再說也沒什麼意思，就往外走去。春花的眼裏含著淚水，她不願意讓它流了出來，頭也不回地往家裏走。

春花回到家，引洮兒就向她要吃的，她今日裏是沒辦法給的，於是引洮兒就餓得抱住她大哭大叫。

春花摟著引洮兒就哭了起來，這娃越長越看是呆呆傻傻的，但他知道餓，知道餓了要哭要鬧著吃的。但春花不敢大聲哭出來，她害怕哭出聲來引起人們的注意。

春花悄悄踏著月光走出了家門。

杜家堡已悄無聲息。福山知道村裏已沒人能跑出去了，晚上也沒人再到村裏進行巡邏。春花順著大路往縣城走，路邊風吹著路旁的樹木，月光撕碎了夜的幕布，把一條光禿禿的大路橫在了她的眼前。

她緊緊地摟著引洮兒，望著路邊被剝了樹皮、赤裸的、只掛著一些殘枝敗葉的樹幹，義無反顧地往前走去。她感到前面就是生，往後就是死，她不顧一切地往前走去。

春花是在太陽跳出山梁的時候到達縣城的。縣城街道上風將地上的土刮了起來，攪得天地一色，滿世界都是土，白燦燦的陽光塗抹在地面上給人一種淒冷冰涼的感覺。

春花剛進入一個飯館想要點吃的，幾個要飯花子把她擋在了門口，對著她揮舞著拳頭，其中一個拖著鼻涕的男人惡狠狠地說道：「你想找死呀，敢到我們的飯碗裏來搶食。」

她說：「我的娃到這時候還沒吃上一口飯呢。」

「滾！關我們的屁事，小心我們把你這個娃餵了狗。」還是這個男人說道。

春花趕快離了開來，她抱著引洮兒走到哪裡，哪裡都是別人要飯的地盤，就連女人們要人的地方也有她們的勢力範圍。

春花轉了一大圈連口水也沒要上，她就抱著引洮兒在一個商店門口坐了下來。她原先以為離開了杜家堡可能就有生的希望，沒想到這縣城裏人們也在挨餓，都在為一口飯而互相爭搶打鬥著。

這時，北風從沙漠外面吹了過來，大地捲起旋轉的黃塵，冷風包擁著她打了個哆嗦。她趕快把引洮兒緊緊裹在了懷裏。現在，城外的莊稼早上了場，樹林枯黃了，草木凋零了，每個村莊都赤裸裸地暴露在了光天化日之下。虛報浮誇，大煉鋼鐵，牛皮沖天，急躁冒進，使國家不切實際地向下徵購公糧，農民們這時候才飽嘗了吹牛皮帶來的災難。

地上吹過一陣寒風，樹葉兒就刷拉拉地往下飄來，街道、河谷和遠方的高山，不斷地哆嗦著，顫抖著，像死人一樣的蒼白。

春花不敢久坐，她又往一個飯館走去，飯館掌櫃的早已注意上了她，她一進門，掌櫃的就讓她坐在了爐子邊上。

「這是你的娃娃？」掌櫃的問她。

「是。」她點了一下頭。她在這裏不敢說引洮兒不是她的孩子。

掌櫃的給她拿來了兩個包子，給她倒了半碗水。

她把一個包子給了引洮兒，另一個她慢慢地吃了起來。

此時，她的牙齒被一個硬東西硌了一下，她把指頭伸進嘴裏一掏，原來是一個人的指甲蓋。她嚇了一跳，看了一眼掌櫃的，掌櫃的向她無奈地苦笑了一下。

人肉包子，這話她在食堂時聽巴學義說過。然而，此時她也吃了，而且她吃得很香。她還想要一個，她用祈盼的眼睛望著那個掌櫃的。

掌櫃的說：「你走吧。」

她對掌櫃的說道：「謝謝。」

春花抱著引洮兒從飯館走了出來，她不知道去哪裡，這麼冷的天氣，晚上把引洮兒凍病了咋辦，然而，此時她只有聽天由命了。

春花抱著引洮兒走在街上，縣城的街道上此時空空蕩蕩。一個女人見了她說道：「大妹子，你是跑出來的吧？」

春花點了點頭。

那個女人說道：「這麼冷的天氣把孩子凍壞了咋辦。」女人說著把她讓進了路邊的一個小屋。

春花進去後，只見炕上躺著一個男人，這男人兩隻眼睛深深地陷了下去，身上的骨頭凸了出來，只有兩個眼睛骨碌碌地轉還可辨出這是一個活人。

春花看了很害怕，就抱著引洮兒坐到火爐邊上。引洮兒這時已經睡著了，在她的懷裏均勻地呼吸著，讓她感到是那樣的溫馨。

女人說：「大妹子從哪裡來？」

她說：「杜家堡。」

女人說：「我是石家窪的，也是從家裏跑出來的。」

她說：「你們石家窪聽說比我們杜家堡要好。」

女人說：「好不了多少，一莊子人死的死，跑的跑，剩不下幾個人了。」

春花說：「這世道怎麼成了這個樣子？」

女人歎了一口氣，說道：「老天爺要收人呢。」

春花看了一眼那個男人，那男人眼睛裏放著令人心悸的藍光，正在往她的臉上瞅。
女人說：「你要不嫌棄，今晚上就住在這裏。」
春花看了一下他們睡的炕，只能躺下兩個人。
女人看春花望著炕，知道她擔心這裏睡不下，於是說道：「我倆睡在地下，讓孩子睡在炕上。」
春花說：「不麻煩你們了，我和孩子睡在地下。」
女人於是從外面抱進來一抱麥草，從炕上拉下一條單子給了她。
春花接過單子對著女人笑了一下，說道：「謝謝。」
春花摟著引洮兒睡了下來，此時她才感到渾身乏困，不一會兒就進入了夢鄉。

福山是春花跑了三天後，才發現春花跑了的。
那天下午，他在大隊部見了尕寶問道：「你這兩天見春花了沒有？」
尕寶說：「沒見。」
於是他就讓尕寶往她家裏去看，一看人已經不在了。
他聽到這話氣得半天沒吭氣。過了一會他對尕寶說道：「把這臭婊子給我抓回來，別在外面壞我們杜家堡的名聲。」
尕寶於是派了兩個人就往縣城去找春花。
春花這些日子抱著引洮兒在縣城裏轉，餓得沒了人樣，那兩個民兵來之前她剛搭了個班車去了省城蘭州，那兩個民兵來後在縣城來回地轉，沒找著她，他倆就往蘭州去找，因為福山有話，活要見人，死要見屍，找不見春花就扣他們家裏人的飯。

春花到了蘭州乞討要飯，蘭州城裏到處是逃難的饑民，大街上樹窩子到處是死人，城裏人也餓得勒緊了褲腰帶，連著三天根本要不上吃的，把引洮兒餓得一天到晚在她懷裏直哭。春花想，這樣下去引洮兒是要被餓死的，會斷了杜家人的香火。

於是，她就往火車站走去，她是想坐火車去到新疆逃一條命的。可是，到了火車站也是餓得發了瘋的人群，火車一停下人們像蜜蜂一樣從窗戶往火車上鑽，根本上不去。

這時，一個大膽的計畫突然在春花腦海裏開始醞釀，她就在省政府門上左右徘徊，她看到省政府的牆上用紅油漆寫著柳條筐一樣大的字：河南放衛星，畝產十萬斤；甘肅坐火箭，誓超排頭兵。她望著這幾個大字想了想，然後，她往門上站著的那個解放軍跟前走去。她想，先把引洮兒托給這個解放軍，引洮兒到了解放軍懷裏就不會餓死了。

她看到那個解放軍長得很英俊，眉毛黑黑的，把腰桿子挺得筆直筆直。她就急速地朝解放軍走去。她柔柔地說道：「大兄弟，你先給我看一下孩子，我上個廁所。」

廁所就在省政府跟前，解放軍還沒反映過來，春花已把引洮兒遞到了他的手裏。她從廁所左邊門上進去，摘了頭巾，包了上衣又從廁所右邊門上出來就鑽進了對面的一個商店裏。

她隔著商店的窗戶玻璃看見那個解放軍抱著引洮兒在省委大門上發愣，引洮兒的哭聲不時地傳到了她的耳朵裏，她流下了眼淚。她想，引洮兒在解放軍的手裏，就有救了，等過了這段時間再回來向他要引洮兒。

她急速地從商店出來，朝引洮兒望了一眼，就匆匆地沒入了人流之中。

春花在蘭州還是要不上多少吃的，人人都在挨餓，一些要飯的饑民走著走著一頭栽倒就死了，死得那麼容易，樹窩裏、廁所裏到處都是死人，沒人給她吃的。

一天，她正在一個飯館前面東張西望，從飯館裏走出了一個男人徑直朝她走來。

男人說：「你還沒吃飯吧？」

她點了點頭，她不知道這男人打的什麼主意，可她想，只要給我吃的，幹啥都行。

男人把她領進了飯館，給她要了一碗麵。這碗是一種粗瓷大碗，碗裏能裝半斤麵條，男人把碗遞到了她的手裏，她雙手抱住碗就吃了起來。

男人看她狼吞虎嚥的樣子，就在邊上笑。

男人說：「慢慢吃，別噎著。」說著，男人又從裏面要了一碗麵湯。

她把一碗麵條一轉眼的工夫，就吸到了肚裏。

她又往打飯的窗口望了一眼。

男人知道她還想吃，又要了一碗麵條。

這一次，她端了碗朝男人笑了笑，說道：「你怎麼不吃？」

男人說：「我已經吃了。」

男人就在邊上看著她吃。這一碗飯，她吃得很細心，倒了醋，用筷子拌了辣子才往嘴裏送。

突然，她的碗裏伸進一隻黑手，把那一碗麵條一把抓到了手裏。她抬頭一看，一雙饑餓的眼睛看了她一眼，一個穿得破破爛爛的男人一邊看她，一邊跑動著把麵條塞進了嘴裏。

男人說：「吃飯時要用手護著，我咋沒給你說呀。」

春花說：「我吃飽了。」
男人想，我也沒錢再給她買了，於是他問道：「你從哪裡來？」
春花說：「我家在杜家堡。」
「杜家堡在哪裡？」
「在旱平川。」
「就是三峽關門水庫下面的那個旱平川嗎？」
春花聽他說關門水庫，就感到很親切。
她說：「同志，你在哪裡工作？」
那個男人說道：「我就住在這裏。這兩天我看你在這裏轉悠，想你可能是逃荒出來的。」
她笑了笑說道：「謝謝你了。」
「不謝，你準備就這樣一直要飯嗎？」
「不要飯吃啥？」
她又朝男人笑了笑。
「你有男人嗎？」
「有。從家裏跑出去後，不知到了哪裡。」
男人再沒有吭聲，付了錢，然後說道：「我走了，我就住在對面一單元三樓。」
春花順著男人指的方向看了一下那座黃樓。
男人走後，春花又走到了街上，她不知道她往哪裡去。她想，這男人是個好人，可她又不敢去找那個男人，因為，她的心裏還有水娃子。

到了晚上，冷漠的天空下，整個城市寂靜無聲。她躲在樓梯下面的一個角落裏，這裏有一個破被子，她把整個身子蜷縮在了一起。

她餓得實在不行了，頭有些發暈。她想去找那個男人，可她不知道那個男人是幹什麼的。她就進入了黃樓，坐在了那個男人的門前。第二天早上，那個男人果然從門裏走了出來，見了她站住了腳，愣在了門上。

她望著那個男人的臉。

男人說道：「進來吧。」

原來男人有一個癱瘓的母親。

男人說道：「你願意到我家來嗎？」

春花點了點頭。她說：「我能伺候好你的媽媽。」

男人就讓她洗了澡，換了衣裳，和他母親住在了一起。

春花看出這男人是個好人，她不能放過這個機會，必須把他緊緊抓住，等過了這段時間了再說。

二

水庫裏停止了進水，水面就慢慢平靜了，陽光灑在上面亮閃閃的，清澈得像一塊光滑明亮的藍綢子。到了靜謐的黃昏，水庫悄悄睡著了，沒有一點波紋，太陽的餘輝灑在上面，好似無數金光燦燦的寶石在爍爍閃閃。

水庫剛停止了幾天進水，省上就開始派人下來催促。上面來人察看了水庫，對石斌傳達了省上的指示，要求紅色獨立營趕在「十一」的時候給黨中央、毛主席獻上一份厚禮。

石斌此時也拿不定主意，如果不讓進水，上面逼得緊，若要再進水，他害怕正如姜宏波說的，水庫根基已被泡軟，水面再要提升，下面壓力加大，萬一真的出了事怎麼辦？他左思右想之後，就給上面打了一份報告，提出水庫剛建起來，必須先觀察一段時間，不能再往裏面灌水了。他知道他的這個報告根本不會起作用，上面急著要向毛主席報功，但報告不寫不行，萬一水庫出事，不寫報告就是他的責任。

報告打上去後果然被打了回來，認為他有右傾保守思想，讓他加強水庫維護，繼續往裏面灌水。水緩緩地又往水庫裏流入，鏡子一樣的水面掀起了幾道波紋然後打著旋形成了小小的渦流。石斌心裏沒有底，他不知道這壩是否能夠平安無事，他默默地祈禱著。

水上面這時飛來了幾隻水鳥，不時擦著水面忽上忽下地飛著。

石斌看到這水鳥心裏一陣快慰，早平川就盼著這一天，盼著這沁人心脾的甘露早日普灑到人們的心裏。

石斌看到姜宏波在大壩上來回徘徊著，他心想這老右不知又在幹啥。

石斌向姜宏波走了過去，他原先對這個右派有一種無緣無故的仇視，可如今由於工作上的關係，打交道多了，他覺得這人並不壞，但他還是對這個人有一種本能的警惕。

姜宏波說道：「石營長，看蓄水嗎？」

石斌把鼻子哼了一下，說道：「你在這幹啥？」

姜宏波說：「這水再不能往裏面灌了。」石斌聽到這話很不高興，說道：「你怎麼這麼多事情，我看一天不鬥爭你，你這腦瓜子就會冒出些古怪的想法。」

姜宏波望了望天說道：「現在快到雨水季節了，上天一下雨，會出大事情的。」

石斌盯著姜宏波看了一會，心想這人確實有一股牛勁。營裏十天半月就要鬥爭一回他，可他還是一天大壩長大壩短的，從來不計較我們對他的鬥爭批判。

姜宏波說：「石營長，往庫裏蓄水你做不了主，但你可以趕快修洩洪道嘛，一旦有危險我們可以放水。」

石斌說：「你的這個建議我們可以考慮。」

石斌實際上也有這個想法，可他不允許一個右派分子在他沒有做出決定以前來指教他。

石斌說：「你看這洩洪道開在哪面比較合適。」

姜宏波看石斌願意採納他的意見了，說道：「我的看法修在大壩南面比較合適，南面地勢低，建洩洪渠可以因地制宜，而且南面裝個洩洪閘門看起來也比較美觀。」

石斌說：「好，就這麼辦。」

石斌說了這個話，心想怎麼讓一個右派分子指揮起我們來了。他馬上改了口說道：「只許老老實實接受改造，再不許亂說亂動。」

姜宏波看石營長已經採納了他的建議，心裏很高興，說道：「請領導放心，我一定規規矩矩做人，老老實實改造，決不亂說亂動。」

石斌本想馬上就修洩洪道，可沒有現成的水泥，於是，他就先讓一部分人到水庫後面去挖洩洪渠，然後，派了四輛卡車去運水泥。

姜宏波也被派去挖洩洪渠。他挖得很賣力，因為他感到時間太緊迫了，眼看雨水季節就要來臨，但洩洪道和洩洪渠至今還沒有修好，上面為了在國慶日把水庫蓄滿，向毛主席請功，而不管人民的死活，繼續大量往水庫進水。可他挖了幾下就挖不動了，他每天除了和民工們一塊兒幹活以外，還要進行量方、繪圖和測量，別人每天幹十四五個小時，可他最少要幹十五六個小時，有時到晚上十二點鐘他還不能睡覺，可第二天早上六點鐘又要起來。吃不飽，睡不好，他是憑著對事業的一種執著的追求在拼命地幹著。他知道自己雖然在政治上被劃為右派分子，可民工們並沒有歧視他。那些搞政治的，只不過把他當成一個撬石頭杠杆的支墊石，他想，這也沒關係，只要他能起到一個支墊石的作用，讓領導把工作搞上去，這種犧牲也是值得的。可是，他不知道這些當政者的意圖如何，但他對這場反右運動對人精神上的摧殘慢慢有了一些體會，這是一種無形的煎熬。這種無形的精神上的摧殘遠遠勝於對人肉體上的折磨。他想，這種摧殘不僅僅是知識份子的悲哀，更是整個中華民族的悲劇。

可他想到這裏就提醒自己，不敢胡思亂想，要老老實實低頭認罪。

姜宏波下工後往宿舍走去，快到宿舍時他看見有很多人圍在一起不知在牆上看著什麼，他往跟前走了走，還沒到跟前他突然聽到一個人說道：「還有眼鏡子呢。」

於是他走了過去，原來牆上貼的是精簡人員的名單。他看了看，心想怎麼會有我？他趕快去找石斌。他說：「石營長，我不走。」

石斌說：「不走不行，這是上面的指示，國家遇到了暫時的困難，要大量精簡人員，這裏只留少量人。」

姜宏波說：「現在正是蓄水的關鍵時刻，我不能走。」

石斌說：「一切行動聽指揮，你不要忘了你的身份。」

姜宏波聽到這話眼睛紅了，他沒想到石斌卸磨殺驢竟是這樣的絕情，他深深地看了一眼石斌拖著沉重的腳步就往宿舍走去。

福山被水娃子割掉一隻耳朵後，他就一直戴著一頂帽子，他把帽子斜扣在頭上遮住了左邊，讓人把沒了耳朵的半邊看不出來。

自從春花跑了之後，福山就變得越來越焦躁不安了，他動不動就把氣撒在胡彩蘭的身上。這女人也怪，別看她在外面像一隻母虎，可到了福山的跟前，連個大氣也不敢出來。這些日子，福山三句話不對，就用拳頭往這婆娘身上捶，把這胡彩蘭身上打得青一塊紫一塊。可她在福山打她時卻一聲不吭，只是默默地流著眼淚。

胡彩蘭知道福山是在想春花。她清楚福山喜歡這個狐狸精，拿她出氣呢。她想，男人沒一個好東西，吃著碗裏的想著鍋裏的，她的男人是什麼樣她心裏清楚。可她又離不開這個男人。過去她在福祿的手裏，福祿只知道死命地去開荒種地，把她一個水一樣的花骨朵曬在乾灘上。自從她纏上了福山，她覺得這才是個男人，雖然他在外面拈花惹草，可他和她在一起時也是那麼專注，那樣有情，那麼雄性勃發。福山每次和她不玩則已，若玩時都讓她呼天喊地在炕上如蛇一般地扭，讓泉水盡情地噴湧。

春花走後胡彩蘭心裏在偷偷地笑，她知道這狐狸精不走，福山的心就不會在她身上，遲早會把她休了的。

福山說：「滾！」

胡彩蘭聽到這話就悄悄地出了房門，坐在廊簷下。胡彩蘭知道福山是沒處泄火，拿她出氣呢。於是，胡彩蘭就把她的侄女香梅叫了來，這香梅是她石家窪二哥的姑娘，她二哥和二嫂都餓死了，這姑娘正沒處去呢。

她每天有意識地讓香梅留在家裏，她則避到外面去溜達。

果然，福山和香梅很快勾在了一起，每晚上讓胡彩蘭睡在旁屋，他和香梅就睡在她的炕上。她想，讓他整吧，肥水不流外人田，總比他到外面勾引那些不乾不淨的女人強。侄女嘛，到底是自己人，只要別把肚子搞大了就行。

胡彩蘭的這一招果然靈驗，福山因為有了這麼一個如花似玉的年輕姑娘，也就沒了往日那麼大的火氣。可是，胡彩蘭還是心裏難受，尤其福山把香梅整得呼天叫地的呻喚時，她心裏就有一種說不出來的酸澀。

這香梅剛開始也有眼色，過上幾天她就自覺地到旁屋，讓胡彩蘭和福山住在一起。可福山已經對胡彩蘭沒了一點興趣。有一天，他對胡彩蘭說：「老婆子，乾脆咱倆來個假離婚吧，就讓我和香梅把結婚證扯了，到時候你還是這個家裏的人。」

胡彩蘭想，這結婚證不過是一張紙，怎麼說我還是這家裏的人，香梅也沒處去，到自己跟前也是個幫手，於是她就和福山離了婚，讓香梅和福山扯了結婚證。

香梅和福山沒領結婚證時，她處處小心謹慎，可扯了結婚證以後，這姑娘臉色馬上大變了，她把福山拉在身邊，乾脆讓胡彩蘭搬到羊圈裏去住。

胡彩蘭這時才後悔了，可她沒辦法，她只能打掉牙齒了往肚子裏吞，眼淚往肚子裏流，她再沒辦法讓福山回心轉意了。

胡彩蘭待在羊圈裏，這裏有一個炕，淨炕上鋪著一個涼席子。

胡彩蘭對香梅說：「我是你的親姑姑呀，不是我你能有今天嗎？你怎麼能這樣對待姑姑呢？」

香梅說：「姑姑，你的好我記著呢，可不這樣，你和福山以後搭上，把我趕了咋辦。」

胡彩蘭沒有吭聲，過了一會她說道：「香梅，姑姑把你叫來是看著你沒處去挨餓呢，你可不能這樣對待我，這樣做天報應呢。」

香梅說：「把嘴夾嚴。」

福山有了香梅，心就全貼到了她的身上。他知道杜家堡他福山惹了不少人，這兩年生活緊張又死了不少人，所以，他總有一種預感，人們要害他。雖然，為人不做官，做官了都一般，可是像八爺一樣的人尖子，都在他的手裏死了，他知道他虧了先人呢。有時候他會做一些噩夢，醒來的時候渾身冒汗，半天不敢閉上眼睛，可他自從有了香梅後，這香梅晚夕裏會伺候人，白日裏會疼惜人，讓他有了一種強大無比的感覺。

他在香梅的身上時，他感到這女人軟得像沒了骨頭，而且身上能發出一種香氣，讓他每天都欲死不成，欲活不能。

香梅對福山說：「把那老婆子打發回家吧。」

福山說：「彩蘭她娘家再沒人了，就讓她留在家裏吧。」

香梅說：「留在家裏算什麼呢，姑姑和侄女伺候著一個男人。」

福山笑了笑，說道：「她是你的姑姑，住在羊圈裏，又不礙你的事，就等於沒了這個人。」

香梅再沒吭氣，可她總覺得這家裏有一雙眼睛始終盯著她，盯得她毛骨悚然。她把胡彩蘭鎖在羊圈裏每天早晚從窗戶裏塞進飯去。

胡彩蘭被關了起來，就整天在房裏罵：「你這個沒良心的狐狸精，不是我，你連飯都吃不上，你怎麼能這麼做事呢，這麼做事會遭天打五雷劈的。」

香梅不吭聲，心想讓她喊去吧，可她每天往窗戶裏塞的飯卻越來越少了。她將從食堂打來的清湯寡水的菜糊糊，塞進窗戶就不管了。

果然，胡彩蘭喊的聲音越來越小，福山和香梅兩個人的耳朵裏就清淨了許多。

一天福山聽這房裏沒了聲音，以為這女人不行了，當他打開羊圈門，一股騷臭味撲面而來，那女人雖餓得沒了人形，卻從炕上下來慢慢往外走了出去。

福山也不想攔她，他想她要出去，就讓她去吧，這麼一個大活人死在家裏也不吉利。

胡彩蘭徑直往福祿家走去，她覺得她太對不住福祿了。

她進了福祿的院子，福祿剛見她時，把他嚇了一跳。這女人怎麼成了這個樣子？

福祿把她讓進屋裏，給她倒了水。胡彩蘭脫了鞋，直接上了福祿的炕。

福祿感到很吃驚，心想這女人不知想幹啥。

福祿之所以能活到現在，與他的勤儉是分不開的。每到春暖花開，他就到各處挖野菜，捋草籽，秋收的季節，他又經常一個人到地裏拾麥穗，撿挖漏在地裏的洋芋。雖然，民兵們搜走了幾次糧食，可後來他越來越有了經驗，他把這些東西分散藏在土窖裏。所以，荒月裏一個個餓得沒了人形，可福祿還能邁開步來走路。

胡彩蘭坐在福祿的炕上就不走了，使福祿感到又驚又喜。他端過來一碗麵糊糊，只見她也不客氣一口氣給喝了。

喝了糊糊的胡彩蘭坐在炕上半天不說話，過了一會說道：「把你那衣裳脫下來，我給你縫。」

福祿笑了笑，不好意思地給了她。

胡彩蘭自從被關到羊圈裏後，她才後悔了自己年輕時的所作所為。她經常會想到怪蜂咬死兒子盼水前的那段情景。她想，福祿人老實，是個實在人，靠得住，可當時自己怎麼就被那個人整得昏了頭呢。她覺得她對不住福祿。福祿這些年正是需要她的時候，她卻離開了他。她原來想，福祿他能再要我嗎？沒想到福祿還是平靜地接受了她，這就反倒讓她更加心虧了。

到了晚上，她把炕鋪好，先鑽進了那個破得到處開窟窿的被窩裏。

福祿說：「你睡著，我到東房裏去睡。」

她一骨碌翻了起來，說道：「別走，就睡在這裏。」

福祿就不敢動了。她把福祿一把拉上了炕，哭著說道：「都是我不好，讓你傷心了。」

福祿說道：「沒啥，這不是你來了。這本來就是你的家，你在外面轉了一圈再回來，這家還是你的家。」

胡彩蘭聽到這話，一下撲在福祿的懷裏大哭了起來。

多少個日日夜夜裏，她被福山搞得昏了頭，可福祿今日裏卻沒有怪罪她一聲，這反倒使她更加傷心。她覺得這才是個男人，是個頂天立地的男人。

她用手摸著福祿的光脊樑，還是那麼硬實。福祿抱著她，那股撲鼻的油汗味，使她覺得又回到了二十年前那激蕩人心的歲月裏。

三

姜宏波被精簡的通知貼出以後，石斌讓他馬上回原單位報到。這個通知對姜宏波來說太突然了，別人收拾行李時，他卻去了水庫大壩。夜幕下那汪汪的一庫水在月光下泛著白光，微風吹來水面上灑落了無數的星星。

姜宏波想，水已經淹沒了大大小小幾十個佛像石窟，淹沒了那鬼斧神工炸斷了的雄器和千奇百怪的石林，人類的文明被雄壯的歌聲淹沒了，它們再能重見天日嗎？這水庫太危險了！他站在上面回頭看一眼那一望無際的旱平川，都感到有些心驚膽戰。真是無知者無畏，他真想不通，石斌他們在這麼危險的大壩前面還能睡得著覺。

他正這麼想著，一個民工到大壩上來叫他，說精簡的人員已經排好了隊，馬上就要出發了。他還想待一會，那民工拉上他就往回走去。

姜宏波快到宿舍跟前，就見一個人跪在地下抱著石斌的腿一邊磕頭一邊說道：「石營長，你就行行好吧，我一家人全讓餓死了，我回去非得餓死不可，別讓我走，別讓我走啊——，我一定給你賣命好好幹。」

石斌說：「這是上級的指示，誰也沒有辦法。」這時，他看見了姜宏波，他把腿從那個民工的懷裏抽了出來，說道：「不行！立即出發。」

石斌的話斬釘截鐵，讓那民工徹底地絕望了，他翻起身來猛地給了石斌一個耳光。他指著石斌罵道：「我日你石斌的八輩先人，我們為你做了這麼長時間工，你看水庫修好了，用不上我們了，要過河拆橋卸磨殺驢了。」

這時幾個民兵過來，把那民工胳膊一擰就拉了開來。

這次被精簡下來的人員分成了三路。姜宏波拖著沉重的腳步往前走去，他是順著往省城方向去的路往前走的。

天陰沈沈的，滿天是一疙瘩一疙瘩的黑雲團，天中央的雲縫隙裏仍然吊著一個月亮，這月亮無精打采的沒了往日的明亮和光彩。

隊伍走的很慢，走一走，停一停，乾燥的大路上揚起了土，塵土飛揚讓這條多日沒人走的大路顯出了一絲活氣。

姜宏波走著走著腿子就似灌了鉛，可不走不行，前面的人呼著，後面的人催著，逼得他不敢停下腳步。

他的頭暈暈忽忽的，耳朵裏好似在跑馬。他剛想蹲下去休息一會，後面一個人猛地將他一推，他一下撲在了前面一個人的身上。

他聽見遙遠的地方有人喊：「起來！」

他沒有吭聲，他已經沒有力氣去回答人們的叫喊。

他覺得有兩個人一左一右挾著他的胳膊往前拖，一股濁氣從心中噴湧而出，滾遍全身。突然，他的喉嚨裏一陣噁心。

這時，他和隊伍一起停了下來，隊伍休息在了一塊韭菜地邊上。他迷迷糊糊看見人們向韭菜地中間撲去，人們用手拔，用嘴咬，抖一下土，就將韭菜狼吞虎嚥地往嘴裏塞。

他也爬在地裏拔了一把韭菜，他貪婪地慢慢放進嘴裏，微微有點辣味。於是，他就和人們一起瘋狂地吃了起來。他不知道自己像一頭豬，還是像一隻饑腸轆轆的餓狼，總之，他也隨著搶食韭菜的隊伍瘋狂了。

這時候，他聽見遠處山上有人呼喊著，叫罵著，他看見幾個黑影揮舞著鐵鍬往這面衝了過來。只聽人們喊道：「快跑啊，人來了！」

這個聲音好似晴天裏一聲霹靂，把滿地的人們驚得一下站了起來，然後，人們向四面跑了開來。

姜宏波沒有跑，他已經沒有力氣再跑了，他和一個吃了韭菜滿地打滾的民工躺在了地坎下面。

山上衝下的人們在明晃晃的月光照耀下一手提著鐵鍬，一手從地上撿起土塊向奔跑的人們砸去，他們好似沒有看到地裏還有兩個人在地坎下面躺著，而是飛快地去追打四散奔逃的人們。

姜宏波看人們已經遠去，就去拉地上躺的那個人。只見那人口吐白沫，抱著肚子在一聲聲的呻吟，兩個眼睛瞪得又大又圓，痛苦地望著他。

他知道這人吃韭菜吃得猛，讓韭菜撐了胃。於是，他蹲了下來扳住那人的頭，把手伸進那人的喉嚨摳了起來，只見那人「哇」地一下把一口韭菜噴到了他的臉上。

他抹了一把臉上的污穢，拽住那人嘴裏吊的一疙瘩韭菜拉了出來。

這時，他感到很疲倦就躺了下來，而那人則抬起屁股，往後看了一眼他就走了。

他沒有怨這個人，可他心裏想，這人怎麼連個招呼不打就走了呢？

天這時漸漸黑了，黑的到處似有鬼影晃動，姜宏波心裏有點害怕，他站在大路中間開始擋汽車。夜行的車輛不少，但沒有哪個司機肯在他揮動的手臂前把汽車停下來。

姜宏波就一個人慢慢地走。他太餓了，餓得耳鳴眼花，胃裏像有無數個小獸抓撓著。土蒼蒼的路上走一段路就會看到一個躺在路邊上死人的黑影，這些死人就在路邊上躺著，沒有人掩埋，發出陣陣的臭氣。他望著天上的一輪圓月，月亮被一層黑雲團籠罩著，在雲層裏忽隱忽顯。他想先找個人家歇一會，天亮了再走，可一路上家家戶戶大門緊閉，就是他把門砸得山搖地動，也沒有一個人敢出來給他開門。

姜宏波望了一眼天上的星星，星星在瑟瑟的秋風中顫動著，顯得那樣的驚悸不安。

他感到時間好象被冷凍了，黑夜裏到處是鬼哭狼嚎的聲音。他慢慢往前移動，提起腿猶如千斤般的沉重，他想坐一會了再走，可剛一坐下冷風就往衣袖筒裏鑽，他又站起來往前走去。然而，眼前出現了五顏六色的星星，於是他又蹲了下去。

正在這時他忽然看到有一輛卡車正瘋狂地往這面奔跑，他招了一下手，那車在他的跟前停了下來。

他對那司機說道：「師傅，能不能把我帶上。」

那個司機看了他一眼，說道：「你上哪去？」

他說：「我上蘭州。」

「好，上來吧。」

他強打精神朝司機笑了一下，伸出手司機把他拉上了車，當他上了車一陣暈眩之後他就什麼都不知道了。

姜宏波就是在迷迷糊糊中被拉到了省城蘭州的。

到了蘭州，司機按他說的地點把他送到了家門口。

姜宏波抓住司機的手，眼淚從眼眶裏流了出來，他太感謝這位師傅了，若不是這個師傅，可能這時他已凍死在了那荒郊野外。

「謝謝！」他哽咽著說道。

「謝什麼，我見過你。那次我運東西到關門水庫，你戴著牌子被鬥爭批判。今天你一上車我就認出了你。什麼右派，我們老百姓心裏清楚，你們這些人都是說了實話的好人。」那位司機說完就發動了車。

他提上行李往單位家屬院走去，可不知怎麼兩條腿重的不聽使喚，半天抬不起來。他的家就在第二排平房的西邊第三間，就這麼不上兩百米的路，可讓他整整走了將近半個時辰。

到了家門口，他用左手扶著牆，抬起右手敲了一下門。

他聽見屋裏響了一下，過了一會兒從裏面傳出來一個女人的聲音。

「誰？」

他聽出這是胡靜的聲音。他的心怦怦跳了起來，說道：「是我，姜宏波。」

屋裏靜了下來。他又敲了一下門，一個冷冷的聲音傳了出來：「幹啥？我與你早已沒了關係。」

姜宏波聽到這話被擊得軟軟地跪了下來，他扶著牆掙扎著說道：「胡靜——，你先把門開開，我給你慢慢說。」

「滾！」

一聲尖利的聲音之後，裏面傳出嚶嚶的哭聲。他感到這聲音很遙遠，好象來自另外一個世界。

「滾！」

姜宏波已經滾不動了，衰弱、饑渴、疲乏、昏暈，統統湧了過來，他擦著牆根倒了下去。此時到處是一片冰涼，空氣被風完全凝固到了一起。

姜宏波就是這樣到了另外一個世界的。他終於趕回了家，讓單位上的每一個人都知道那個戴著眼鏡子的右派分子死了。

第十章

一

天果然開始下雨，那種細雨，綿綿地灑在水庫裏，沾濕了人們的衣裳。雖然不是傾盆的大雨，可它提醒工地上的人們加快步伐去挖洩洪渠，催著人們去修洩洪道和洩洪閘。

石斌瘋狂了，眼睛紅紅的，他一邊挖著洩洪渠，一邊焦急地盼著水泥趕快運來。他望了望天，天空黑雲堆成了一整片，像一塊骯髒的紫泥，漸漸往地面下沉，低低地壓了下來，有一種陰森可怖的寂靜。天越來越低，空氣濕潤憋悶的讓人喘不過氣來。他掄著鐵鍬把一鍬鍬土扔到渠邊上，嘴裏呼呼喘著粗氣，他瘋狂地像要用鐵鍬把這渠趕快挑開。可是，運水泥的車還不見到來，沒有水泥洩洪道就沒法修，沒了洩洪道，上面下來洪水就會把這水庫灌滿，從壩上面往外溢流了出去。他又一次抬起頭來，望著那黑布遮蔽了的天空，焦急的心都快要從嗓子眼裏蹦了出來。

石斌是早上從食堂出來的。為了改善食堂的伙食，他開始到灶房、宿舍、醫院參加勞動，檢查工作。他對食堂的管理員說道：「任何時候都要政治掛帥，思想領先。」他給食堂題了一段話：政治進食堂，伙食變了樣，吃飽又吃好，民工喜洋洋。

細條子雨還是無聲無息地下著，水面上顯得格外的平靜。他想，水泥拉來後就開始在大壩上開一個洩洪道，把洩洪閘裝上。這段時間他的心情又緊張又激動，看到這綠汪汪的水，他的心就像這水一樣的甜蜜，可是見了這無休無止的雨，他的心又似這天空一樣的煩悶。

石斌在大壩上過來過去走了三個來回，他像欣賞一個出浴少女的所有男人一樣，貪婪地注視著那一汪綠水，那朦朦朧朧的美，給了他無限的想頭。多麼美麗的女子，我夢寐以求的女子，你終於到了我的懷抱裏，是那樣的溫柔，又是那樣的嫻靜。人們說女子溫柔似水，這時他才感到水也溫柔似女子。他從壩的臺階上走了下去，掬了一捧水，伸出舌頭舔了一下，是那樣的清涼甘甜。

他用這綠水洗了個臉。他說：「美麗的姑娘可以讓我吻你嗎？」他不等這女子回答，揚起水花潑到了自己的臉上。他笑了，笑得那麼無拘無束。旱平川自從他生下時，水就是人們的命根子，為了一窖水爭得父子反目，夫妻不和。為了盼來天上的雨水，每年二月二莊裏要打太平鼓，要讓小夥子們在龍王廟前把龍獅耍得山搖地動。

石斌記得那年他和爹逃到杜家堡，八爺給他們端來一盤子蒸饃，蒸饃高得過人的頭，可只端來了一碗水讓他們喝。那天，他們吃得肚皮往上鼓，可爹再要水喝時，八爺說，這一碗水還是因為他是客人給他勻出來的。然而，如今旱平川人有這麼一庫的水了，這一庫的水就像天上的美酒一樣永遠喝不完，舔不盡。過去他看到報上登著旱平川人的豪言壯語：「天有多大旱，地有多大產。」他心裏嘀咕，麥子曬得連穗子都抽不出來了，再哪來的什麼產呢？可如今，他這話就敢說了，他敢拍著胸膛理直氣壯地與老天爺較勁了。

他想，明年我們就可以在這庫裏養魚，可以在庫邊上栽樹，旱平川那時候渠道縱橫，林木茂盛，瓜果飄香，到時候給旱平川起個啥名字好呢？他這兩天一直沒有琢磨出個好名字來。

天上的雨一直這樣綿綿地下著，雨雖小，但一會兒就會濕了衣裳。石斌望了一眼在雨中幹活的人們，他們幹著活，沒了往日那種衝天的幹勁。他知道國家糧食限量，食堂糧食一天比一天緊缺，人們餓著肚子，他雖然盡了最大的努力，但民工們還是餓得不斷地死亡。他再沒逼過這些民工，可工地上還是天天在死人，死人的事雖然是經常發生的，但長此以往，人心就會渙散，就會影響引洮渠總的進程。

胡彩蘭從福山家出來到了福祿家，讓一村的人們為她豎起了大拇指頭。人們雖然不敢說，可人們心裏有一桿秤，福山這狗日的不是人，把一村的人餓死了一大半，可他還有閒心娶了侄女退姑姑。人們悄悄在背後說道：「他不是仗著手裏攥著刀把子，讓民兵打人、抓人，這狗日的皮我們都要給他剝下來呢。」然而，人們說是說，還是不敢用胳膊去扭大腿，這人狠著呢，若要在這個節骨眼被他罰上三頓飯，非要進了墳地不可。

胡彩蘭來到福祿跟前後，有天晚上上廁所她突然發現廊簷下面臥著一隻奇大無比的狗。胡彩蘭被驚嚇得提著褲子從廁所跑回來就告訴了福祿。

福祿聽了笑著說道：「那是一隻熊。」

胡彩蘭聽了這話就打起了擺擺，她說道：「這時候了，全杜家堡連個麻雀都讓打完了，怎麼還有熊？熊不是讓大隊民兵打著吃完了嘛。」

福祿說道：「那是到八爺家經常去的那頭熊，自從八爺死後這熊每晚都到這裏來。」

胡彩蘭說：「它不怕你把它給吃了。」

福祿說道：「熊是靈物，誰好誰壞心裏明著呢。」說著他就走了出去，蹲在熊的身邊用手撫摸它。

胡彩蘭看得呆了，她說道：「你這人真怪，還和熊交上了朋友。」

福祿說道：「自你走後，我的心就死了，我不相信任何人，人們也把我這個地主當成了怪物，不是這頭熊，我可能早走了二子那條路了。」

胡彩蘭臉一紅，說道：「讓你受苦了，我再也不離開你了。」

「你不怕我這個地主影響你。」

「怕影響我就不來。」

「你是走投無路才來找我的。」

「你胡說，我是看清了人後才來找你的。」

「那就好，只要我倆人好，外面的壓力我都能承受得住。」

胡彩蘭聽到這話就撲到了福祿的懷裏，她的眼淚像泉水般流了出來。

福祿撫摸著她的頭髮說道：「你記得那年我娶你時的情景嗎？」

「怎麼記不得呢，那晚你連試了三次也沒成功。」

「後來怎麼行了呢？」

「還不是我讓你咂了我的奶，你才挺了起來。」

福祿聽到這話就嘿嘿嘿地笑了。他說：「我給咱倆做點吃的。」說著，他從炕洞裏掏出來一個洋芋與野菜煮到了一起。

胡彩蘭說：「你還和原先一樣，還是那麼有心計。」

福祿說：「世下的一個窮命。我在糧食下來的時候，連個長麵都沒吃過，那時候我到地裏山坡上抓蝗蟲，跑到溝渠裏挖草根，到了荒月裏，別人沒吃的了，我才拿出東西來吃。」

胡彩蘭說：「多虧這莊裏就你這麼一個人，再有你這樣幾個，你也活不了。」

福祿把鍋端了過來，說道：「吃吧。」

胡彩蘭就和他一塊吃了起來，倆人吃得那個香啊，把嘴拌得吧吧直響。

胡彩蘭說：「我吃了一輩子飯，到老了才知道啥飯吃著香啊。」

「是嗎？」

「那你沒有感覺。」

福祿笑著說道：「怎麼沒感覺呢，你沒發現我最近精神了嗎？」

胡彩蘭說：「年輕的時候人在虛空裏飄著呢，到老了才落到了實處。」

福祿說：「有了你，我啥都不怕了。」

「你不怕戴上高帽子遊街，不怕別人砸你的腳骨拐。」

「不怕。」

「那你怕什麼？」

「我最怕自己人把刀子往心尖上捅。」

胡彩蘭聽福祿這樣說，臉紅了一下，說道：「不說了，不說了，你還不原諒我。」

這時候，那熊過來把福祿用頭頂了一下。福祿笑著說道：「它看我倆吃東西，認為我把它給忘了，老朋友對我有意見呢。」

福祿說著將自己碗裏煮的乾野菜給了熊，熊將碗裏的野菜吃盡以後，又用舌頭把碗舔了又舔。

這隻熊就是在八爺的水窖裏喝水的那頭熊，八爺走後，這熊晚上就圍著八爺的墳堆轉。一天早上，福祿出了門，看到這頭熊倒在一個牆邊上，兩隻眼睛還在骨碌碌地動。福祿在八爺家裏見過這頭熊。福祿於是就把這熊趕快扶到了家裏，給它灌了水，讓它躺在他的熱炕上。熊慢慢地緩了過來，福祿就把自己的野菜分給它吃。福祿那天摸著熊的頭說道：「多虧沒讓人看見，看見就不是你吃菜，而是讓人吃你了。」

以後的日子裏，這熊每晚就在福祿的廊簷下臥著，有時還給他帶來一些野物，他就做熟了與這熊一塊兒吃。

胡彩蘭來後，這熊還是每晚到這裏來，可熊明顯感覺到福祿待它不像以前了，它於是就嫉妒這女人。但胡彩蘭也是很喜歡這熊的，在這餓肚子的日子裏，胡彩蘭知道人的命運和這些動物的命運是一樣的。過去的日子裏，杜家堡每天早上有成百上千的鳥到狼刨泉來喝水，杜家堡人一直善待著它們，它們也給杜家堡人帶來了無數的福運和歡樂。可是到了一九五八年，大煉鋼鐵砍了樹，辦食堂又把狼刨泉的水給折騰沒了，民兵們又到處打狼，打鳥。全村的人消滅四害，敲著鑼鼓撲殺麻雀，打這裏的一切動物，這裏才沒了往日那種欣欣向榮的景象。這樣的日子折磨著杜家堡人，也使各種動物遠離了杜家堡，杜家堡人就很痛苦，他們懷念過去與動物相處的美好時光。

胡彩蘭沒想到福祿這裏還有這麼一頭熊，而且，這熊和過去的動物一樣對人們這麼親切。她過去用手撫摸著熊，熊靜靜地閉上了眼睛。

胡彩蘭想，我走後福祿他外面受人挫磨，回到家裏連口水也沒人給倒，孤零零一個人推著冰冷的漫漫長夜，而這孤單又是她造成的。雖然莊裏人鬥爭福祿，可她知道如果不是她，福祿是什麼也不怕的，他可以憑著力氣和年輕人一樣，在旱平川開出一片片的地來；他可以在杜家人的窩子裏讓劉家人挺起腰板來和杜家人一爭高低。從這一件件事情來看，福祿是堅韌的，他雖然不善言談，可他有一顆對女人火辣辣的心腸。她希望再給福祿生一個身體結實的兒子，像他一樣頭髮黑黑的。她後悔過去自己所做的一切。過去的自己對福祿太殘忍了，在他受了傷的心尖上她又撒了一把鹽，她想用今日的溫柔來彌補過去的無情。然而，她已經沒了月經，全杜家堡的女人都沒了那一月一次的潮紅，這陽間世界是不是要讓所有的人就這麼慢慢地消亡呢？胡彩蘭望了望天，月牙兒像被狗啃了般的掛在半空裏，月光朦朦朧朧地灑在地上，讓整個大地變得灰白蒼涼。

二

瓢潑的大雨往下倒，雨梢子像鞭子一樣抽打著水庫大壩。一陣又一陣猛烈的炸雷，劃開天宇，在短暫的閃亮中，只見石斌和民工們將裝了土的草袋子往大壩上運。

水庫裏的水還是綠汪汪的，給人一種神秘莫測的感覺，那深不見底的水因為上游地帶還沒有大雨，水庫裏還沒有洪水進來，雖然水庫裏雨大風急，可一切還是顯得那麼平平靜靜。

石斌的心都快要跳到嗓子眼了，他和民工們抬了一會草袋子，天剛剛露出晨曦，他們又在大壩的南端去修洩洪道，去裝洩洪閘。他們在這裏深深地挖開了一道溝槽，用草袋子擋住水，用石塊水泥紮成一道渠，斜往下，一直通到大壩的底端。下面又是一個消力池，能讓水在這裏先打個旋，將力量減弱後再往下面洩洪渠流去。

石斌看著將洩洪道、消力池與洩洪渠連了起來，他才慢慢地吐出了一口氣。他指揮著人們一會兒去搬草袋子，一會兒又去修洩洪道，整整兩天兩夜他一直在大壩上沒合眼。

石斌看著一個民工從洩洪道裏出來，說道：「好了嗎？」

「好了，不過還不能馬上用，水泥還沒有完全凝固。」

石斌說著又往大壩的北面走去，此時他才感到沒有了姜宏波後的壓力，這壓力是那麼的沉重，讓他坐立不安。水還在緩緩地往上漲，整個庫平面上泛著一個一個的水泡，好象裏面游動著無數的魚兒。

石斌不想說話，他不願意和任何人說話，他默默地盼著在這個節骨眼上，上面千萬不要下來洪水。這些日子他的心裏不知怎麼有一種莫名其妙的煩躁，他一閉上眼睛就會看到趙麗萍，她收拾得乾乾淨淨，留著短短的剪發，她靠在他的膀子上微微地笑著，她那閉合上的眼簾輕輕地顫動著，像這水面上的波紋一樣。他望著她的臉，這裏有多少美好的回憶。記得他那次去省城，他和她去電影院看電影，他抓住了她的手，他突然感覺到女人的手有一種說不清道不明的麻麻的電流，這電流穿過他的全身讓他顫慄了。這種感覺深深地刻在了他的記憶裏。每當想起她，他就會有一種衝動，會重複這往日的感覺。

他想，她怎麼會是漏網右派？是不是人們冤枉了她，是不是有人在故意栽贓陷害她，不然她怎麼會尋了短見呢？想到這裏他就會深深地責備自己，我還算個男人嘛，不但沒有去保護她，而且是在她最需要他的時候，是他親手把她推向了無底的深淵。他有時想哭，想讓這一腔的苦水倒出來，可男人的心是無法敞開的，他只能把這沉重永遠地留在了心裏。

中午的時候，天開始有點放晴。石斌的心情於是也好了一點，他向食堂走去。食堂裏今天蒸的是包穀麵的窩窩頭，大鍋裏熬的是高粱米的稀飯。他問食堂的王管理：「能不能多加點蔬菜，讓民工們吃得飽一點。」

王管理說：「各種辦法都想了，現在各大隊再也送不來一顆糧食，哪來的蔬菜呢，連樹皮都吃完了，今年我們能不能自己多種上點蔬菜和洋芋。」

石斌說：「我也這麼考慮著呢，抽出三分之一的人來組成副業隊，把工地的伙食好好改善一下。」

王管理說：「現在每個人一天攤不上半斤糧，沒有一點油水，加不上一些蔬菜，一天十幾個小時的勞動，人哪裡能吃得消。我們營還好，其他營的人死的死，跑的跑，抓都抓不及。工地上現在人人都成了病漢，我看這樣下去，引洮工程就要泡湯了。」

石斌皺了一下眉頭說道：「話不能這麼說，寧叫牛挣死，別叫車翻下。我們暫時遇到了一些困難，可不能對整個引洮工程發生懷疑，毛主席說的話永遠不會錯，人定勝天，最後的勝利肯定是屬於我們的，我們一定能夠取得勝利。」

石斌不知是對王管理說，還是自己給自己打氣，他這些日子對省委的決定也產生了懷疑。工期一拖再拖，幾次通水的日期都放了空炮，水沒引來，卻趕上了國家發生了大饑荒，不是他狠抓兩條路線的鬥爭，抓民工的生活，這裏的民工也會大量逃跑的。

石斌說：「水庫裏不是有水了嗎？這就是勝利。我們要鼓起信心，尤其你們食堂的人員更要有決心，任何時候不能動搖。你們動搖，這會對民工有很大的負面影響，因為，你們掌握著勺把子，你們天天在和民工打交道，你們的一言一行對民工的影響太大了。王管理我看你要抓緊食堂人員的學習，讓食堂人員的思想有一個很大的提高，用你們的言行教育民工，用你們扎扎實實的工作溫暖民工的心田。」

石斌越說越激動，讓王管理也感到是不是營長對他們的工作有了什麼意見。

王管理說道：「石營長，我們一定照你的辦，今天我就在食堂舉辦學習班，一邊工作，一邊學習，把食堂人員的心擰到一起來，為你做好後勤保障工作。」

石斌說：「你這話又錯了，不是為我，而是為了整個引洮工程。別看你們是做飯的，沒有直接投入到工地上去，可你們的工作和工地上的工作一樣重要，而且，從某種意義上說更為重要。」

此時，王管理的額頭上冒出了一層汗，說道：「我一定不辜負石營長的教導，請看我以後的行動。」

王管理聽了石斌的話，為什麼會這麼緊張呢？原因是這食堂已經換了四個管理員，他害怕他又會成為第五個。可他心想，巧媳婦難做出無米的飯，這管理員誰當上都是一個樣。但他嘴上不敢說，他知道現在的人都在演戲，都是口是心非，就包括你石斌不也一天到晚說著假話，水庫剛剛修好沒幾天，省上的報紙、電臺就開始吹牛，連照片都上了國家的《人民日報》。

春花把引洮兒塞到守門的解放軍手裏後，她到省政府門上去了五次，她通過別的解放軍打聽清楚了，這個有著黑黑眉毛的解放軍叫王玉峰，是個天水人。她想，等過了這段時間，我再去找他，引洮兒在解放軍手裏，肯定能保了命的。

春花去的這家男人是個單身，一年四季往外地跑，家裏的這個老母親就留給了春花。春花對這老人很好，這老人也很喜歡春花。

老人說：「給我當兒媳婦吧。」

春花抿著嘴笑了笑，她不知道水娃子現在是死是活，她怎能隨便答應別人呢？但她又不願意把這件事情說破，說破了這家人還會這麼喜歡她嗎？

春花每天早上起來先打掃整個房間，然後扶老人上廁所，給老人做早餐。由於她在食堂待過，做飯做得特別可口，讓老人抓住她的手還真把她當成兒媳婦了。

老人說：「春花給我生個孫子吧。」

春花就不好意思了。這時，那個男人就說：「媽，你胡說啥呀，人家春花是有人家的人了。」

老人說：「兒子，你看不上我們春花？」

男人不想說什麼，他不想讓媽媽失望，媽媽得了腦中風後，腦子出現了毛病，她盡想的是些好事，若遇上不順心的事，就會無緣無故地哭。

男人感到春花很好，他一個小工人沒什麼挑剔的，可春花說她有男人，有男人也可以離婚嘛，何況她的男人已經無影無蹤。

可男人不願意說破，他不願意這麼快就打破家庭的平衡。他感覺到這樣就好，一家三口人，各幹各的，各想各的，何必把這事情弄得那麼複雜。

城裏人生活並不寬裕，買糧要用糧本子，每月二十斤糧，沒有一點油水，何況又多了春花這麼一個大活人，男人每個月就到黑市上去買些糧票進行補貼。雖然，開支大了點，可春花把這個家收拾得乾乾淨淨，飯來張口，衣來伸手，而且，春花讓老人一天高高興興，男人就感到很滿意。

春花想把引洮兒找回來，可她又想過些日子了再說吧，這家裏多了她一張嘴已經夠緊張的了。

春花聽巴學義說，水娃子被尕寶用槍打死在了山溝裏，但她不相信這是事實，水娃子那麼機靈的人，尕寶他能把水娃子傷著。

老人在床上睜開雙眼時，春花感受到鼻孔裏有了一股刺鼻的煙味，她將老人的被子往上蓋了蓋走出了裏屋，她看見那個男人坐在外間的椅子上抽著煙，她覺得這個男人很怪，行蹤總是這麼詭秘，只有那煙味到來時，她才會發現男人從外面來了。她不知道男人幹什麼工作，她也不想過多地知道這家人的秘密，她清楚她在這個家裏只是一個寄人籬下的乞丐，這男人也把她當作伺候他母親的保姆。

春花說：「你來了？」

男人用很重的鼻音說道：「嗯。」

她想，這男人年紀不大，怎麼這樣老成，一天說不上三句話，而且，每次都是她先打破家中的沈默。

春花說道：「媽媽這兩天有點感冒，是不是找個醫生給看一看。」

男人聽到這話就出去了，她知道他不是去找大夫就是去買藥。果然，男人一會兒就回來了，他手裏拿著一把藥。

男人把藥放到她的手裏，往她的臉上瞅了一眼。

她憑女人的敏感，覺得這眼神好熱好怪。

她的心抽搐了一下，他為什麼會這樣，是因為她是一個女人？她記得福山在她的跟前說過「女人們夾著個扁扁貨，走遍天下不挨餓。」她突然感到了一種恥辱，難道他也是這麼一個男人？

她往男人的臉上迅速地掃了一眼，男人眼裏剛才流露出來的火焰熄滅了。男人說道：「大夫要讓媽到衛生所去，把媽送過去看一下吧？」

她點了點頭，趕快幫男人把老人送到了衛生所。

老人躺在衛生所的床上，一個大夫在邊上守護著。男人拉著她往家裏走，她想他已經是四十好幾的人了，怎麼還不結婚，為什麼還獨自一人。

她進了門不知為什麼就坐在了他跟前，心裏就有一種緊張。她望著他吐出濃濃的煙，這煙從他的鼻孔和嘴裏冒出來，顯得那樣的平靜。

她說：「我去守著媽。」

他說：「有大夫呢。」

她剛想站起來，卻被他一把攬到了懷裏。她緊張地小聲說道：「別——。」

他把她一下抱了起來，往床上走去。她沒有拒絕他的貪婪，她的身體緊緊地貼近他長滿黑毛的身子。好男一身毛，這男人從上到下渾身都是黑黑的毛，這就讓她感到特別的新奇。她的面頰輕輕地摩挲著男人的面頰，雖然這件事來得突然，可她覺得她是一個一無所有的人，只要誰給了她吃的，她什麼都可以做，而這男人不但給了她吃的，還讓她住進了這個家。

她的雙腿被男人分了開來，她感到漫天的霧氣在她身上湧動，男人的那個精靈像一個小偷一樣鑽進了她的身體。她扭曲著臉，自言自語地說道：「別這樣。」

男人知道他媽媽現在肯定被大夫守著在輸液，不會發生問題。他頭一次用靈魂托住了一個女人的肉體，他與她像一團火球在床上滾動著，煽出風，碰撞出的火焰燒得她發出了輕輕的呻吟。他赤身裸體地面對著她，讓她突然發現城裏的男人和村裏的男人原來一個樣，都想有一個女人去撫慰他們孤寂的靈魂。這時外面的陽光射了進來，輕輕地蓋在了他們身上，他年輕的身體像一個不知疲倦的小船，一次又一次地在她的身體中穿行著。

他說：「嫁給我吧！」

她沒有吭聲，她的眼角滾下了一顆晶瑩的淚珠。她想，女人們活得好苦啊，為了滿足男人的欲望，受了多少屈辱和蹂躪，她不知道這個男人是怎麼一個人，但她就像落了水的人一樣，只要抓到一根稻草就要把它牢牢地抓在手裏，她若要離開這個家，饑餓又會迅速地跑來緊緊扼住她的喉嚨。

她說：「我們看媽去。」

他搖著她的膀子說道：「嫁給我吧！」

她說：「我還有一個孩子。」

她說此話時非常冷靜，因為，杜家人只有引洮兒一個命根子。

「在哪裡？」

「我放到了一個解放軍的手裏。」

「沒關係。」

「這孩子也是我的孩子。」

他停了一會說道：「把孩子接來。」

她說：「添了我一張嘴，就讓你們緊張了，再添一張嘴能行嗎？」

他說：「只要我們倆人好，沒有過不去的火焰山。」

她聽了這話，心裏感動萬分，她萬萬沒有想到這男人還真會說出這麼有情有義的話來。

春花說：「你等著我去接媽。」說著她就走了出去。

她下了樓剛走進一個小巷，突然一個人緊緊地摟住了她的脖子，兩個人一左一右架著她快步往巷道深處走去。

她想喊可根本喊不出聲來，她是被那兩個民兵盯了幾天後給架走的。

她掙扎了幾下，可她抵不住那兩個民兵的拳頭。她又回到了杜家堡。

福山望著她，一陣狂笑之後說道：「你以為你長了個能吃能喝的金窩窩，你就可以離開杜家堡了。沒想到吧，我玩過的女人誰也別想拿去，你永遠逃不出我的手心窩。」

春花不想多說，她在路上已有兩天沒吃飯了，加上又在路上淋了雨，她頭腦發昏身上發涼，只是瞪著眼睛呆呆地看著福山。她什麼也不怕了，引洮兒已逃出了杜家堡，杜家人的獨苗苗不會餓死了。

她長長地躺在地上，她再也沒有力氣與福山說三道四了。

福山一看這個樣子說道：「先把這個婊子送回家，明天再說。」

兩個民兵過來把春花背上給送回了家。

春花躺在炕上身上如火炭般滾燙，她口乾舌燥多麼想喝一口水啊。她躺在炕上說道：「水，給我水——，給我水啊。」

可她渾身疼得沒法動，兩隻眼睛像縫到了一起睜不開來。

她迷迷糊糊往一處黑暗走去。她好象看見了二子，二子笑眯眯地過來抓住她的手就往學校狂奔。她又看見了水娃子，水娃子對她說道：「春花，杜家堡要有水了，引洮渠的水我們一輩子也用不完。」

水娃子說著抱起她，把她扔進了一條小河，她拍打著水惹得水娃子抱著肚子「哈哈哈」地笑了起來。

突然，她聽到一陣轟隆隆的雷聲，她看見福山對著她嘿嘿嘿地笑。不怕劉書記鬧，就怕劉書記笑，她打了個哆嗦睜開了眼睛。屋裏漆黑一團，她往空中伸了伸手，到處是空蕩蕩的一片。她害怕了，她大聲地喊，可她聽不到自己的聲音。

「水娃子，水娃子——。」

沒有人答應她。她看見抓她的兩個民兵像兩個無常小鬼把她的手扭到了身後，一個民兵還扳著她的臉在發笑。她的頭髮披了下來，她跟著兩個民兵走出了家門。

她想關了門再走，一個民兵給她擺了擺手，說道：「不用了。」

不用了。她心裏遲疑了一下，她想，怎麼不用了呢？是不是她聽錯了，可她再也轉不過身來，她的腳下輕飄飄的，像踏著一朵雲，她漫無目的地向遠方飄去。

三

雨越下越大，暴雨挾著狂風搖撼著三峽關門水庫大壩。

滾滾的雷聲從天上走過，不時地發出天崩地裂的響聲。雨像用臉盆往外潑，讓大壩上的人們，在微弱的馬燈光中一陣陣的顫慄。

上游的洪水也開始往水庫裏灌，水庫裏的水無節制地往上升著。石斌望著上游的水，他恨不得跳進水庫揪住這條龍的尾巴。

民工們在草袋裏裝上土往大壩上壘，在這關係大壩存亡的危急關頭，饑餓的人們突然迸發出了不可抑制的力量。這裏沒有一個人偷懶，也沒有一個人在放肆的暴雨面前往後退縮。

水還是不斷地往上漲，大壩在轟隆隆的雷聲中感到一股強大的力量從四面八方傾泄了下來。

石斌在暴雨中喊道：「打開洩洪閘。」

幾個民工把鋼釬插入轉盤開始攪動，閘門慢慢被提了上來，水庫裏的水從洩洪閘擠出來一下從大壩後面躍入消力池，打了一個旋轉，然後進入了洩洪渠。

這時，離洩洪閘大約有四米的大壩上突然開了一個窟窿，幾個民工抬著草袋子就往那窟窿扔了過去，但扔了幾次都扔不到地方。

石斌走了過去，他憑著他高超的游泳技術跳進了水庫，把一個個草袋子往窟窿裏塞。石斌此時聽見水聲雷聲轟隆隆地響，眼前漆黑一團，如無數鬼魅在盡情地歡跳。然而，大壩修的時候太倉促了，裏面有太多的乾土蜂窩，一遇水立刻鬆軟了，任憑草袋子往裏塞，滲進去的水讓大壩一下在洩洪閘的後面坍塌了，急驟的水擁抱著石斌被一種強大的力量吸引著，一下子進入了狂奔的泥流之中。

這一瞬是突然降臨的，不待人們回過神來，水流撕開了大壩的胸膛，浪濤一個跟著一個，洪流雪崩似地向睡夢中的旱平川沖去。

民工們從大壩上撤了下來，無奈地站在大雨中索索發抖。人們驚恐地望著這巨大的翻滾的水流，在這轟隆轟隆的崩塌聲中他們的大腦完全變成了一片空白。他們好似聽到旱平川人在奔跑跳躍地呼喊著：「水下來了，水下來了！」然而，旱平川的人們早已沒有力氣動彈了，他們有的躺在墳地裏，有的躺在自家的院子裏，有的躺在冷炕上，他們的靈魂嚮往著未來，兩個空洞洞的眼睛望著天空。

奔騰咆哮的洪流，像猛獸般摧枯拉朽地往旱平川奔去。它一路發著尖利的嘯叫，張開血盆大口，瘋狂地急馳著，它終於讓旱平川人見到了朝思暮想的洮河水。

血歷史51　PG1010

新銳文創
INDEPENDENT & UNIQUE

大飢餓
——杜家堡悲歌

作　　者	趙　旭
責任編輯	廖妘甄
圖文排版	張慧雯
封面設計	陳佩蓉

出版策劃	新銳文創
發 行 人	宋政坤
法律顧問	毛國樑　律師
製作發行	秀威資訊科技股份有限公司
	114 台北市內湖區瑞光路76巷65號1樓
	電話：+886-2-2796-3638　傳真：+886-2-2796-1377
	服務信箱：service@showwe.com.tw
	http://www.showwe.com.tw
郵政劃撥	19563868　戶名：秀威資訊科技股份有限公司
展售門市	國家書店【松江門市】
	104 台北市中山區松江路209號1樓
	電話：+886-2-2518-0207　傳真：+886-2-2518-0778
網路訂購	秀威網路書店：http://www.bodbooks.com.tw
	國家網路書店：http://www.govbooks.com.tw

出版日期	2013年7月　BOD一版
定　　價	350元

Printed in Taiwan

國家圖書館出版品預行編目

大飢餓：杜家堡悲歌 / 趙旭著. -- 一版. -- 臺北市：新銳文創, 2013.07

面； 公分. -- (血歷史； 51)

BOD版

ISBN 978-986-5915-87-2 (平裝)

857.7 102011036

讀者回函卡

感謝您購買本書，為提升服務品質，請填妥以下資料，將讀者回函卡直接寄回或傳真本公司，收到您的寶貴意見後，我們會收藏記錄及檢討，謝謝！如您需要了解本公司最新出版書目、購書優惠或企劃活動，歡迎您上網查詢或下載相關資料：http:// www.showwe.com.tw

您購買的書名：________________________________

出生日期：________年________月________日

學歷：□高中（含）以下　□大專　□研究所（含）以上

職業：□製造業　□金融業　□資訊業　□軍警　□傳播業　□自由業

□服務業　□公務員　□教職　□學生　□家管　□其它_____

購書地點：□網路書店　□實體書店　□書展　□郵購　□贈閱　□其他

您從何得知本書的消息？

□網路書店　□實體書店　□網路搜尋　□電子報　□書訊　□雜誌

□傳播媒體　□親友推薦　□網站推薦　□部落格　□其他__________

您對本書的評價：（請填代號　1.非常滿意　2.滿意　3.尚可　4.再改進）

封面設計____　版面編排____　內容____　文／譯筆____　價格____

讀完書後您覺得：

□很有收穫　□有收穫　□收穫不多　□沒收穫

對我們的建議：________________________________

____

____

____

請貼
郵票

11466
台北市內湖區瑞光路 76 巷 65 號 1 樓
秀威資訊科技股份有限公司 收
BOD 數位出版事業部

（請沿線對折寄回，謝謝！）

姓　　名：＿＿＿＿＿＿＿＿　年齡：＿＿＿＿　性別：□女　□男

郵遞區號：□□□□□

地　　址：＿＿＿＿＿＿＿＿＿＿＿＿＿＿＿＿＿＿＿＿＿

聯絡電話：(日) ＿＿＿＿＿＿＿＿＿＿ (夜) ＿＿＿＿＿＿＿＿＿＿

E-mail：＿＿＿＿＿＿＿＿＿＿＿＿＿＿＿＿＿＿＿＿＿